U0009351

LOCUS

LOCUS

LOCUS

LOCUS

RECREATION

R22

明騎西行記

The Lost Emperor, the Westering Chevalier

作者：藍弋丰

責任編輯：丘光

校對：呂佳真

法律顧問：全理法律事務所董安丹律師

出版者：大塊文化出版股份有限公司

台北市105南京東路四段25號11樓

www.locuspublishing.com

讀者服務專線：0800-006689

TEL：（02）87123898 FAX：（02）87123897

郵撥帳號：18955675 戶名：大塊文化出版股份有限公司

版權所有・翻印必究

總經銷：大和書報圖書股份有限公司

地址：台北縣五股工業區五工五路2號

TEL：（02）89902588 FAX：（02）22901658

排版：天翼電腦排版印刷有限公司

製版：源耕印刷事業有限公司

初版一刷：2009年2月

定價：新台幣 280元

Printed in Taiwan

國家圖書館出版品預行編目資料

明騎西行記 / 藍弋丰著. -- 初版. -- 臺北市:
大塊文化, 2009.02
352面 ; 14.8x21公分. --（R ;22）
ISBN 978-986-213-101-5（平裝）

857.7　　97024768

明騎西行記

The Lost Emperor, the Westering Chevalier

藍弋丰／著

目錄

CONTENTS

楔子

南京。

城外包圍著一圈圈暗影，如同烏雲層層疊疊，把月光掩成了一片朦朧。

晦暗的夜空中沒有星光，城內火光也疏疏落落，點點火星之中，宮城、皇城、京城、外廓，有如四道漆黑的巨龍，盤亙在山川湖泊之間。

宋參軍正貼著皇城城牆，手撫著牆面走著。城牆以花崗岩爲基礎，巨型城磚築成，由石灰桐油和糯米汁夾漿，高厚，堅不可摧，但……

城外隱隱約約傳來喊殺聲，燕兵要發動攻勢了。宋參軍覺得自己彷彿又回到了數月前的濟南。

一切都是從太祖將諸子分封爲王開始，諸王握有重兵、屯居要地，讓建文皇帝倍感威脅，下令削藩，於是兵力最強的燕王起兵反抗。

燕兵攻陷德州，直撲濟南。宋參軍隨著山東參政鐵鉉以及盛庸等人勉力死守。宋參軍獻計，趁燕兵不備，澆下燃油，燒了他們的攻城器具，還派人詐降，差點成功誘殺燕王。憤怒的燕王進攻了三個月，濟南還是固若金湯，只好解圍。

宋參軍向鐵鉉建議乘機直搗北平。但是鐵鉉認爲士兵已經很疲憊，無力出征，爭執了幾次都沒有結果，他只能嘆口氣，悄悄離開。

之後，戰局日漸不利，平安、鐵鉉的部隊都潰不成軍，盛庸連戰連敗，部下紛紛背叛，燕兵直逼南京，左都督徐增壽成了內應。大勢已去，叛變層出不窮。宋參軍嘆了口氣：南京縱然龍蟠虎踞、有四道堅不可摧的高牆，卻比濟南來得脆弱許多。

如果當初鐵鉉大人聽他的建議就好了。

城外喊聲突然逼近。該來的總還是來了，宋參軍攀上矮牆，躍上民宅屋頂遠眺，只見亮黃熾紅夾雜的火把光點密密麻麻有如一股紅熱激流，從幾處城門奔流而入，那些是谷王橞及李景隆負責防守的城門！沒想到，竟然是他們背叛了皇上，把燕兵放進城來。

都城要陷落了。

宋參軍此刻最擔心的是皇上的安危，他急忙往宮城的方向奔去，卻看見宮城裡頭似乎漸漸映出了紅光，心中暗叫不妙，果然，到了宮城門前，只見禁門大開，裡頭燃起熊熊烈焰。他左顧右盼，找到一口井，把全身打溼，接著不顧三七二十一就衝入火場之中。

「皇上！」他大叫，「微臣，宋參軍前來救駕！」

喊聲迴盪在原本富麗堂皇的大殿中，回應他的卻只有纏繞在柱上梁間，凶猛火舌的劈啪聲，彷彿在嘲笑著他，他又繼續往內跑去，「轟！」的一聲，一大片帶著一片紅的斗拱頂落在他身旁。他穿過一個又一個的迴廊，大部分都已經空無一人，只有幾處還有人正在逃命，或是已喪命於火焰之中。他翻過一道燃燒中的欄杆，冷不防有道人影從一扇門後竄出，撞個滿懷。

「救命啊！快逃啊！」那個人驚魂未定。宋參軍捉住他的臂膀看了看，問：「你是御醫吧？」

「是？」那人滿臉蒼白、大汗淋漓的答道。

「皇上會需要你，跟我走！」

「啊？」御醫還來不及抗議，就被宋參軍拉著往前走。正拉扯間，彷彿聽到有人大喊：

「來人啊！快來人啊！」

宋參軍拖著御醫往聲音來處奔去，只見大殿被倒下的火柱劃成了兩半，後半是一片火海，前半之中，有個太監正跪在地上高聲呼喊，他跟前的，赫然就是皇上！

「微臣救駕來遲，罪該萬死！」宋參軍往地上一拜，接著質問道，「這位公公怎麼稱呼，發生了什麼事？」

「我叫馬喜，」年輕的太監說，「皇上一知道城破了，就引火焚燒宮殿，想要殉國，皇后娘娘……」他指了指火柱之下，有著一塊難以辨認的人形焦塊。

「還傻在那做什麼，還不快看看皇上怎麼了！」宋參軍斥喝御醫，他才連忙給皇上把了脈，說：「皇上沒大礙，只是嗆著煙，一時昏了過去。」

「我們得把皇上救出城去。」宋參軍說。

「怎麼救？」御醫搖著頭說，「要扛人翻過城牆？那比登天還難啊。」

「跟我來！」馬喜說，「快，有條祕道可通往城外。」

他背起建文帝，和御醫一起跟在馬喜身後，繞到一個偏殿。馬喜面露難色，原來祕道的入口也陷入一片火海。

宋參軍把建文先交給馬喜和御醫扶著，「我來！」他左右看了看，找來一塊大木頭，往地道口直撞過去，開出一條道路，然後把木頭一丟，接過建文帝，「快！」

他們奔入地道，才走了不到兩百尺，後頭「夸拉」一聲，偏殿倒塌，把地道口整個掩埋起來。

四個人再度回到地面時，南京城已經在身後遠處。宋參軍往下望了望，尋找長江，以及他備下了船的小渡頭。宋參軍早年經商，結識許多海外商人，在他心知南京終將不保之時，他就請一位熟識的滿剌加①華裔在這渡口等著，備下兩艘船，其中一艘就暫時充當屋子，讓妻兒住在裡頭。

他小心的帶著一行人，摸著黑，終於找到了渡頭。他上船把華裔敲醒。

「宋兄。」

「黃兄。」他指了指身後，「這位是當今聖上。後頭的是馬公公，和……」

「趙御醫。」御醫答道。

「就照我先前告訴過你的，事不宜遲。」

「嗯。」商人點了點頭，他領著三人到一間祕密艙間安頓妥當，之後，叫醒所有的水手，「宋兄放心，」臨走之前他說，「我在滿剌加會好好照應他們的。」

「萬事仰仗。」宋參軍接著跳下船，往來時的路走了一段，看看是否有追兵。若有的話，他要在此決一死戰斷後。

然而，燕兵似乎忙著在南京城內掠奪，城外沒見到有半個人在搜索。商人的船已悄然啓航，沿著東流的大江向大海飄去，漸漸遠離。

宋參軍這才鬆了口氣，徒步回到妻小在等待著的船。身爲燕王除之而後快的人，自然也不能再久留於這塊土地上，他已經計畫好，他的船將在皇上的船出發後一陣子才出發，前往日本國，如此一來，即使有燕王的鷹犬跟蹤，也只會跟著他到日本國去，不會追到皇上將前往的滿剌加。

天邊微微露出曙光，第二艘船緩緩出航，跟著前一艘的航線，靜靜劃過朝霧，走入一片迷濛之中。

①滿剌加，今麻六甲。

第一章　出太倉江波萬丈

「總旗，總旗！」

邊叫著邊跑過來的，是個小旗。大明兵制，每十人有一小旗，每五小旗設一總旗。總旗兩個字聽起來似乎挺威風的，但是也不過是軍官中最小的一個。

「弟兄們都照您的吩咐，把行頭都搬到定位了。」小旗跑到總旗面前，欠身說道。

「很好，」宋總旗點點頭，「都辛苦了，休息去吧。」

宋總旗揩了揩汗。他還是不習慣南方的天氣，仰頭往上看，整個天空讓豔麗的陽光給照得透亮，亮到那天藍色的部分幾乎和一絲絲的雲片一樣的白，他覺得腦袋給照得有點發暈，思緒似乎旋轉著直往上飄啊飄的，直飄上那整片蛋殼似的、發著亮的、霧白色天球之上。

一陣爆炸聲響打斷他的神遊，也讓碼頭上每個人都嚇了一跳，接著刺耳「咻」的一聲，一道刺鼻硝煙直上青天，最後「砰」一聲化爲無數發亮火星緩緩飄下。碼頭另一頭響起了震動整個小碼頭的斥責聲，連珠砲似的，都聽不出到底在罵些什麼了，宋參軍不禁笑了出來，那肯定是要爲寶船送行用的煙火，給拉來的民伕鼓搗燃著了。幸好沒有射向碼頭上。

這是永樂十一年的十月②。再不久，三寶太監鄭和就會從南京啓程來此，然後率領寶船船隊出航，這是第四次下西洋了，和前幾次一樣，兵士、船伕和奴僕總共約有兩萬七千人上下，供應這麼多人所需的補給、糧草、用品，大部分都從這個太倉瀏家港裝載上船，這次聽說要繞行天方③，因此備下的量就更多了。宋總旗左手邊，就堆滿了一袋袋的米糧，後頭還有人正運來一匹匹的布，其他碼頭上也充斥著色樣樣的物資。要是煙火點著了碼頭，那可會是一場大災難。

還是過去看看好了。正當他這麼想的時候，有人拍了拍他的肩頭。

「宋兄弟。」

「汪總旗？」他看了看四周，「黃總旗，趙總旗，還有……」

說到一半，汪總旗就一把把他拉到一旁，「這邊說話。」幾個人走到一間小庫房之中。

「怎麼著？」宋總旗滿臉疑惑。

「宋兄弟，你是新來，或許不曉得。永樂皇帝要下西洋，明著說是爲了宣揚國威，其實是打算捉回逃往海外的建文皇帝。前幾次下西洋，船上都跟著一大票錦衣衛，但屢次下西洋，這次還要再去，想必是前幾次都一無所獲。聽說，這回要繞行天方，下一次，大概就要到木骨都束④去了，這樣讓我們老是待在海上，誰受得了？」

「就是說。」另幾個總旗也鼓譟起來，「誰受得了。」

「那各位總旗們有什麼打算呢？」

「南洋的幾個靠岸處，諸如占城⑤、滿剌加，都有許多漢人商旅聚居，不如我們就『消失』在其中一地，在那邊做個生意也好，天高皇帝遠，不用納賦，也不用再服役，豈不美哉？宋兄弟，我們聽說你是從日本國歸國的商旅之後，不知你對南洋各地熟不熟，有沒有門路可依靠啊？」

「南洋的氣候風俗，恐怕不容易習慣吧？」宋總旗搖搖頭，這點他可是感同身受，從日本國回到大明之後，他到現在還沒有完全適應。

「哈哈哈。」幾個總旗笑出聲來，「宋總旗，你是第一次要下西洋，所以才會這麼說。咱們都下了三次了，算算這幾年，在西洋的時間，比在大明的時間還多得多呢！」

「原來如此，」他不好意思的點了點頭，搔著頭想了想，「我爹在滿剌加有些朋友。」

「那好，」汪總旗說，「你也算是我們一夥的了，咱們就在滿剌加下船，然後就不回來啦！去投靠你爹的朋友也好，萬一沒找著，憑我們幾個，總也找得到安身立命的地方，好過在大海中飄蕩。」

「是啊！」其他幾個總旗附議道。

宋總旗看了看所有人，說：「就這麼辦吧！」

「爽快！」汪總旗走過來拍了拍他的胸膛，「君子一言。」

「快馬一鞭。」宋總旗回道。接著汪總旗示意大夥兒解散，眾人有默契的分別從庫房不同的出口離開。

庫房內只剩下宋總旗，他沈思良久，才緩緩朝來時的那扇門走去，不經意撞上庫房門邊的一包痲布袋，裡頭的生薑撒了出來——那些生薑是要給船員們在海上治暈船的——打翻布袋揚起一大蓬灰塵，在門邊陽光照射下，飄成了一片三角形的光柱，宋總旗拍拍衣服，走了出去。

他怎麼會不知道下西洋是要找建文帝呢？

原本，他並不屬於要下西洋的單位，是特別賄賂軍吏，找了一位不願下西洋的總旗交換單位，才列入其中。他並不願意從軍，也不喜歡當水軍，更別說是下西洋了。這一切，都是因為奉了父命。

他和父親的關係，其實頗為疏離。兒時，父親身為參軍，公務繁忙，鮮少有時間陪妻兒，都是他的母親教養他長大，母親依著父親，從小灌輸他那套忠孝節義的大道理。之後，靖難之變起，父親曾在濟南城守城三個月，音訊全無，好不容易盼到他回家，父親卻像瘋了似的，要家人馬上收拾細軟，動身前往南京附近，住進一艘船上，母親無怨無悔，順從的照做了。

他一邊想著，把玩著手上的那塊生薑，一邊走回碼頭上，接著奮力把薑往江中一拋，「咕咚」一聲，起了點漣漪，漣漪隨江水流去，那塊薑則消失得無影無蹤。這薑，當年他自己是用了不少，但是沒什麼作用。

＊　＊　＊

南京城陷之後，父親帶著一家人前往日本，據母親說，他當時暈船到不省人事，他自己倒是沒有記憶。

當年，他們就是先沿著長江往下，再到這個太倉港換乘海船。他試著想像：在破曉前的時分，一艘載著一家子的中型木船，停泊在這個碼頭前的景象——當年他只有九歲，實在是記不清楚了。父親說，燕王攻陷了南京，篡位稱帝，他們一家將成為通緝犯，必須流亡海外，他們將前往日本國。

到日本國之後，他們一家住在一個叫「博多」的港口城市，屬於一個叫作「筑前」的國，「博多」是日本國的「漢字」寫法，倭話念起來是「哈咯它」，至於「筑前」則是念作「吉哭見」。他不大能了解這是怎麼回事，日本國不就是一個國嗎？怎麼國中還有國呢？總之，那是一個極為繁榮的城市，日本國全國、朝鮮、琉球、南洋，還有中國的商旅都在此交會，漢人也很多，還有好幾個漢人聚居的地區，父親有許多熟識的朋友在此，有的是漢人，有的是倭人，一家子很快就找到了棲身之處，但是，母親卻因爲水土不服而病逝了。之後，他與父親在日本相依爲命，先是在幾個經商的朋友那裡幫忙，偶爾父親也會出海，父親倭話講得很流利，或許因爲血脈相傳，他學習語言也很快，才一年，就能跟倭人大致上溝通無礙。

也差不多在這個時候，父親自己頂下一家布行，布行的後頭有個院子，父親會嚴格督促他在此練武，不過父親不在的時候，他卻是和鄰居的少年們玩耍。這些少年有不少是「唐人」——包括和他一樣從大明來的漢人，或是從宋朝或韃子統治的時候就來此定居的漢人後代——也有不少是倭人。一群年輕人血氣方剛，偶爾也有衝突，但通常只是拿著木棍互相打鬧，他憑著父親教的武功底子，總是占上風，其他少年則不免胳膊或身上帶一塊烏青回家。

一天，他父親回來，撞見他們正打鬧玩樂，神色一變，大喝一聲，把他的朋友們全都趕走。接著父親猛扯著他的耳朵拉進家中。

「游於藝，荒於嬉！」父親大罵：「我要你修文練武，你修練到哪去了！」

當時也不知是如何，突然間，他脫口而出平生第一句反抗父親的話，這讓他自己都嚇了一跳：「我修日本國之文！練日本國之武！與近鄰們教學相長，有什麼不對？」

他生平僅見的反駁，讓父親愣住了，父親的臉色先是整個沈下來，正當他以爲要挨上一頓板子，父親的臉色卻緩和了，還微微露出一抹似乎帶著得意的微笑，開口問道：「你要練日本國之武，是真的嗎？」

「是的！」他趕緊點頭。

「那怎麼不拜明師求教？」

「因爲……」他被問急了，隨口答道：「我不知找誰拜師，只好找左鄰右舍，打打交情……」

父親破口大罵：「胡說八道！」正當他嚇得肝膽俱裂，父親卻變回了和藹的模樣，說：「放心，我會幫你找的。」

許久之後，當他已經快遺忘這件事時，父親帶來一位倭人。

這個倭人和平常看到的倭人沒什麼不一樣，但衣著體面了些，剃了個奇怪的髮型，最大的不同，就是腰上別了一長一短兩把倭刀。父親很愼重的要他向這位倭人行禮，告訴他，這位「飯篠」先生名叫「家直」，是「下總」國「千葉」氏的家臣，雖然只是一名「鄉士」，年紀也很輕，但是劍術高超。「下總」國遠在日本的另外一邊，這次是因「千葉」氏派他的領主前來「博多」採買一些商品，他跟隨領主前來。父親說這是非常難得的機會，要宋慕向他好好學習。

他狐疑的打量了一下，這個「飯篠」先生也不過約莫十八歲，會有什麼了不起的本事？「飯篠家直」講了一句倭話——應該是倭話，但他卻聽不懂。於是父親說：「這位先生講的是關東話，跟我們九州的腔調很是不同，他是說：『別浪費時間，出招吧！』」

他點了點頭，用倭話說了聲：「有勞了！」便拿起木劍往前一刺，然而，「飯篠家直」的身體彷彿是微風吹動的紙片，又好似在流水中飄動的布帛，應著他木劍的來勢微微往旁一偏，讓他一劍落空的同時，只聽到一聲悅耳響亮的金屬鳴聲，面前感覺彷彿有一道凜冽拂過，他瞪大了雙眼，下意識的僵住了，心跳猛然加速——木劍莫名的斷成了兩截，斷掉的那截木劍好像很緩慢、很緩慢的落到地上，發出「叩」的一聲。他這才回過神來，飯篠家直仍是手按刀柄，彷彿從未出過鞘似的。

他詫異的望著斷劍：「這……這是妖法嗎？」

「這叫做『居合』。」父親說道。

「居合」是利用倭刀細直微曲的形狀，在臨敵之時先收刀入鞘，再神速的拔刀斬殺對手。中原從來沒見過這種使刀的方法，他心想：要是來上這麼一招，肯定會讓對方猝不及防。

父親告訴他：「我教你的『巴子拳』拳路中，也有將拳勢隱藏袖中，然後突襲的招式，這招也可改使短刀或飛鏢。但拳頭、短刀和飛鏢，終究是短兵器。日本國人卻能用這麼一把長刀爲之，中原武術之中，沒有可以比擬的。」

他點了點頭。

「很好，那麼你還不趕快拜師？」

他正要匍伏下跪，「飯篠家直」一把拉住，說：「我只想跟人切磋武藝，可不想收徒。一來我在此時間短暫，教不了什麼。二來我的劍法也還不到能開宗立派的程度。」

「家直」總共在「博多」待了一個月左右，這段期間，父親很殷勤的款待他，他則和他學習「居合」，也跟他交換一些從父親那邊習得的棒術、槍術和擒拿搏擊的心得。

原本，他以爲會這樣在「博多」一直待下去。但是才不到兩年，有一天，他聽到街坊鄰居們大呼小叫，往海邊的方向指著、跑著，他跟出去一瞧，只見博多海濱出現密密痲痲的船影。那些船，比尋常的兩百料船大了足足有一倍左右，有些還要更大，帆頭和船頭掛著黃旗，旗上繡有一條白龍。

他興奮的回家告訴父親，父親卻面色凝重。

「那不是『龍』，龍五爪，那卻只有三爪。雲從龍，龍伴有祥雲，那卻是水紋。」父親說：「那是條『銀蟒』。」

「銀蟒？」他糊塗了。

「那是奸賊佞宦馬三寶⑥的旗幟，化成灰我都認得，」父親咬牙切齒。

於是，父親喚他到內室，和他長談，這是父親第一次這麼詳細的把靖難之變的過程，原原本本的告訴他，一直以來，父親都只是訓令他要忠君愛國，沒有提起太多往事。

「當年，勤王之師在江淮抵抗燕王，這個馬三寶，領著水軍爲燕軍送糧，又登陸突襲王師之背後，若非如此，南京也不會那麼快就陷落了！」

他聽完，對建文帝並沒有增一分同情，倒是擔憂了起來：「原來是燕王的人馬，莫非是來捉拿我們的嗎？」

父親什麼都不說，只是把他送走，要他到南方的「薩摩」去避一避，但才到半路，父親就又遣人把他召了回來。原來，三寶太監，也就是後來的鄭和，已經離開了。

父親很快得知，那是燕王派遣鄭和出使日本的艦隊，燕王以大明天子的身分，封賞日本國的統治者「將軍」「源義滿」爲「日本國王」。

「這不是很蠢嗎？」宋慕嘲笑道，「現在的這位『將軍』姓『足利』，不是姓『源』，而且，日本國的『幕府』上頭還有一位『天皇』。這燕王完全搞錯了嘛！」

「燕王不曉得日本國情並不代表什麼。」父親說。隨即臉色變得凝重，並陷入了沈思。他常看到父親有這種習慣，正打算告退，父親突然開口說：「取文房四寶來！」

父親忙碌了起來，接下來數日，他寫了很多書信，並且不時有唐人、日本浪人，或南洋諸國的人等來訪。有些是他常見的父親友人，有些他卻從來沒有見過，而這些人見到父親之後，往往入室密談，有時候還談到深夜。父親的書信，一半是請這些人來訪，一半則託人送往南洋。就這樣忙了半個多月，父親突然告訴他：必須回大明。

他有如青天霹靂：「回大明？」

父親向他說了建文帝逃出南京的往事，告訴他：燕王組織了這麼大規模的水軍，先來到日本，之後或許就會下西洋，目的就是要捉拿建文帝。

「鄭和帶著一萬多水軍前來日本，是示威，宣稱要來買日本的珍珠，出三倍的價錢，是賄賂。他說大明今天已有新皇帝，一切要變新，帶兵威嚇，又加以封賞，這是恩威並施，暗示『足利義滿』，要他交出建文皇帝，至少給個下落。但是……」他很仔細的探查了四周，確定隔牆無耳，才壓低聲音說，「此事你必須誓死緊守祕密。」

他點了點頭。

「建文皇帝在滿剌加，」父親說，「在你黃伯父那。為了安全起見，我已經送信給他，請他把建文帝送往錫蘭山⑦躲避。燕王應該不會想到他會躲在那麼遙遠之處。」

「爹，西洋萬里迢迢，人海茫茫，鄭和應該找不著的。」他安慰父親。

「他找不著？但銀子找得著，」父親嘆了口氣，「現在到處用的是永樂錢，『永樂』就是那燕王僭稱皇帝以後的年號。他現在用錢買通了日本，當然也能用錢買通整個西洋，買到告密者，買到消息。」

「所以，吾兒，你必須回到大明，從軍，並想辦法進入鄭和下西洋的部隊之中，伺機保護建文帝。燕王的鷹犬並不認得你，你必須單獨行動。」

＊　＊　＊

他撫摸著腰間繫著的刀柄。這把倭刀，是離開日本國前，父親爲他購置的，如今，這是他與父親之間唯一的聯繫。倭刀雖然鋒利，卻也需要時常保養，他日日爲它上油，並不間斷的練習「家直」教導他的劍術。

離開「博多」之後，他先從對馬島搭船前往朝鮮，混進一群朝鮮商人之中，打了好幾個轉才進入大明地界。燕王將南軍北調，擴軍重編，整編期間兵籍混亂，他想辦法在北邊頂了個小旗的空缺，由於體格和武藝都不差，加上賄賂的幫助下，一路升上總旗。到終於進入下西洋的部隊時，離從日本國出發之日，已經過了九年，與父親之間音訊全無。

不久後，寶船就會從這天下第一大港出發，出太倉之後，一路向南駛往福建長樂太平港，那是最後的國內補給港，然後等待西北季風前來，就順風出洋。

一切會如何呢？他要爲了快要記不清楚長相的父親，還有從未謀面過的皇帝，飄蕩海上，追尋至天方海角嗎？還是跟夥伴們一起，依汪總旗的計畫，到滿剌加去安身立命，遠離這一切？他不知道，眞的不知道。

宋總旗轉過身。他是有個名字，宋慕，但是他不喜歡提起這個名字，一方面，這是父親起的名字，另一方面，使用本名會有被錦衣衛找上的風險，然而他卻沒有改變他的姓，因爲可能的敵人或許會認爲他一定會更姓，而沒料到他竟然使用本姓，在行伍之中，他自稱是宋鐵頭，一個俗氣的名字，也是安全的名字，當上了總旗之後，弟兄們都稱呼他宋總旗，他覺得這很親切，也更安全。宋總旗很喜歡他的手下，但是他們都在原本的單位，可能再也沒有機會見面了。他走向他的新部下，朗聲說道：

「集合！休息夠了，該幹活兒了！」

*　*　*

太倉這段江面上豎著幾百根桅桿，就好像是水面上長出了一座光禿禿的森林似的。整支寶船艦隊都在此暫泊、裝載，等待出航。

寶船正如其名，外型像是一個個巨大無比的元寶，最大的幾艘，每艘都有如一座海上城池，用厚實的紅漆漆得光亮，每艘有八到十二支的粗大桅桿高聳直刺天際。寶船總共有六十二艘，占據了江面的中心部分，周圍則泊著百來艘較小的輔助船，總計有兩百多艘船艦。碼頭上仍然是一片狼藉，民伕們、軍人們，忙得像一團團螞蟻似的，碼頭和船上堆積散落的物資，也引來了一群群的鳥兒，有鵲鳥、有海鳥，在桅桿間穿梭、繞著船隻飛舞著。

往上游去，江面卻是靜得超乎尋常，原本在大江東西奔波的商船，都爲了寶船出航而暫停了，再說，他們也無貨可載，整個大明的物資，都集中到了太倉港的倉庫中，準備運上寶船，得一直到南京龍江港，才會看到些許船隻。龍江港的這些船，將會搭載三寶太監鄭和和他的從屬，從南京前往太倉。

南京四道蟠龍般的堅固城牆仍舊屹立在山河湖泊之間，也依舊是大明的首都。不過，遷都到北京只是遲早的事，永樂皇帝一即位，就將北平更名北京，設行在六部，調度大量軍隊，遷徙富戶，整個南京城越來越空蕩蕩了，原本燒燬了的宮殿，也只是簡樸的修復，所有人都看得出永樂帝不打算久留於此。

略顯寂寥的宮殿群中，有一偏殿，由錦衣衛嚴密的把守著，四周空無一人。一隊錦衣衛簇擁著面容輪廓較一般漢人深些的兩人走近，走在前方者正是三寶太監鄭和，他一身顯貴華服，正午的日光讓他蹙著的眉頭在眼窩上投下陰影，顯得有些深沈，跟在他身後的則是通譯，馬歡。當兩人接近偏殿，圍繞他們身邊的錦衣衛緩下腳步，成了雁行般的序列，然後往兩旁退開，加入把守的錦衣衛之中，只有鄭和與馬歡繼續往前，走向偏殿大門。

鄭和先是輕叩了兩下，然後推門而入，馬歡則隨後把門帶上。殿內瀰漫著一股沈悶死寂，整個偏殿的門窗都封得密不透風，只有一道道細如髮絲的陽光從氣窗縫隙中微微透入，馬歡點起燭台，舉燭照明，但是殿內除了他們兩人以外，別無他人。

鄭和領著馬歡往前，在偏殿的中央跪了下去。這是馬歡第一次陪同鄭和前來，他照著鄭和事前的囑咐，低頭看著地面，雖然不至於不知所措，但總覺得有些心慌。

偏殿有處發出了聲響，然後是緩步而行的腳步聲，馬歡聽到那人拉開椅子坐定，然後輕拍了一下手，那相當於是說：「平身。」

鄭和起身後，就自顧自的大步向前。馬歡一時躊躇了，不曉得是否該跟上，他知道前頭坐著的人，就是大明當今皇帝，而永樂帝素以急躁暴戾、天威難測著稱。

不過他也有不拘小節的一面。鄭和在永樂帝還是燕王的時候，就已經是他的心腹，和永樂帝情感上很親密，對永樂帝的習性更知之甚詳，馬歡心想，或許這就是鄭和之所以在闢室密談時，用一種似乎與皇帝平起平坐的態度來面對他，因爲這樣顯得兩人的親近，反而可以在多疑猜忌的皇帝面前保持自己的地位。

但是馬歡可不是永樂帝的舊識。

他遲疑了半晌，還是跟了上去，胸口怦然作響，生怕踏錯一步就惹來殺身之禍。鄭和招了招手，示意他把蠟燭舉高些，燭火搖曳，皇帝的身影也忽明忽暗，他坐在一張不甚起眼的普通椅子上，面前有一張大桌，鄭和正把海圖攤開在他面前，蠟燭只微微照明了桌面，三個人的臉都是暗著的，而偏殿四處則是漆黑一片。永樂帝漫不經心的看著海圖，接著開口：

「此次下西洋，你有多少打算？」

鄭和正撫著海圖的雙手停了下來，低著頭道：「奴才這次已經掌握到十成的把握，」微微停頓了一下，「只不過……」

「只不過什麼？」永樂帝急性子的說，「前三次，你也說有把握，結果呢？就說第一次吧！你說得到了確實的情報，說朱允炆在滿剌加，怎麼連條衣帶子也沒帶回來見朕？」

這聲責難聽在馬歡耳中，那原本就悶不透風的空氣，帶著燃燭的氣味，讓人似乎喘不過氣來，他額頭沁滿了汗。

但是鄭和卻彷彿輕描淡寫似的接口道：「皇上恕罪，稟皇上，第一次下西洋，奴才給您帶回了叛賊陳祖義的首級。那是朱允炆在滿剌加招兵買馬，想用來對抗皇上的海軍，奴才用誘敵之計，將五千賊兵全數殲滅……」

「夠了，」永樂帝打斷他，「八年前朕就聽得夠多了，」他急躁的語氣突然一緩，「好好，算你有功，雖然沒捉拿到朱允炆，至少斷了他起兵復國的念頭，大功一件，」不過接著永樂帝坐直身子，語氣又帶了點嚴厲：「那第二次呢？」

「奴才探得朱允炆逃往錫蘭山，並接受錫蘭山國王的招待，」鄭和仍然是不慌不忙的說，「因此誘出錫蘭山的艦隊，攻占了錫蘭山國，捉拿了錫蘭山國王……」

「但是朱允炆卻給逃啦！你說你留了最優秀的錦衣衛持續調查，之後又讓你去了一次，大搜特搜，可也沒找著。」

「這正是奴才方才要說的事。」

「要說什麼？」

鄭和卻沒有如先前馬上答覆，而是微微皺起了眉，似乎輕輕搖了頭，然後才緩緩的說：「奴才前幾次行動，都功虧一簣，這寶船艦隊中有兩萬七千餘人……內賊難防啊！必定是有內賊洩密，才導致朱允炆逃脫。」

永樂帝叉起手：「我給你那麼多錦衣衛，連個內賊都抓不了嗎？」

「稟皇上，」鄭和答應道，然後傾身往永樂帝靠近了些，彷彿要跟他說悄悄話似的，輕聲說：「探到了。」

「哦？」

「皇上還記得鐵鉉嗎？」

「怎麼不記得，」永樂帝鎖起了眉頭，「朕攻打濟南時，差點死在他手上。」

「鐵鉉已經伏誅。不過，出奸計害皇上的，卻是那宋參軍，他流亡海外，杳無音訊。據報，宋參軍派他的兒子混入軍中。我們先前只截到他要送給他兒子的信息，並不曉得混跡何處，如今，我們調查發現，他兒子用偷天換日的手法混入寶船成員之中。當然，我們也已經鎖定其他內賊，只不過爲免打草驚蛇，暫時只是監視著他們。」

馬歡手上的燭火微微晃了一下，但是鄭和和皇帝似乎都沒有注意到。

「很好。」

鄭和語氣一沈，「啓稟皇上，奴才以爲，如果在出發之前，把這些內賊一次全……」鄭和語氣加重了些，拉長著，但永樂帝卻舉起了手，示意他閉口，似乎嘆了口氣，接著緩緩說道：

「殺了他們，你就找不到朱允炆了，這個道理，你也不是不明白。」

「皇上聖明，奴才愚鈍，忘了這層道理。」

「朱允炆終究是皇親國戚，我要親眼看見他活著出現在我面前，明白嗎？」

鄭和停了半晌，接著以困惑的語氣說，「奴才這就不明白了，不知道皇上的意思是？」

「你知道也罷，不知道也罷，知道你就想著，不知道你就記著。」

「奴才遵旨。」

永樂帝看著他，凝視了一會兒，然後以稀鬆平常的語氣說：「這次下了西洋，你走得那麼遠，到了天方，有人說，你是要圖自己的方便，順道去朝聖了。朱允炆確定是在天方嗎？」

「絕無此事，皇上。奴才……」鄭和急切的說。

「若是你到了天方，眞要去朝聖，也無妨，朕恩准你。」

「謝主隆恩。」鄭和道，「稟皇上，那朱允炆，確實是在天方，奴才歷次下西洋，在占城、舊港、蘇門答剌、爪哇和滿剌加都建立了基地，更留了不少幹探，遍布南洋，追查那朱允炆和其同黨的行蹤，雖說南洋之大，但行商所到之處，均是固定，天網恢恢，終究是疏而不漏的啊！」

「很好，那把他活著帶回來。」

「所以決計不能在找到他之前，殺了內賊，」鄭和彷彿自言自語的重複著先前的話，「否則朱允炆知道了，奴才就找不到了，奴才明白了。」

「你明白了就好，那，退下吧，這事，就託付給你了。」

鄭和向馬歡比了個手勢，馬歡點點頭，將桌上的文件收拾起來。兩人向永樂帝再拜，向後退到偏殿門邊，敲了敲門，門外的錦衣衛恭敬的分成兩列，拉開殿門，而殿上的永樂帝早已消失無蹤。錦衣衛們聚了過來，緊跟著兩人，浩浩蕩蕩，直往城外而去。

---

②永樂十一年的十月，西元一四一三年十一月。

③天方，指聖地麥加，即「天房」，又泛指阿拉伯半島，此處指阿拉伯半島。

④木骨都束，今索馬利亞之摩加迪休。

⑤占城又稱占婆，是越南的占族古國，在今越南中部。

⑥鄭和原名馬三寶，三十三歲時蒙賜姓鄭，才改名為和。

⑦錫蘭山，今斯里蘭卡。

第二章 濤浪迷離渡西洋

幾艘快船駛進泊滿江面的船團之中，原本鬆散排列著的船隊馬上忙碌了起來，千戶、百戶、總旗們大聲吆喝著，少數還沒上船的人員和貨物加緊作業。四下是一片忙亂，鄭和以出乎意料的矯健身手，登上最大的寶船，馬歡和錦衣衛們也跟著登船，船上已經有一位內府太監在等候他們。

「鄭公公，一切都備好了。」那位太監說。

「很好。馬歡，你照慣例迴避吧。」鄭和向他點點頭，往甲板的前頭走去。寬闊的甲板上，已經架設了祭拜天妃的神壇，上頭飾著大紅大綠、珠光寶氣的裝飾品，香燭煙霧繚繞。以販夫走卒的眼光來看，可說頗爲華麗，但是換個角度想，就是頗爲俗氣。在神壇前，還設有三牲祭品，奉獻著仙師酒，有一隻口中含著鳳梨的大公豬趴在神像前，那正是鄭和要馬歡迴避的原因，身爲一個虔誠的安拉⑧子民，是不可以接觸到豬的，也不能碰酒，而更重要的一點，是不能崇拜偶像。

馬歡自從五年前就成爲鄭和的心腹，但是他仍然覺得鄭和這個人高深莫測。譬如說這件事，鄭和已經改宗了，他吃豬肉、拜偶像，甚至從日常生活中的一切行爲觀察起來，他都更像個佛教徒而不是回教徒，但是，鄭和卻非常注重馬歡對眞主的虔誠信仰，他不但時時提醒他回教的教義和戒律，更給予艦隊中所有信奉回教的成員們最大的方便，這實在非常矛盾。

還有，鄭和平素行事謹愼……謹愼還不足以形容，可說是到了多疑的程度。但是，馬歡當年才初次與他見面，他就要馬歡在他身邊行走，這也讓馬歡百思不解。不過，多年以來，馬歡在鄭和身邊，已經養成了凡事不多問的習慣，如果鄭和認爲馬歡有需要知道的事，他會自己說出來。因此，這些疑問，他也一直放在心裡。

和永樂皇帝的一席交談，也讓他充滿疑惑。不過現在不是想這些事情的時候，一個眞誠的安拉子民，一日之中要獻上五次禮拜，而禮拜的時間到了，這就是鄭和要他離開的第四個——也是最重要的——原因。

「郭公公。」馬歡向方才的太監打了招呼。郭承禮原本並非下西洋的成員之一，但是他看到馬歡在參與鄭和第三次下西洋時寫的一些札記之後，對西洋深感興趣，自請出使暹羅，又向鄭和請託加入第四次下西洋的行列。鄭和讓他在船上負責打理信奉回教成員們的一切需求。

「請跟我來。」郭承禮笑著帶著馬歡往船尾走，他邊走邊拿出一本簿冊，「馬兄弟，我把你的札記整理了一下，現在剛寫到占城的部分，你瞧瞧我寫得如何。」

馬歡翻了翻，「不錯啊！」他笑道。雖然被改寫得看不出原形了。

「我想啊，這次出洋，我就著兄弟你的記錄增增補補，出成一部書，你覺得如何？書名嘛，就叫《瀛涯全覽》。」

「嗯……《瀛涯勝覽》吧，」馬歡想了想之後回答道，「先失陪了。」他走進回回弟兄們之中，準備開始朝拜。

＊　＊　＊

航行所需的民伕已經全數登船，螞蟻似的，有的列隊使勁拽著纜繩，揚帆、撐篙，有的推著車混在軍士隊列之中。吆喝聲此起彼落，偶爾夾雜揮鞭聲。

總旗們領著小旗與兵士走上斜板，厚重大木板橋不時發出吱嘎聲，陽光直曬在眾人身上，軍官兵士們都一樣的揩著汗。突然，旁邊的民伕腳一滑，裝滿大米的獨輪車往旁傾倒，宋總旗連忙往前一跳，雙臂向前彈出，及時拉住麻袋上的粗索，使力將它一步步拉正。

汪總旗趕上前來，先踹了兩三個小卒的膝蓋窩，吆喝道：「眼睛給豬油矇了不是？還不趕快去幫宋總旗！」五、六個人這才趕忙跑過去幫忙。

宋總旗鬆開手，看了看那差點把車推翻的民伕：「你有沒有受傷？還能不能推車？」

民伕正要回答，冷不防黃總旗一鞭子打過來，他痛得直站起來。「看！」黃總旗啐了一口，「好好的嘛！裝死？還不趕快給我滾過去把車推上船！」

民伕搖搖晃晃的接過推車，這次換汪總旗破口大罵：「別他媽的找麻煩好不好？到底行不行啊！去，去，別推了，王小六，邱大丙，幫他推上去。」推車的民工連忙道謝，兩個兵士則是一臉不甘願，趁人不注意猛踹了那民伕兩腳。

宋總旗正要制止他們，一名小旗跑了過來，說：「請問您是總旗嗎？」

汪總旗問：「總旗那麼多，你要怎麼叫？亂叫可不行吶！」

小旗愣了一下。汪總旗怒道：「你他媽的第一天當兵啊？都當到小旗了，就算第一天當兵，也該知道看見官長該怎麼講話吧？」

「喔，啊！是！稟官長！給官長請安！」

「沒吃飯啊？大聲一點！」

「稟官長！給官長請安！」

「你唱戲啊？」

「稟官長！給官長請安！」

宋總旗笑了一下，拍拍汪總旗肩頭，低聲說：「官威發夠了吧？」

「新來的，不這樣罵一罵，不長眼，我可是爲他好。」

「是沒錯，不過就給我個面子吧！」宋總旗說。

「好，」汪總旗猛踹了那小旗一腿，「看在宋總旗面上，免了，有屁快放！」

那名小旗喊完了之後，嗓子也啞了，他走過來，說：「稟官長，鄧百戶說，要宋總旗、汪總旗、趙總旗、黃總旗、陸總旗、許總旗……」

宋總旗打斷他：「你說的鄧百戶，可是鄧更頭鄧百戶？」

「稟官長，正是。」那名小旗說：「還有伍總旗……」

「行了，行了，就是所有他底下的人嘛，對吧？」汪總旗說：「直接說鄧百戶要幹嘛？」

「稟官長，鄧百戶說，要所有的總旗，都改去上旗艦。」

「好，你可以走了。」宋總旗揮了揮手，那名小旗道了聲謝，轉身就跑。

汪總旗這時突然也不生氣了，整個臉沈了下來，他跟其他總旗們比了比手勢，分別把任務交代給手下的小旗們，接著走下長板，找了艘駁船載他們往旗艦划去。

駁船上氣氛凝重，總旗們你看看我，我看看你，不發一言，宋總旗看了看汪總旗，他用眼神瞥了瞥划船的船伕示意，於是他也不出聲，直到攀上旗艦的船舷，也沒人說半句話。一登上甲板，馬上有人招呼他們前往船的前半部祭拜天妃。

他偷個空，探出船舷往下望，才啓航的船隊尚未列成陣，糧船、水船、坐船、戰船交織混雜在一起，一艘艘馬船以巨纜和碩大的寶船相連，牽引著寶船出海。每艘船都正在進行拜天妃的儀式，焚香點燭的少不了，神壇上也堆滿三牲四果——多虧了天妃的福，看來這幾天都會吃得很好。

原本旗艦上的官兵們都在神壇前祭拜，已經略嫌擁擠，再加上宋總旗這新來的一票人，就更加混亂了，前頭鄭和、錦衣衛與高層軍官們帶頭向天妃跪拜，趁著所有人忙亂著，汪總旗把大夥兒拉到背著風那側的船舷邊，黃總旗首先小聲的說：

「怎麼突然把我們調來旗艦，消息走漏了嗎？」

「我們應該都沒有走漏風聲啊！」伍總旗略帶焦急的說。

「再怎麼說，就算走漏風聲，幾個小總旗要走，也頂多是百戶，最多是千戶插手來管，叫到旗艦來也太誇張了。」汪總旗安慰所有人。

「也對，」趙總旗說，「不管搭的是哪艘船，下了船也都一樣。」

「總之，大夥兒小心為上就是。」汪總旗說道。所有人都點了點頭。宋總旗感到黃總旗向他瞥過來一眼懷疑的眼光，下意識的把頭偏了偏，卻瞥見船的另一頭有個人影似乎原本正看向這邊，倏地消失了，他正打算要開口，汪總旗比了比手勢，要大家解散回到祭拜的隊列裡。

前頭負責主祭的千戶已經向天妃奉上仙師酒，祝文念到末尾了：「……弟子一心專拜請，湄洲娘媽降臨來。急急如律令。」

宋總旗四下張望，想看看是否還有可疑的人物，不過卻沒有任何發現。或許是轉頭的瞬間，眼花了吧？

＊　＊　＊

馬歡手上端著一個附有日晷和牽星斗板的羅盤。航海時依靠羅盤來判斷方向，羅盤最初是回回們爲了尋找聖地的方向，從中國的羅盤改良而來的，後來，回回反倒因此在海上掌握了優勢，如今，鄭和艦隊所使用的羅盤，是從回回那裡傳來的。馬歡放下羅盤，脫下鞋子，在事先備便的水盆前洗淨臉及手腳，接著面向聖地，在面前鋪開一張地毯。

叫拜者開始用清眞言——也就是天方話——高喊：「要行善」！然後再一次，「要行善」！

馬歡和所有人一起，先是站立著，把雙手抬到耳朵旁，再把手合攏，左手搭住右手，放在胸部上。接著彎下腰，手放到膝蓋上頭，再回復到站立的姿勢。之後，整個身體俯臥到地上的毯子上，短暫坐下來，再俯臥一次。

整個過程中，他們以清眞言宣讀著《古蘭經》中的詞句和經文，喊聲此起彼落：

「安拉是最偉大的。」「安拉是最偉大的。」「安拉是最偉大的。」「安拉是最偉大的。」

「我見證除安拉外沒有其他眞主。」「我見證除安拉外沒有其他眞主。」

「我見證穆罕默德是安拉的使者。」「我見證穆罕默德是安拉的使者。」

「來禮拜。」「來禮拜。」

「來行善。」「來行善。」

「安拉是最偉大的。」「安拉是最偉大的。」

「除了安拉沒有其他眞主。」

最後，他們回到坐著的姿勢，彼此問候：「願你平安，眞主憐憫你。」

這些固定的禮拜儀式是十分嚴格的，不准有任何偏差，虔誠的回教徒應該日復一日的遵循它，這整個過程是一種必要的訓練，讓人們經常記住眞主。鄭和並不在禮拜的行列之中，相反的，他現在正在崇拜異教偶像，和酒、豬肉混雜在一起，稍後可能還會吃豬肉，再怎麼說，他也是個叛教的改宗者了。馬歡心裡頭想著。

回過身來，他卻看到鄭和正站在身後，身邊沒有帶護衛。

鄭和向他招招手，馬歡穿上鞋子走向前去，「公公有何吩咐?」

鄭和笑了，手一揚，手裡是一本《古蘭經》抄本，他說：「來，我想趁空跟你聊一聊經文。」

鄭和領著馬歡一直到一處陰暗的艙間內，裡頭只有一張桌子，兩張椅子，和一個高高的檔案櫃。鄭和坐在檔案櫃前，把《古蘭經》放在桌面上，攤開，接著突然開口。

馬歡一時愣了一下，隨即馬上理解鄭和說的是天方話：「你坐在對面。」

馬歡滿臉詫異，五年來，除了經文裡的詞句外，從未聽過鄭和講過一句天方話。他並沒有坐下，反而是脫口而出：「鄭大人既然天方話說得如此流利，何必要通譯呢？」

「先坐下吧。」鄭和說，一邊作勢指著一行《古蘭經》的經文。馬歡依言坐下，狐疑的看了看鄭和，鄭和又指了指下一行經文，說：「現在就算有人在偷聽，也只是以為我們在討論經文，就算心生懷疑，他們也聽不懂。」

「嗯。」馬歡應了一聲。兩人接著全程以天方話交談。

「你還記得你的前雇主，李六麻子吧，」鄭和說，「這五年來，我派人嚴密的調查他，他眞是個奸商，為了賺錢什麼都幹，連自己的親戚都坑，連人都拿來稱斤論兩賣到南洋去。我沒看過比他更缺德的人了。」

馬歡吃了一驚，又連忙坐正，鄭和不待他回答就繼續說道：「這樣正好，像他這種喪盡天良的人，絕對不會是建文一派的同黨，他們可講究忠孝仁義得很。所以，我已經結束對他的調查。既然他不會是建文一派的同黨，你，自然也不會是他派來刺探機密的間諜，這就是今天我找你來的原因。」

馬歡連忙說：「承蒙大人明鑒。」

「以後別公公、大人的稱呼我了，」鄭和說，「當初，李六麻子派你送他截到的信，前來領賞的時候，我就是看中你是穆斯林弟兄，才要你在我身邊行走，咱們都是主內兄弟，以後兄弟相稱即可。」

「是的……三寶大哥。」

鄭和大笑出聲，說道：「很好，反應很快，當初就是看你天方話說得好，又跟過商人，腦袋也靈巧，才選中你的，我的眼光果然沒錯。」

「但是……」

「我知道你要說什麼，」鄭和擺擺手，「要知道，我們回子在有元一朝，是高高在上的，那些蠻子對我們很是不滿，許多時候，爲了苟延性命，有很多不得已。」

馬歡聽著，心裡想：如果眞的是虔誠的信仰眞主，那爲了信仰而犧牲也在所不惜才對，不過他口中說出來的卻是：「《古蘭經》中說道：『你們把自己的臉轉向東方和西方，都不是正義。正義是信眞主，信末日，信天神，信天經，信先知。』若是被外力強迫，不得不違反眞主的教誨，但是心仍向著眞主，無所不知的眞主會明白的。」

鄭和似乎有點感動的點了點頭，說：「謝謝你這麼說。我想你還不知道我入宮的經過，我十歲時在戰亂中被明軍逮捕，只因爲我是回子，就遭到他們慘無人道的對待，之後成了太監。這大明的漢人，對我們回子心防可重了，要不是我故作改宗，別說永樂皇帝不會這麼信任我，腦袋恐怕早不曉得掉了幾回了。」

馬歡聽了，不禁對眼前的這個宦官興起了一陣同情，馬歡自己的長兄，也是遭到類似的待遇，現在不知流落何方。

「拜天妃嘛，也是這個意思。」鄭和繼續說道，「你或許不清楚，咱的二萬七千多名船員，多數是從福建、廣東、浙江三個沿海省份招募來的，他們原本就篤信天妃，迷信得緊，也不曉得眞主的教誨，要不是這樣大張旗鼓的祭拜天妃，給他們安心，誰知道航海的過程中會出什麼亂子，唉。」

馬歡點了點頭，他已經參與過一次下西洋，船員們的來歷和想法，他多少是了解的。

鄭和話鋒一轉，聲調沈了下來：「我知道，和皇上的對談，你有許多不解之處，是吧？」

馬歡點了點頭，說：「弟正是這點很不明白。」

鄭和笑了笑，說：「你已經很會做生意了，不過，為官的道理，還是需要琢磨琢磨。鑾子們有一句話：『伴君如伴虎』，在皇帝跟前，是要特別的費心機。」他在椅子上換了換姿勢，接著略板起臉來，「五年前，我只是要你在我身邊行走，今天以後，你就成為我的心腹之人，所以，這些道理，我得說給你明白，讓你能知道我的意圖、我的心思。」

「承蒙大哥教誨，汝欽⑨敢不好好學習。」馬歡說。

「很好。」鄭和說，「不如這樣，有什麼不解的，你來問，我來答。」

馬歡停頓了半晌，接著開口問道：「三寶大哥，你是眞的要殺宋參軍的兒子嗎？」

「皇帝不是說了嗎？殺了他，我們就找不到建文了。」

「那……？」

「因爲，我是回子，雖說永樂皇帝與我很親密，終究是會有所提防，再說，我手上還握有這麼龐大的艦隊，永樂又是個多疑的人，如果是由我來說出不可殺人，永樂一定會懷疑我是否是他的同黨。」

「我明白了。」馬歡說。

「另外，讓永樂說出來，顯得他英明。這點小伎倆，汝欽，你可得好好學著。」鄭和笑了一笑，「那還有什麼不明白的呢？」

「李六麻子託我帶來的信，五年前就到三寶大哥你的手上了，大哥也根據信的內容，在上回下西洋時，讓錦衣衛們又抄了一次錫蘭山，爲什麼先前大哥都沒跟皇上提起，這次卻又提出來了呢？」

「汝欽啊，」鄭和坐正了些，「你看我現在率領著這麼龐大的艦隊，好像很風光，但是，這風光的背後，耗費了多少人力物力？一般人不清楚，我可是很明白的。永樂帝是個吝嗇節儉的人，他耗費鉅資，屢次遣我下西洋，如果沒有什麼收穫的話，哼哼……」

鄭和看了看馬歡，覺得他好像還是不甚理解，把手往桌面上一放：「挑明了說，就是藉口，汝欽，要在官場上安身立命，靠的就是藉口，一個藉口，就是一張保命符，保命符這種東西，平時要準備多一點，但是要省著用，一次用光了，下回該怎麼辦？」

「我明白了，宋參軍寫給其子的信是個很好的藉口，所以留到現在才使用。」馬歡說。

「嗯。」鄭和閉上眼睛，「還有，官場上，總要多保留點底牌。你看看我身邊這些個錦衣衛，似乎都聽我的號令，其實呢？」

「這些錦衣衛不是大哥你的部下嗎？」馬歡詫異的問。

「他們有自己的打算。錦衣衛由皇上直轄，又設有自己的司法機關：三法司。刑部、都察院，以及大理寺，都無權干涉他們，可說是勢力薰天。不過，他們仍然不滿足，一直遊說皇上，要再組織一個權力更高的特務機關。永樂幾年來，都沒有答應。」鄭和說。

「皇上是把這個當餌，引誘錦衣衛們盡力尋找建文？」

「聰明。所以這些錦衣衛們跟前跟後的，拚了命似的協助我下西洋的任務啊。」

「那宋參軍之子的事……」

「沒錯，」鄭和回道，「是他們自己查出來的。這也是我把宋參軍寫信之事向皇上報告的原因之一，先前，只截到了信，沒有查到人，永樂必定不會善罷干休，既然人都給他們找出來了，那麼自然就順當了。」

「還有，人既然被找出來了，就不能再瞞了？」馬歡說。

「說得好，你學得很快。」鄭和笑道，「這姓宋的也忒會藏，要不是他賄賂軍吏，調換單位，還眞找不到他。也忒大膽，竟然不換個姓，也沒隱瞞從東洋來的事。」

「或許不好瞞吧！東洋口音畢竟很容易認出。」馬歡說。

「的確。」

「三寶大哥，那，你又是怎麼知道建文人在天方的呢？這也是錦衣衛們查出來的嗎？」

「我從三點判斷的，」鄭和正色道，「首先，宋參軍寫給其子的信，全用天方文撰寫——這也是當年李六痲子派你來送信的原因——這表示，這小子一定懂天方文，而爲什麼一個蠻子的兒子要懂天方文？難道他信了眞主不成，不，一定是有非得到天方去不可的原因。」

馬歡抿了抿嘴，眼神閃爍了一下，接著說：「嗯，所以建文一黨可能和他約好要在天方會合？」

「沒錯，」鄭和看著桌上的古蘭經，「第二點，安南現在在我大明的統治之下，而且，經過三次下西洋，占城、舊港⑩、蘇門答剌、爪哇和滿剌加都有了咱們的基地，錫蘭山抄了兩次，這些地方，裡頭都塞了密密痲痲的探子，蘇祿⑪、彭亨⑫、眞臘⑬、古里⑭、暹羅等地雖然沒有基地，錦衣衛早派了不知多少人，隨歷次下西洋及出使船團前往，眼線遍布了整個南洋，但是，卻一無所獲，半點消息都沒打聽到。如此一來，很有可能，建文是逃到了天方。」

「那麼，第三點是……？」

「在我們釋出要前往天方的消息之後，那姓宋的小子，就換了單位，混進艦隊裡來。他回到大明已經九年了，早不混進來，晚不混進來，就我們要到天方去，才混了進來，豈不是證明了建文就在天方嗎？」

「大哥眞是睿智，汝欽不及萬一，好生佩服。」馬歡說。

「哈哈哈，小事一樁。」鄭和略顯得意的笑著，「你還有什麼不明白的嗎？」

馬歡點了點頭：「三寶大哥，那永樂皇帝，又是爲什麼說要見活的呢？他是對建文有所虧欠，所以……」

「你想得太複雜了，」鄭和擺擺手，「永樂，我跟著他很久了，他，生性多疑，如果帶一具屍體回來，他會疑心是否我找了個面容相似的人來欺騙他，所以非要活的不可，你別以爲他會想把皇位再傳回給他之類的，不可能的，若是我們帶回了建文，一旦永樂確認那是眞的建文之後，馬上……」

鄭和抬起手，做了個往脖子上一抹的手勢。

馬歡覺得背脊一陣發涼，但是他盡可能讓自己不要打起哆嗦，鄭和和他相視無言了半刻，這半刻，感覺起來卻好像有一個時辰那麼久，接著，馬歡想到了最後一個問題：

「那麼，您，是眞的要找到他嗎？」

鄭和笑了，他用嘉許的眼神看著馬歡，之後笑容收了起來，轉成了似笑非笑，馬歡覺得自己問對問題了，但是卻沒有得到答案，鄭和詭異的神情似乎在說：「你說呢？」

＊　＊　＊

宋慕原本以爲，至少在抵達滿剌加以前，他能過一陣子悠閒的海上生活，見識見識南洋城市的風情。他在「博多」的時候，聽過很多商旅或是父親的朋友們描述過，當時一直很想親自去看看。但是他完全錯了，從軍九年，宋慕忘了一件很要命的事：他會暈船。

雖然在龐大的旗艦上，理當不容易暈船才對，他還是一見到天空歪斜著就頭腦發脹，渾身不舒服，這才是開頭幾天而已，接下來的航程，他該如何是好？他已經不敢去想了。

其他的總旗們不但沒有一絲同情，還流露出疑慮，他們最近時常聚在一起商議，卻獨漏宋慕。宋慕在頭昏腦脹之餘，也沒辦法仔細思考這代表什麼，倒是覺得有更多休息時間很好。幾天後，他發現待在船艙中不要看見外頭似乎會好些，於是就盡量的待在船艙裡面，頭暈是減輕了，但是作嘔的感覺沒有消失。

這一晚海上風浪轉大，宋慕只覺得胃部緊抽，全身發冷，他顧不得是三更半夜，從艙房直奔而出，貼到船舷上，把整天吃的東西全給往下吐，海風猛颳之下，那酸酸黃黃的液體灑成了一片霧，他一直吐到只剩下口水，才覺得神清氣爽了些。然而，他一轉頭，卻看到兩個人影向他走來，在月光下分辨不出對方的長相和穿著，他心中一凜，把手緩緩移向腰間的倭刀刀柄。

「你就是宋鐵頭？」兩個人看到他的動作，先一步拔出了刀，接著相視一笑，宋慕武器還未出鞘，他們自認爲占了絕對的上風，緩緩走近。

「我是。」宋慕答道。那兩人走近之後，他看清楚對方是兩名下級的錦衣衛。錦衣衛爲什麼會找上門來？難道是自己的身分暴露了嗎？

「叛徒，納命來！」

他還沒來得及細想，錦衣衛就高舉著大刀大步向前，他往船舷一踢，身子整個橫移了半尺，閃過那當頭一刀，錦衣衛的大刀砍進船舷，木屑直飛到宋慕身上。他順勢轉身，另一名錦衣衛正迎面而來。

「刷！」

月光下劃過一抹薄薄的光輝，伴隨一陣輕輕的斷裂聲，那名錦衣衛的手還緊握著刀柄，但是手和手腕卻飄了開來，一隙白月從那間隙間透出，接著塡滿了紅色，錦衣衛先是怔怔的看著宋慕，過了半刻才意識到疼痛，裹起斷腕大呼小叫了起來。

另一名錦衣衛還正用力著要把刀從船舷上拔出，忽然有人大喝：「給我住手！」

宋慕回頭一看，有個人帶著另一批錦衣衛前來。他把倭刀刀身往刀鍔一敲，刀身上那少許的血滴抖落甲板，接著收刀入鞘。

一名錦衣衛百戶走向前，當頭就給了那還在拔刀的錦衣衛一拳，然後又是兩巴掌，他看了看另一名還抱著斷手大呼小叫的錦衣衛，說：「帶回去！」

有一名錦衣衛小旗看了看地上拿著刀的斷手，問：「百戶，這東西怎麼處理？」

「丟下海去！」

錦衣衛們正忙亂間，那個人走了過來，一開口，卻是一串聽都聽不懂的奇怪語言。這下子換宋慕對他怔怔的看著。

「你聽不懂？」對方驚訝的神情一閃而過，不過很快的轉變成「原來如此」的表情，他點了點頭，說：「我叫馬歡，是鄭公公的通譯，你沒事吧？」

「沒事。」宋慕說。

「我們正在捉拿逃犯，不巧你出現在此，錦衣衛認錯了人。」馬歡說。至於「請多見諒」之類的話，宋慕心知是聽不到的，錦衣衛權勢薰天，不要和他計較就已經不錯了。正想著這點，馬歡又突然說了一串那種怪話，宋慕回頭傻傻的看著他。

馬歡似乎瞇了瞇眼，接著對他說：「雖然是錦衣衛有錯在先，不過，你傷了錦衣衛，這事沒那麼容易善了，明天我會再去找你。」

宋慕點了點頭。

第二天，馬歡果然來找他，簡單問了問昨晚的情形，沒有說多久，馬歡又跟他天南地北的聊起各地商旅來了，宋慕一時也沒有了戒心，就把幼時的所見所聞講了出來。最後，宋慕問說那個斷了手的錦衣衛後來是否安好？馬歡告訴他不要多問。接著，馬歡又說了句那種奇怪的話。

宋慕終於忍不住好奇心：「馬大人，您是在念什麼咒語嗎？」

馬歡笑了，「這不是什麼咒語，這是天方話。我想你應該知道我們這趟會去天方吧？」

「知道。」

「這樣好了，」馬歡突然說，「我跟你還挺談得來的，也是有緣，在船上也百無聊賴，不如我就每天教你一些天方話，你到了天方也派得上用場。」

「謝大人。」

「不用謝。」馬歡笑著擺了擺手，「不奉陪了。」

這件事就這麼結束了嗎？宋慕送馬歡出艙房時心想，然而，馬歡一走，他心情放鬆下來，又感受到那股排山倒海般的暈眩噁心，連忙直奔船舷，一口噴出，卻忘了正逆著風，差點灑了自己一身。他稍覺輕鬆些，身後響起熟悉的聲音：「宋總旗。」

那是許久未見的同僚，他向對方點點頭，「黃總旗。」

「你可知道方才和你談話的人是誰嗎？」黃總旗皺著眉，一雙眼睛鎖著他看，讓他覺得非常不舒服。

「誰？」

「他是馬歡，是鄭公公的心腹，你怎麼會和他扯上關係的？」黃總旗繞著他踩步，不待他回答，又瞧了瞧他身上沾到的一點嘔吐物，「你眞的是行商之子嗎？莫非龍生的兒子會打洞，在海上暈成這樣能經商嗎？」他不待他回答，只看了兩眼宋慕的表情，就自顧自的走了。

這是宋慕在船上最後一次見到自己的同僚，他也無心去想他們都怎麼想，或上哪去了，滿腦子只是暈。

馬歡倒是沒有食言，一有空就來教他天方話。不過，宋慕的暈船卻越來越惡化，到了安南外海時，已經吐到十分虛脫，好幾天吃不下任何東西，他病倒、發高燒，馬歡要人把他轉送到醫療船上頭去，但是，到了小船，暈船的狀況更嚴重了，吃什麼吐什麼，一陣子之後，宋慕的牙齦全腫了起來，伴有膿包，口臭難聞，雖然整天躺著，大腿、手臂、臀部及腹部卻浮出一片青一片紫的瘀傷，眼球出血，眼淚和口水卻好像乾涸了似的，兩頰也腫脹了起來，他覺得自己有氣無力，虛弱不堪，很快陷入意識不清。

在迷迷濛濛中，他彷彿夢到自己回到「博多」的港灣，而父親正在船舷邊，一邊用生薑摩擦著他的太陽穴附近，一邊跟他說：

「我們現在要去的地方，叫『哈喀它』。它是這樣寫的……」

「這不是『博』『多』嗎？」

「不是。雖然這跟我們寫的字是一樣的，但是那是日本國人借了字的形狀去用，他們叫做『漢字』，有他們自己的一套念法。」

「怎麼這麼麻煩啊！」

「入境要隨俗。這個『哈喀它』，屬於一個叫『吉哭見』的國。」

「日本不是一個國嗎？怎麼國裡面還有國呢？」

「日本就是一個這樣的國家……」

上岸之後，他一腳踏進的卻是母親病危的臥房，母親轉過頭來，跟他說：

「慕兒，我一個女人家，沒讀多少書，我只念過一些三字經，記得『昔孟母，擇鄰處』的故事，還有我曾經在瓦子裡，聽說書，講那岳母給岳飛刺了『精忠報國』四個字的故事，我們女人沒什麼出息，我一輩子就只養了你這個孩子，如果你能盡忠盡孝，這樣母親也會與有榮焉……」

「孩兒一定會盡忠盡孝！」

可是，他一出房門，卻到了滿剌加，他沒到過滿剌加，只是看著一棟棟以前商旅說過的南洋木屋，覺得這應該是滿剌加，在滿剌加沒找到黃伯伯，卻看到黃總旗，他帶著微笑對他說：

「呦，宋總旗。」

一旁汪總旗正鞭打著一個南洋腳伕，吼著：「不長眼！給你點教訓！」

「賣我個面子吧！」宋總旗趨前說。

汪總旗抬頭，說：「做個生意也好，天高皇帝遠，不用納賦，也不用再服役，豈不美哉？」

他正要回答，黃總旗走了過來，「賣你什麼面子？」把他往後一推。

接著夢境越來越迷迷濛濛了，有時候他意識到自己好像是躺在一艘船上，隨波逐流，有時會有人來餵他吃些東西，他以爲自己醒了，但是那艘船卻不是寶船，也不是醫療船，所以那應該還是夢，他勉強爬起來往外一看，一片霧茫茫，只隱隱約約看到有座陰森森的橋，他心中突然知道這是哪裡了，那是奈何橋，這是孟婆川，他躺了回去，但是船仍然一直晃蕩來晃蕩去的，不知道過了多久，似乎有一年，又似乎只有一個月，直到船突然不再晃動，然後一道刺眼的光芒劃破霧氣與陰暗。

他看到一個人影揭開簾子，他心想，或許到了滿刺加了吧？他得去找黃伯父……或是跟著總旗們一起在海外討生活……還是已經到了錫蘭山？那他就只能照父親的意思，想辦法去找到建文皇帝……

他不確定自己是醒著，還是還在做夢？迷迷糊糊中，他問：

「你是誰？這裡是哪裡？」

那個人的聲音卻異常清楚：「我是馬歡，」他說，「這裡是天方。」

---

⑧安拉，即「阿拉」。

⑨馬歡字汝欽。

⑩舊港：位於蘇門答臘島，今印尼巨港。

⑪蘇祿：菲律賓蘇祿群島。

⑫彭亨：位於馬來半島東岸，今馬來西亞彭亨州。

⑬真臘：即今東埔寨，又名占臘或佔臘，時當地自稱甘孛智。

⑭古里，今印度喀拉拉邦第三大城卡利卡特（Calicut）。

第三章　登天方尋蹤千里

馬歡讓宋慕躺在擔架上，由兩個腳伕扛下醫療船。聽船上兵士們說，這裡是天方南端的一個港口城市國家，叫阿丹國⑮。宋慕全身仍然虛弱無力，只能仰著看向天空。

天空藍得很特別、很豔麗，只點綴著幾絲白痕在天邊，宋慕從未看過這麼藍的天空，一走出船篷，白光從天頂直瀉，陽光非但熾烈，還彷佛有重量似的，重重打在他的身上。南京或福建的驕陽都沒讓他有過這種感覺。一陣海風吹過，但是一點都不清涼，反而是又溼又熱。

擔架經過一片陰影底下，他微微轉頭，想看看那陰影的來源，那是一張高掛在桅桿上的帆，但是和一般的不大相同，桅桿是傾斜的，帆也不是一節節的梯形，而是一整片懸在桅桿下的三角形帆。他有點詫異，但很快又轉回往上看，然後閉上眼睛昏睡，陽光透過他的眼皮，把他的視野染成一片紅。

閉上眼沒多久，就又被一個顛簸給搖醒。他往腳的方向看去，有隻十分巨大的奇異動物，那動物的頭看起來有點像馬，但是頸子和四條腿又長又細，模樣十分古怪，一群回回正大呼小叫拖拉著牠，他腦子昏昏沈沈，心想自己一定是頭昏眼花了，才把一匹馬看成了怪物。市街上塵沙飛揚，人聲嘈雜，他的精神又漸漸渙散，沒辦法注意景物和聲音，只依稀感覺到馬歡帶著他繞了好幾個巷弄，最後到一處小屋之中。

馬歡對他說：「這裡是華人商旅聚居處。我沒辦法一直陪你，所以在這幫你找醫生，他聽得懂一點漢話。」

說完他又用天方話跟那位回回醫者說了許久，兩人在講話時語調抑揚頓挫，天方話很多音節是漢話之中沒有的，綿綿密密的全湊在一起，聽起來不像在說話，倒像在唱歌。

「他說什麼？」宋慕虛弱的問，「我得了什麼病？」

「他說你是血中缺酸，營養失調，需要調養而已。」馬歡說，「我想是你暈船暈得太厲害，把吃的都吐掉了，因此才染上這種病的吧。」

那名回回醫者又說了幾句話，馬歡說：「他說不用擔心，這在遠洋航行是很常見的病，很快就會好了。」

宋慕躺了回去。馬歡又和回回醫者交代一些事，這才離開。

接下來，那名回回醫者要他吃醃甘藍菜，宋慕照吃了，吃完之後，回回醫者又拿來一些沒見過的水果，比了比手勢示意他吃，他咬了一口就深深皺起眉頭，那東西酸得不得了，他正想吐掉不吃，回回醫者阻止他，說：

「吃……好。」

大概是吃了病才會好的意思，宋慕只好全吃下去。

這棟回回建築是兩層的低矮泥磚房，牆上塗著斑駁的白漆，有個木框的窗子，房裡十分悶熱，到了晚上，白天地面吸收的熱量又從底下散發出來，更是悶熱難當，宋慕前幾天只能躺在病床上，晚上汗溼床單，輾轉難眠，吃飯時也熱得沒什麼胃口。當地人習慣一日兩餐，但醫者卻要他吃四餐，以便滋補身體，而且每餐都要他吃醃甘藍菜和那些水果。說來也神奇，沒幾天，他的症狀都解除了，精神也恢復了，只是覺得身體還有點虛弱，不過已經可以起來四處走動了。

回回醫者時常有訪客，有的是來看病，有的只是來聊天，其中有幾個是華人。只要有客人上門，醫者就磨碎黑豆子泡成一種黑色的茶，招待上門探訪的客人。有時他們喝著這種苦黑茶促膝長談，興高采烈的聊上好幾個小時。這一天，客人回去之後，宋慕好奇心起，就問醫者那是什麼茶。

「茶？……不是……」醫者笑著回答道，「『咖乎瓦』……喝。」

說著比了比，似乎示意要宋慕喝看看。宋慕端起杯子，才喝了第一口，不僅苦不堪言，而且滿口都是渣。但馬歡說過：天方人非常好客，就算再窮，也會把他們最好的東西都端出來請客人飲食，如果不吃的話，就會得罪他們。他怕醫者不悅，只好忍住可怕的苦味，勉強一口氣吞下去。

沒想到回回醫者看了這個樣子，誤以爲他喜歡這種苦黑茶，又端一杯給他，宋慕覺得眞是有苦難言。好不容易喝下去，回回醫者說：「你……病好……吃飯……」一邊比了比樓上。

他跟著醫者，走上狹窄的土磚樓梯，直通往樓頂，才發現原來在平坦的屋頂上有座木架子涼棚，回回們都在屋頂上吃飯。食物非常豐盛，有許多海鮮，還有一口大鍋，裡頭混著煮了各種海貝、魚肉、羊肉、蔬果與黃米，還有切成片狀的燒肉，塞在一種看起來像是半圓形口袋的薄餅裡面。回回醫者請他坐下一起吃，可是卻沒有任何筷子或是匙子，宋慕愣愣的看著食物，又看向回回們，那些回回用手抓了東西就吃。

「眞是野蠻。」宋慕心想，但是入境隨俗，他也就伸出兩手，正要抓下去，卻看到滿座的回回都大驚失色。他大惑不解，他們不都是用手抓嗎？

回回醫者連忙向他解釋了老半天，大概的意思是只能用右手抓食，而左手是「下面」的，所以很髒，他也搞不清楚到底是什麼意思。他遵照示範，只用拇指、食指與中指，一次抓一小口，每抓一次，就用水略略洗手，洗完後用潔淨的棉巾擦乾。這時他才終於注意到這甕水，那是煮過的清水，還攙了一點那種酸果的果汁，而且每個人都有自己的一甕，不跟他人共用。要不是宋慕看到他們用來洗手，或許會拿那甕水來喝。

「回回們進食不用筷子，用餐時的規矩倒也不少。」宋慕心想。他抓一口鍋內的黃米來吃，才放到嘴邊，一股辛辣味直嗆到鼻子裡頭去，那鍋米似乎用了大量胡椒一類的香辛料，他馬上就後悔抓了這一把，但也只能勉強送進口，那米除了辣之外，還非常鹹，膩得像海水似的。宋慕連忙去抓取那薄餅燒肉，但回回醫者一看到他要吃，就很高興的向他示範，爲他抹上一層厚厚白白的酸酪，宋慕不由得在心裡面起了好大一點疙瘩。

幸好宋慕從小就在「博多」長大，吃過各種稀奇古怪的食物，所以很快的就適應了。到了晚上，醫者也要他到屋頂上去，原來，回回們白天在屋頂用餐，晚上也在屋頂上睡覺，宋慕也跟著他們，晚上睡在沁涼的屋頂，不過，只有男人才有享受清涼的資格，回回醫者的兩個妻子和四個女兒，都全身罩著黑布，一直待在房間裡，只在採買的時候，才頂著半人高的瓦甕或是藤簍上街。

當地人的男女之防極嚴，男人地位頗高，女子則幾乎不發出任何聲音。他一度以爲這些女人是不是都被割掉舌頭了。直到有一天隔壁鄰居妻子上門跟醫者的妻子聊天，一群女人們擠在男人不准進入的後廳內高聲喧嘩，他才知道她們還是有舌頭的。

宋慕就這樣每天跟著回回們起居生活，過了許久，馬歡沒有再出現，也沒有任何寶船的成員來找他。他百無聊賴，每天和回回醫者攀談，跟他學習天方話，同時也教他一些漢話。當他覺得自己已經粗通天方話，就到附近繞繞走走，的確街上有不少華裔，但是最多的仍然是回回們，雖然他天方話每天都多懂一些，但是怕惹事生非，因此也不敢和街上的回回們交談。

他來時穿著馬歡幫他換上的襯衣，在頭幾天就汗溼髒掉了，回回醫者把它扔掉，給他穿上回回服飾，他就學著他們包上頭巾，全身披上粗麻長衫。這天，他又到附近街道上晃了晃，有一群人吆喝著扛許多奇珍異寶走過，似乎是要呈貢給國王，其中有一面鏡子，他朝著鏡中瞧了瞧，映出來的，活脫脫是個回回，一點都不像是漢人了。

他吃了一驚。這段日子以來，他在阿丹過著安逸的生活，許多事似乎是被自己有意的忘卻了，但是一驚覺，一切都又回到腦海之中，在「博多」的父親、寶船艦隊、建文帝，他應該要去尋找建文帝的，最少也應該潛伏在寶船艦隊裡，但是他並不想，所以才刻意遺忘。

宋慕呆立在街上，心頭湧起一股罪惡感，他還記得，母親臨終前要他盡忠盡孝，他應該全力以赴才對。這一想，他突然覺得整個思緒都清醒了，隨即興起一陣懷疑：寶船艦隊怎麼會放任一個總旗逍遙這麼久，而他的醫藥費和吃住開銷，又是誰在付的呢？

他覺得一刻也待不住了，他要立刻回到港邊，找到寶船艦隊，找到馬歡，跟他問個清楚。他往港口邊快步而去，冷不防有人把他攔腰一把抱住，拖進一旁狹窄的巷弄裡，面朝下的猛摔在地上。

「不長眼的宋總旗，」背後響起一個很熟悉的聲音，「這會子你又要上哪兒去？」

＊　＊　＊

「哇！」郭承禮的嘴巴從一早起就沒闔上過，手上也沒停，拚命的記錄著。方才讓他驚嘆的，是一塊重二錢多的大貓睛石，緊接著又讓他嘆息的，是連著好幾株高二尺有餘的珊瑚樹，各色雅鈷，大如牛眼的珍珠，各色各樣珍奇異寶川流不息般往船上運去。而馬歡則忙著和回回商人交談、點交及結帳。郭承禮剛目送完那些珊瑚樹，後頭又運來了五櫃珊瑚枝，還有滿滿數箱金珀、薔薇露。

人、貨終於散去了些，郭承禮走向馬歡：「馬大人，這可眞是讓人目不暇給啊！」

「郭公公，」馬歡笑了，「別這麼早就目不暇給啦，等會還有得瞧呢！」

話才剛說完，一大隊回回商人，拖拉著一籠籠的動物前來，郭承禮這下眞的是下巴都要掉下來了，爲首的是一隻極高大的動物，臉像馬或駱駝般長，頭上有兩個圓圓的角，頸子又粗又長，四隻腳又細又長，背往後斜，看起來大概不可能騎上去。

「這就是麒麟。」郭承禮還沒問，馬歡先一步說。

「麒麟？跟咱宮裡的石雕麒麟相差十萬八千里啊！」郭承禮正暗自不解，突然一聲駭人的猛獸吼聲傳來，那麒麟被嚇得亂撞，郭承禮也差點要伏到地上。

「這是獅子。」馬歡笑著扶他起來。郭承禮定睛瞧了瞧，心裡暗自想著：這獅子看起來也不像那些石獅子，倒像是沒有斑紋的老虎，不過頸子上卻有一圈威風凜凜的鬃毛，眞的是百獸之王。他抬頭一看，有許多黑羽毛的巨大的雞，馬歡說：「那是駝雞。」

接下來的他總算認識了，有花福鹿、金錢豹、白鳩，「看了這些珍禽異獸，可說不枉此生啊！跟著出海一趟眞是來對了。」郭承禮心滿意足的說。

另一頭馬歡已經跟回回商販們交代完畢，許多腳伕和兵士正賣力將那些奇珍異獸都弄上船。郭承禮目送那些奇獸，然後又好奇的走向馬歡。

「郭公公，看得可開心嗎？」馬歡打趣的問。

「開心啊！當然。」郭承禮說，「倒是，馬大人你跟那些回回商販們，說的都是天方話吧，這天方話，他們回回自己管叫什麼呢？我覺得，我們寫書講回回，應該以回回自己管叫的爲是。」

馬歡想了想，「叫『阿剌壁』話吧。」

郭承禮點了點頭，連忙記下一行：「……說阿剌壁言語。」接著他把手上寫得密密麻麻又塗塗改改的簿子遞給馬歡，「馬大人，這是我這幾天寫的這阿丹國的記錄，你看看寫得可否正確？」

馬歡瞧了瞧，心想這郭承禮從沒出過洋，但描述得倒也還眞確，不禁微笑了笑，說：「郭公公生花妙筆，汝欽實感佩服啊。」

「馬大人，過獎啦！」郭承禮說，「這《瀛涯勝覽》，還不是靠你才寫得出來，我看，這到時，還是要掛你的名字才是。」

「這麼說就不對啦！豈敢掠郭公公之美哩！」

「哪的話！」

兩人正互相推辭間，一名錦衣衛上前，附在馬歡耳邊低聲說了幾句話。馬歡收起笑臉，小聲對郭承禮說：「郭公公，鄭公公找我，先失陪。」之後跟著那名錦衣衛直走上寶船旗艦。

馬歡忖度著這回該報告些什麼。在寶船啓航之後，鄭和就讓馬歡領著一小隊錦衣衛監視宋慕，才沒幾天，就有兩名下級錦衣衛爲了搶功，竟想擅自殺死宋慕。這讓馬歡警覺到，不只是鄭和跟錦衣衛之間有微妙的矛盾，就連錦衣衛與錦衣衛之間也是。

更讓馬歡訝異的一點，是宋慕竟然聽不懂天方話。如果宋慕不懂天方話的話……馬歡立即就了解這其中的含義。但是他必須再確認，因爲宋慕並不清楚他的眞實身分，或許他只是在裝傻。他又和宋慕說了幾次天方話，宋慕的反應仍然是有如陷入五里霧中——要不就是他眞的不懂，要不就是他演技高超——於是馬歡決定做最徹底的檢驗，他向宋慕說要教他天方話，如果宋慕不是眞的不懂天方話，在教的過程中，馬歡一定能察覺出來。

可惜宋慕後來病倒了。馬歡以爲把他轉送到醫療船照料會好些，但是沒想到情況反而更加惡化。不過，教他天方話的過程中，馬歡已經幾乎能斷定宋慕原本不懂天方話，但是他決定不向鄭和報告，因爲一方面他既然不能確定，自然沒有報告的必要性；二方面，他是因那封天方文撰寫的信才成爲鄭和的心腹，如果宋慕竟然不會天方文，那麼鄭和很可能也會懷疑他的來歷，這對一切都不利。

隨著宋慕昏迷不醒，馬歡的工作告一段落，但是錦衣衛卻沒有閒下來，他們把注意的目標，轉移到宋慕的其他同僚身上，錦衣衛已經注意他們很久了。在錦衣衛查出宋慕所在的單位之後，就派遣便衣人員，無時不刻監視他，宋慕和同僚們絲毫沒有察覺。他們在上船前，就有祕密和宋慕接觸商議的跡象，在宋慕遭遇下級錦衣衛刺殺未遂，以及受馬歡約談之後，他們只和宋慕接觸一次，但是彼此間仍然不時集會。錦衣衛認爲：他們一定是已經被吸收爲建文一黨，發現宋慕成了被跟監的目標後，故意遠離他，以宋慕引開注意，由其他人私下去完成任務。

馬歡將一切都看在眼裡，不過卻也由著他們蠻幹，這也是鄭和的意思。當艦隊到了占城時，那一票總旗們趁著下船放風，計畫集體逃亡，錦衣衛出動大批人力，將他們一網打盡，加以嚴刑拷打，想逼問出建文帝的所在，又留下大隊人馬在占城四處搜捕，卻一無所獲。剩下的錦衣衛把這些個總旗帶上船，沿途繼續拷問，但是什麼都問不出來，倒是打死了好幾個人，到最後，只剩下兩個人還活著。

當艦隊抵達天方時，鄭和下令：「把他們放了。」

錦衣衛張千戶一時大惑不解，鄭和瞪了他一眼，緩緩的說：「打死了，丟到海裡餵魚，你是要讓魚兒報恩，給你指點建文所在嗎？不把他們放了，你們哪有人可以跟蹤啊！」

張千戶這才大喜，連連磕頭道：「公公聖明，小的不及公公睿智於萬一。」

「知道就好。」鄭和打發走張千戶，接著交代馬歡，要他全權處理宋慕的事，並且撥更多錦衣衛交由他指揮，「你知道我的意思。」他說。

馬歡布置好一切。只是……

推開門，鄭和正立在桌前，翻閱著《古蘭經》。馬歡會意，以天方話和他交談。

「大哥。」

「汝欽，你都安排得怎麼樣啦？」

「都安排妥當了，我讓錦衣衛扮成回回，密密麻麻裡裡外外的監視著宋慕，那個回回也打點了。而那兩個放出去的總旗，張千戶分別派了三組人馬，總共六組人交叉跟蹤他們。」

「很好，」鄭和沈沈的說，「那麼，到目前為止，有什麼進展啊？」

「到目前為止，沒什麼進展。」

「很好。」鄭和這次語調稍稍抬高，似乎是帶著肯定之意，這讓馬歡搞糊塗了，但是他努力的不讓迷惑的神情表現出來，反而是裝出一副自滿的微笑，鄭和轉過身來，看了看馬歡的微笑，嘴角緩緩溢出滿意的笑容：「你果然是知道我的意思的，照這樣好好幹。下去吧！」

馬歡稱謝告退。但是一轉過身，他就皺起了眉……到底，該照什麼樣子好好幹？他已經思考這個問題個把月了，還是沒有任何頭緒。

那麼，就照自己的意思辦吧！

＊　＊　＊

宋慕摔得頭昏眼花，沙土沾了滿臉，耳朵中轟轟作響，聽不清楚身後的人在張狂的說些什麼，不過倒十分清楚的認出那是汪總旗的聲音，許久未見，他的聲音聽起來意外陌生。宋慕並不馬上起身，反而是往前看向大街，那些回回們有的若無其事走過，有的發現暗巷中有人在打架，就快步離去，這讓宋慕有種奇異的熟悉感。

小時候，他和「博多」的小孩們打架時，街道上的日本人也是要不若無其事，要不快步離去——除非是父親，或是那些小孩的父母親。現在身在遙遠的異國，周遭人們的穿著打扮，生活習慣，所說的語言，所信仰的宗教，街道的建築物……一切事物和「博多」是多麼的不同，但是人們對事情的反應，卻是那麼的相同，這讓宋慕莫名想笑了起來。

背上突然被一腳踩下，這才提醒了他：自己正處於遙遠的異國，被人摔在地上。他反射性的想起身，卻聽到尖銳的呼嘯聲，重重的爆音在耳邊炸開，沙土噴在他左半邊臉上。

「別動，不然下次鞭子就會落在你頭上！」那是黃總旗的聲音。

「好好！我不動。」宋慕說。

「你這個死小子，咱們可被你害慘了。」汪總旗忿忿的說。

「我昏迷了個把月，弟兄們怎麼了？」

「我早就懷疑你有問題，」黃總旗沒有回答他的問題，反而說，「沒想到你竟然是叛黨。別廢話，快把人在哪給我招出來，不然有你苦頭吃的。」說完又是一鞭，這次是在他的右臉邊打出一個土波浪。

宋慕當機立斷，他趁著黃總旗收鞭，一手往地上一撐，汪總旗察覺到他要起身，立刻加重力道往下踩，不料宋慕同時把背往右一斜，汪總旗的腳猛然往地上滑下去，宋慕趁勢翻身，左手作勢要抓向汪總旗的腳踝，他連忙往後一跳，就趁著這個空檔，宋慕一躍而起。

一聲呼嘯，黃總旗的鞭子直往他背心打過來，他彎下腰打了個迴旋，鞭子從他頭上掠過，宋慕拔腿往黃總旗逼近，黃總旗收鞭的速度卻比他還快，正要揮出下一鞭，宋慕搶先出手，閃電般平揮右掌，手腕邊側撞在黃總旗右腕內面，掌面一翻，順勢抓住了黃總旗手腕，用力往下一拽，同時向前猛進一大步，繞向對方身後，拉著黃總旗手臂往他自己背後扭了過去，黃總旗大叫一聲，鞭子也從手掌中鬆脫。

汪總旗衝上前來，宋慕抓住黃總旗，朝著汪總旗奔來的方向往前一頂，汪總旗猝不及防，只能圓睜著眼睛，瞪視著黃總旗的頭頂迎面而來，「砰」的一大聲，鮮血混著牙齒從汪總旗的口鼻噴向空中，然後他就兩眼無神的往後一癱，四腳朝天倒地不起。

黃總旗也大聲叫痛，他頭上是沒有皮肉傷，但是方才宋慕這用力一推，他的手臂險些被扭斷，宋慕把他推到牆邊，看了看巷口，大街上人群熙來攘往，有幾個阿丹人快步離去，但是大多數的人沒有注意到有什麼異狀。宋慕鬆了一口氣，他不希望引起不必要的注意，他再看向地上，汪總旗看來是不省人事了。他小聲對黃總旗說：「別出聲，除非你想要我折斷你的骨頭。」

黃總旗很識相的點了點頭。宋慕繼續問道：「我並不想爲難你，我想知道，我昏迷不醒的那段時間，到底發生了什麼事？」

「嗯，」黃總旗應聲表示順從，宋慕把扭住他手臂的力道放鬆了些，讓他繼續說，「你和馬歡走在一道，他可是鄭和眼前的大紅人，連錦衣衛都歸他指揮，所以……所以我們決定不要跟你一道，以策安全。」

「這也不怪你們，之後呢？」

「原本，我們是和你說過，要在滿剌加逃亡，不過，我們怕你把風聲洩漏給錦衣衛，所以……決定提早行動，唉呦！」

「別裝，我已經很輕了。」宋慕又把黃總旗的手扭得更緊了點。黃總旗尷尬的笑了笑，「是是，裝痛這種小伎倆瞞不過宋總旗的。」

「少扯淡了，後來呢？」

「我們決定在占城行動。安南現在已經是大明的國土，雖然占城還不是，但是也有好些華人，就算我們不懂當地語言，生活也沒有問題，占城的女子又漂亮……最重要的是，每次出海，都有很多人到占城溜達，就一去不回，鄭和好像也沒怎麼管。」

「那這樣應該很順利啊？」

「我們下船，先打聽個客棧暫住，然後再做打算，誰知道我們一進客棧，裡裡外外全是錦衣衛，把我們全抓了起來。之後，就綁進船艙底下的黑牢，沒日沒夜的拷問，你看……」黃總旗作勢伸出手臂。

「你別亂動，我自己看。」宋慕沒有放下戒心，他握緊抓住對方手臂的手，然後用另一隻手拉高黃總旗的袖襬，只見裡頭的手臂布滿了大大小小的疤。

「身上還更多哩。」黃總旗諷刺的笑道。

「爲什麼要拷問你們？不過就是逃兵罷了。」宋慕大惑不解。

「這就要問你了，宋總旗，不，應該說是宋志士，宋大忠臣。」黃總旗說。

「問我什麼？」

但黃總旗不答，反而繼續說：「我們到了阿丹才被放出來，一發現你，就想找你把事情問個清楚，但是你眞是好樣的，身邊密密麻麻，圍著的都是裝作回回打扮的錦衣衛。」

「錦衣衛？……問我什麼？」

「建文帝在哪裡？」黃總旗急急說出這句話，趁宋慕一個分神，手臂脫出，正要轉身，宋慕一拳猛打在他後腦杓上，黃總旗前額叩的一聲猛撞上漆白了的土牆，撞落一塊白漆，然後失去意識，身體沿著牆壁慢慢往下滑。

宋慕只覺得心跳像奔馳的馬蹄似的猛撞，倒不是因爲方才的打鬥，而是突然醒悟到自身的處境。他太天眞了，在阿丹這陣子過著悠閒的生活，就樂不思蜀，其實很多事都早有蛛絲馬跡了。馬歡，這麼一個重要人物，怎麼會對自己如此照顧有加？回回醫者，怎麼會無條件的供他吃住？

宋慕手撐著牆，讓自己好好冷靜下來。他現在需要冷靜的思考，對，這一切，答案都很明顯了。馬歡是爲了建文帝，所以才醫治他，之後，把他安置在回回醫者家裡，所有開銷，自然是馬歡支付的，回回醫者的住處附近，則布置了便衣錦衣衛。這是守株待兔之計，以他爲餌，引出建文帝，或是投石問路之計，等他去找建文帝時，跟蹤過去逮捕建文帝。

好個馬歡，完全錯看他了，沒想到他是這麼一個心機深沈、老謀深算的角色！

但是宋慕卻笑了出來。馬歡啊馬歡，人算不如天算！我宋慕根本不曉得建文帝在哪裡，更別說是去找他了，而建文帝也不曉得有我的存在，甚至他根本不在天方，而是在錫蘭山。想到這裡，他心跳緩了下來，心情也輕鬆起來。宋慕整了整方才打鬥中弄亂的衣物，然後撿走黃總旗的鞭子，回頭看了昏迷不醒的兩人一眼……就讓他們自己醒來吧。

走離暗巷，宋慕覺得命運的安排眞是可笑，或許，就這樣一直待在阿丹吧，只要錦衣衛的注意力在自己身上，那遠在錫蘭山的建文帝就安全了，父親的願望也能達成，這個阿丹城，物產豐饒，又有諸多異邦人來來去去，新鮮而活潑，或許就這樣一直逗留下去也不錯。他把鞭子捲好，藏在長衫底下。

突然，背後有人叫住他：「宋慕！」

那是一個非常陌生的女性聲音，說是陌生，不只是因爲他不認識說話的人，她的腔調非常奇特，雖然說的是漢語，但是卻有濃濃的回語音律，聲音也不像漢人女子般尖而高，而是有一種特殊的韻味，或許是多了點鼻音，和那些鼻梁高的回回女子們有點像，但是又有所不同。

「不要回頭，繼續往前走。」那個女子壓低著聲音，聽不出她是年輕女子，還是中年婦女。宋慕依言不回頭，繼續往前走，問：「妳怎麼知道我是誰？」

「我聽到有漢人打架，沒想到竟然是宋參軍這位虎父生了犬子。」

宋慕一方面訝異於她竟然知道父親，又因她的出言不遜而心頭火起，「妳是誰？」

「我是誰並不重要，重要的是你讓你應該要保護的人陷入危險。」

「啊？」

「不要回話，聽我說，」那聲音又壓低，「方才那兩個人說，你身邊都是錦衣衛，警醒點。你就照這樣回去，繼續引住錦衣衛的注意，我必須回去通知，盡快離開此地。」

「通知誰？離開此地……」宋慕過了半晌才察覺到話中的暗示。讓應該要保護的人陷入危險……他應該保護的人，就是建文帝；通知，盡快離開此地……那表示，建文帝現在就在阿丹！而他卻引來一大票錦衣衛在阿丹城內四處晃。宋慕大驚失色，「你們要去哪裡？」

「不要回頭。」那聲音再次提醒他，「不要問，不用知道我們要去哪裡，也不要試著想找我們。繼續往前走，希望我們後會無期。」

說完，那個聲音就消失了。宋慕先是照她的話繼續往前走，十步之後，他忍不住回頭想尋找對方的蹤影，只見人來人往，街上的女子，有的頂著一個大的藤編籃子在頭上，有的手提著包袱，但無論是哪一個，臉上都罩著面紗，宋慕看不出哪一個是方才和他說話的女子，就算看得出來，也不可能曉得對方的長相。

宋慕悵然若失佇立街頭。這到底是怎麼回事？那個女子是誰？爲什麼會知道自己的名字？爲什麼又知道父親呢？她是建文帝的部下，或是近侍？建文帝又怎麼會來到這個阿丹城，或是，她眞的是建文帝的部下嗎？還是馬歡派來愚弄他的？這一切全都讓宋慕有如深陷五里霧中，他有股衝動，想把她找出來問個清楚，但是他腦中又響起了她方才所說的話：「希望我們後會無期。」她說的一點都沒錯，不能爲了無謂的衝動危害到建文帝。宋慕暗自嘆了口氣，錦衣衛現在遍布阿丹城內，阿丹港還泊著寶船艦隊，建文帝深陷險境，宋慕深覺無能爲力，更爲自己竟然見識還不如一個女子而羞愧，一時不知道是沮喪，還是失落。

就算想找，身在天涯海角的異國，茫茫人海，不曉得對方要前往何方，更不曉得對方的身形樣貌和長相，只憑著聽過對方的聲音，要如何找起呢？

但是……

自從父親要自己回到大明開始，「建文帝」這三個字就只是個虛無縹緲的存在：他沒見過建文帝，即使是見過建文帝的父親，也沒有提起太多建文帝的事蹟，根本無從想像他是什麼樣的一個人，他所做的一切都只是爲了父親要他去做，以及母親要他盡忠盡孝，如此而已。不可否認的，有好幾次他都想拋下這個擔子，過自己的人生，他曾經想過就待在北邊的軍營，一輩子當個普通的總旗，汪總旗提議要逃亡到滿剌加時，他有點心動，最後，他還是堅持下來了，可是，他卻越來越不明白自己爲了什麼而堅持著……直到現在。

那個陌生女子的出現，讓建文帝的存在前所未有的鮮明，他突然很想馬上找到建文帝……但是不行，他還有該做的事：他必須回到回回醫者家中。這也是他唯一能做的事了。

＊　＊　＊

馬歡才一下寶船，張千戶就帶著幾個百戶圍了上來，十分關心的問道：「馬大人，鄭公公……他怎麼說？」

「他說很好，照這樣做下去。」

錦衣衛們鬆了一口氣。然後張千戶對馬歡說：「馬大人，我想光是守株待兔也不是辦法，萬一叛黨對那個小子完全置之不理，那該如何是好呢？」

馬歡想了想，「張大人這樣考慮也是有道理，不過，既然我們知道叛黨就在阿丹，那麼事情就好辦了。」

「怎麼說？」張千戶熱切的看著馬歡，錦衣衛們對天方一無所知，這陣子在阿丹，全靠馬歡爲他們打理一切，鄭和又明言由馬歡全權負責，現在他們對馬歡可說是言聽計從。

馬歡對此了然於心，但是也知道不可因此就自滿，錦衣衛的信任只是一時的，隨時有可能會全盤變調。他跟在鄭和身邊這陣子，已經越來越感覺到權力的本質，正是件隨著危險，必須有如高空走索般的小心翼翼，籠絡這些錦衣衛還是必要的，「張大人，這阿丹城雖然繁榮，但是它只是個綠洲城市，在阿丹城的周圍，全是酷熱無比的沙漠，只要在裡頭走上一天就會沒命，而阿丹港口，現下又由我們占著，叛黨們要離開阿丹，沒那麼容易。」

「沒那麼容易？那是如何？」張千戶的頭又湊得更近了。

「我們守住了港口，叛黨們既然不能走水路，就只能走陸路。他們得備好橫渡沙漠所需的物資，包括食物、飲水……還有駱駝隊伍。」

「原來如此，馬大人神機妙算，小的實在是不如啊！」張千戶哈哈大笑，接著轉頭對百戶們下令：「傳令下去，派出眼線看住城內所有駱駝集市。」接著他又回頭問道：「那，那個小子那邊呢？」

「你們的人去多了，怕打草驚蛇，」馬歡說，「交給我吧！」

「有勞馬大人了。」張千戶告退。

隨你們去吧！只是白忙一場而已，建文帝或許壓根就不在阿丹，甚至是根本不在天方，馬歡笑著搖搖頭，摸摸腰間繫著的倭刀，然後往阿丹市街走去。

---

⑮阿丹國，今葉門亞丁港。

第四章 黃沙漫漫出阿丹

宋慕有種感覺：彷彿是遇到了兩個總旗及那名神祕女子以後，自己的眼睛才睜開似的。眼前就有一個錦衣衛，雖然打扮成回回，但是面貌根本是漢人，舉止又很怪異，只要稍微留心，就能一眼認出來。他一個上午在回回醫者的住處四周繞了一圈，就發現了不下五名便衣，往市集的路上，又看出了一兩個。但是在先前，他卻是渾渾噩噩，完全沒有發覺。

關於那位神祕女子以及建文帝，宋慕沒有任何線索，神祕女子也要他別去尋找他們，他沒有什麼能做的，只要每天繼續無所事事就行了，但是，遇上她之後，他反而靜不下來，心中一直有一股衝動想要做些什麼，所以他就每天以回回醫者住處爲中心，一處處的走遍整個阿丹城，一面記熟整個城市的街道，一面認出錦衣衛，默記下他們的面貌和執勤的時間地點，宋慕也不曉得這麼做能有什麼作用，或許只是在打發時間而已，不過他仍然很認眞的每天「巡視」。這天他走向港口的方向，看到那漆得紅通通的寶船們仍然泊在港中，船員和錦衣衛們迎面而來，宋慕不躲也不閃——既然馬歡要以他當餌，錦衣衛自然也不可能逮捕他——從他們面前大方的走過。

不過這倒讓他想起了什麼，他在港邊繞了兩圈，之後就回到回回醫者家，正巧沒有病人上門，他向醫者打聲招呼後，思索了一下——他知道馬歡的「馬」，其實是回回姓取首音而來的，天方話的本名應該是……

「穆罕默德，他有來過嗎？」宋慕用天方話問道。

「有啊，他幾天前才來過呢，不過正巧你出去，他就離開了。」

「噢。」宋慕也不便繼續追問，畢竟這位回回醫者很可能也是馬歡安排的眼線。

「啊，對了，」回回醫者向他招招手，拉開了一扇櫥櫃門，「這是你的吧？」

宋慕走近一看，眼睛瞪得老大，那正是父親交給他，一路跟著他從軍九年，又飄洋過海而來的那把倭刀！

他本來以爲那把刀已經掉在寶船之上不知所蹤了，不料在這個時候，又出現在他面前，他一時忘了要說天方話，過了半晌才問道：「它怎麼會在這裡？」

回回醫者頓了頓，接著語調有些僵硬的說：「穆罕默德送你來的時候在你身上的，你不是回教徒，依戒律，不能攜帶武器在我們回教徒的地方走動，那會被視爲是侵略，所以我就先幫你保管起來了。我就放在這個櫃子裡，你要離開阿丹的時候，自己帶走吧！」

「原來如此，眞是謝謝你。」宋慕注意力被久別重逢的佩刀吸引住，不疑有他，接過倭刀。

「小事一樁。」醫者向他揮揮手。

這天晚上，宋慕如往常一般，和回回們一起用餐，然後一起在頂樓吹著夜風就寢，回回們很快就鼾聲四起，但是宋慕這晚卻怎麼都睡不著。父親的倭刀不在身邊已經一陣子了，現在突然現身，彷彿是有什麼事將發生似的。

宋慕輾轉反側，總覺得好像有什麼事沒做……啊！對了，一直以來，他總是每天不間斷的保養著它，但是這陣子刀不在身邊，也就忘了。他走下樓，到那櫃子前開啓門扉，打算取出倭刀，往下一瞥，他的保養工具竟然也就在倭刀旁邊。他微微驚訝，但是又想不出所以然來，就把它們一起取了出來，坐在自己當初躺著的病床上，對著窗口透進來的月光爲刀上油。

好一陣子沒有保養刀了，刀面擦起來有點澀滯，但是天方氣候乾熱，所以影響還不是很大。門外傳來些許咳嗽聲——到了夜晚，門外仍然有錦衣衛輪值監視著。他不以爲意的繼續來回擦拭著刀面，突然，一陣急促的腳步聲自遠而近，在靜寂的夜晚裡十分清楚。

宋慕不自覺的放下手中的刀，往聲音的來源探頭。門外傳來人聲。

「你，不用值夜了。」那個聲音說。

「啊？」門口的錦衣衛和宋慕心中發出一樣的疑問聲。

「找到人了，你去叫其他人，一早回子們叫拜過後到北門駱駝集去，」門外傳來的漢語說道，「我要去通知馬歡大人，千戶說我們會需要他。」

「是。」

腳步聲匆匆遠離，接著宋慕又聽到遠處的漢語交談聲，和更多的腳步聲。原本在回回醫者住處四周的錦衣衛們，已經全數離開了。

宋慕一把抓起刀，但是腦中卻一片空白，他不自覺的又擦起刀來，油布機械性的由刀的一頭擦到另一頭，再轉過刀面，從刀鍔再往刀尖擦去，有半刻間，他周遭彷彿是一個沒有聲音、時間也停止了的隔絕空間，擦拭了不知道多少回，心緒才從一團混亂，漸漸平靜下來，緩緩的凝結。

他腦中不斷重複方才聽到的對話，好像是害怕不這樣做就會把重要的語句給忘記了似的……「不用值夜了」、「回子們叫拜過後」、「北門駱駝集」、「馬歡大人」……

然後思緒才眞的緩緩串了起來，如果說錦衣衛不用監視自己了，那是爲了什麼呢？只有一個原因，那就是他們已經找到建文帝了！

而他們正打算前往包圍逮捕建文帝，所以要動用所有的錦衣衛，爲此，解除了所有值夜監視的哨點，以增加人手。回回們晨禱過後，是建文帝會出現的時間，北門駱駝集市，就是建文帝會出現的地點，要叫馬歡來……因爲他會天方話，好幫他們處理意外和善後。

或是，因爲是馬歡定下的計策！

宋慕覺得心頭上一陣緊抽，他感覺彷彿自己被馬歡狠狠的擺了一道——雖然，被馬歡擺了一道的，其實是建文帝和那位神祕女子，他們的行動被馬歡完全料中了。馬歡一定是在駱駝集市布下了眼線，神祕女子遇到宋慕以後，建文帝一行人急著要離開阿丹，於是和駱駝商人接洽，正中馬歡的下懷，被眼線們查出行蹤。這件事是注定會發生的。

但是，之所以會發生，也還是因爲自己的關係。宋慕雖然明白自己什麼都沒做，也什麼都不能做，對這樣的結果仍然感到心如刀割。他猛然站了起來，焦躁的在屋內轉著圈子踱步，但腦子卻好像被塞住了似的，什麼都沒辦法思考。

「到北門去！」他突然對自己說道，然後就好像茅塞頓開一般，對，到北門駱駝集市去，去警告他們，去保護他們，這就是自己該做的事。宋慕撿起地上的倭刀，收好保養工具，引刀入鞘，然後把它往回回長衫底下一繫，接著就推門走向沁涼幽暗的街道。

這個時節，推算起來，已經是冬令了，然而阿丹卻一絲冬寒的氣息都沒有。阿丹的太陽在這冬令時節還是每天早早就出現在東方，他曾經問過回回醫者這是怎麼回事，回回醫者說：阿丹是四季如夏。

宋慕一邊往北趕路，右手邊的天空微透出亮光，他心底著急了起來——每天清晨，回回們都在東方魚肚白到日出之間的時間進行晨禱，而方才錦衣衛提到會合的時間就是晨禱之後。

宋慕提一口氣，踮著腳小跑步起來——沿途隨時可能有錦衣衛，腳步聲太大會引起注意。他貼著一棟棟疊石或土磚屋子跑，棚子、漆白的牆壁、露出土色的牆壁、木框方窗、拱頂門廊，走馬燈似的往後而去，街道忽寬忽窄，兩旁不時有細細的巷弄穿插而入。宋慕有一刻間想要走入其中一條窄巷，看看是否能抄捷徑，但是他馬上就否決這個想法：阿丹城的小巷弄雜亂無章，好像一片弄亂了的蛛網似的，他曾經在裡頭迷路過好幾次。

街道的地面總是不怎麼整潔，無數的人們和駱駝長久以來的行走，把地面踩得坑坑巴巴，越往北走，地面就越是崎嶇，堆積在凹處的穢物也有增無減。往前望去，街道通入一大片難得的開闊小廣場，裡頭豎著一根根竿子，廣場四周堆滿雜物，雜物堆內混著幾座棚子。那就是駱駝集市，和以往在大明時所慣見的牛集類似，商人每隔一段固定的時間帶著這些馱獸聚集交易，不過和牛集不同的是，駱駝交易十分頻繁，而且這集市平時也不會空著，總是有樣樣不同的熱鬧場面。

在天未亮的這時，集市裡仍是冷冷清清，不過今日正是駱駝大集，只要一到白天，小廣場裡就會擠滿駱駝和討價還價的商人。他探頭環視一圈，沒有錦衣衛的蹤影……或許他們藏得很好，宋慕心想，得找個高處，才看得見錦衣衛，建文帝出現的時候，也才能及早發覺。想到這點，他退到一條小巷內，往高處眺望……在稍遠處有棟回回豪宅。

宋慕知道，豪宅的主人目前正前往古里貿易，這棟宅邸是其別墅，並非住家，只留下一兩個僕人在內看守。宋慕摸到宅邸後頭，打量了一下。土磚砌成的牆面漆得勻白，再往上看去，窗台沿下，漆了一道藍色，不過在破曉前的幽暗中，不論是白色還是藍色，全都成了一片灰蒙蒙的暗藍，窗戶是一個個圓形的孔洞，而不是一般的方框——或許是為了增加支撐力的緣故——這棟宅子蓋了四層樓，比一般建築物高出許多，甚至快比清眞寺的叫拜塔還要高了。

宅子和比鄰的建築物只有一個手臂長的間距，後面這棟建築有三層樓高。宋慕張開雙手雙腳，抵住兩邊的牆面往上爬，每移動一次手腳，就在兩邊的白牆上留下手印腳印。他往上躍進了幾回，到了三樓頂，翻身一躍，到那三樓的屋頂天台——幸好上頭並沒有睡著回回們——然後退到底，猛力往前跑過間隙，一腳蹬著對面豪宅牆面往上竄，雙臂彈出，勾住邊緣，輕靈的一個翻身上樓。

站在樓頂上，宋慕可以清楚看到整個集市，周遭建築物也一覽無遺，那些櫛比鱗次的白色、土色屋子，屋頂棚架下躺了一個個的回回，他正專心看著錦衣衛們都分布何處，沒有留意到天色已經漸漸轉亮，突然間，空中傳來響徹雲霄的喊聲：

「安拉胡艾克拜雷！安拉胡艾克拜雷！安拉胡艾克拜雷！安拉胡艾克拜雷！」

宏亮的聲音在整個阿丹城回響，此起彼落，宋慕馬上意識到那是回回的阿訇們，正站在各清眞寺的叫拜塔上叫醒全城，這幾句天方話的意思是：「眞主至大！眞主至大！眞主至大！

眞主至大！」

原本寂靜的阿丹城瞬間沸騰了起來，屋頂上的人有一半都動了起來，隨著阿訇繼續高喊道：「我作證萬物非主，唯有眞主！我作證萬物非主，唯有眞主！我作證穆罕默德是主的使者！我作證穆罕默德是主的使者！」動起來的人也越來越多。

當他喊道「快來禮拜！快來禮拜！快來成功！快來成功！」時，無數原本睡在屋內的婦女等人從房子中湧了出來，出現在天台或是街道上，端出水盆、地毯。

等到阿訇高喊出「禮拜比睡覺好！禮拜比睡覺好！」的時候，整個阿丹城的回回已經沒有任何一個人還在睡覺了，人人面朝聖地的方向，準備好要開始禮拜。

宋慕已經看過無數次的禮拜，但是從沒有像今晨這樣是由高處往下瞭望，全城的街道和建築錯落零亂，而所有的人卻都齊整的朝向同一個方向，隨著阿訇的叫拜起起伏伏，好像一波波的翻浪，讓宋慕看得眼花了起來，整個城市好像是一片蕩漾著的海面，一直到晨禱結束，全城的人才起身，有的進屋，有的則直接開始一天的作息，城市一下子就喧騰了起來。

宋慕也一下子就從人群之中認出錦衣衛們。他們穿著回回的服飾，混在晨禱群眾中從藏身處走出街上，但是禮拜時他們沒有跟著群眾一起跪拜，讓他們十分顯眼。雖然認出了錦衣衛，但宋慕不曉得建文帝一行人會做什麼打扮，從上往下看也無法見到臉，一想到此，他不禁爲自己的失策焦急了起來。

突然，幾個錦衣衛朝向一小群戴著小黑帽的人圍了過去，雙方交談了一陣子，接著似乎爭執了起來，然後錦衣衛大喊了什麼，整個市場裡埋伏的錦衣衛都聚集過來，約有十幾人，他們把回回服飾一拋，露出底下錦衣衛的袍子。

看樣子，他們一定就是錦衣衛的目標，但裡頭並沒有女性……那個神祕女子呢？宋慕遲疑了，難道他們不是建文帝一行人嗎？……不，有可能是他們分開行動，所以那名女子才不在其中。

原本在旁的回回駱駝商販不悅的上前對錦衣衛大聲嚷嚷，但是錦衣衛一亮出刀子，他們就退後了幾步，然後轉頭一溜煙跑了。

宋慕捏了捏倭刀的刀柄……自己有辦法對付十幾個錦衣衛嗎？或許不行，但是，他必須救助建文帝，遲了就來不及了，他的身體先了一步行動，轉身就往鄰宅的樓頂一躍而下。出乎意料的，天台上竟然有兩個人在等著他，不待他起身就往他撲了過來。

宋慕一個打滾躲過，定睛一看，對方是熟到不能再熟的面孔：「你們怎麼會在這裡？」

汪總旗一拳打過來，被宋慕架往一旁，黃總旗又虎撲而前，宋慕抓住他的雙掌，兩人使勁拉扯間，黃總旗回道：「少廢話，建文帝在哪裡？」

宋慕一個放手，再往黃總旗腳上一踢，他失去平衡，往一旁猛跨了好幾步，汪總旗又撲打上來，一邊張著缺了幾顆牙的嘴，漏著風的說：「你把我們害慘了，該還人情給我們，快把建文帝招出來，下半輩子一起吃香喝辣！」

看來一時半刻是說不通，宋慕不想再打傷他們，但是建文帝危在旦夕，別無選擇，他頭驟然一側，避過汪總旗全力直揮而來的拳頭，同時揪住他的另一隻手臂順著去勢一扭，把他直直的推進兩棟宅子的間隙裡，只聽到汪總旗「唉」了一大聲，宋慕才剛轉過身，黃總旗又挺掌纏了上來，宋慕接下那一掌，順勢拽住他的手臂，轉身同時一頂一拉，把黃總旗過肩摔了出去，掉進兩宅間隙之中，只聽到一連串的唉叫聲和碰撞聲，最後是重重的一聲落地。宋慕自己也往下一跳，汪總旗還正撐在兩棟樓間，宋慕一屁股坐在他身上，把他當成了肉墊直往下滑，最後汪總旗重重的摔在黃總旗旁邊，兩個人都滿身鮮血，不省人事，宋慕則輕盈落地，頭也不回的往駱駝集市急奔。有好幾個慌張跑離駱駝集市的阿丹人和他擦肩而過。

錦衣衛的包圍圈子越來越小，但宋慕還在遠處。突然，有一隊駱駝商旅帶隊向前，他們也穿戴著那種小黑帽，爲首的老者滿面潔白虬髯，用帶著點陌生腔調的天方話對錦衣衛喊道：「你們要對我們的弟兄做什麼？」

錦衣衛聽不懂他在說些什麼，只惡狠狠的用漢語說：「別管閒事。」

那名白髯老者兩手一招，後頭四個人都手拿一根短棒站了上前。帶頭的錦衣衛百戶看了看，他們身形清瘦，人數才五人，又只拿著短木棒，「簡直是找死！他們想找死，就如他們的願，上！」七八名錦衣衛立即一擁而上。

宋慕終於跑到進入小廣場的街口，但是眼前所看到的景象卻大出他意料之外，錦衣衛陷入一片混亂，建文帝一行人身旁，有五個也穿著小黑帽，但是長衫不大相同的人保護著他們，這幾個人長相既不像漢人，也不像回回，他們都只左手拿著根短棒，右手空著手，但是卻已經有好幾個錦衣衛被打倒在地。宋慕詫異間，又有幾個錦衣衛舉刀向他們衝過去，錦衣衛只注意著對方左手上的棍棒，不料一交手，對方用短棍把大刀格開，右手一肘猛擊錦衣衛的喉頭，錦衣衛當場悶絕在地。

另一個錦衣衛看傻了片刻，雖然他已經有了前車之鑒，卻無法不被木棒引住注意力，刀被格開的瞬間，就又被一把抓住頸項，往地上一摜，錦衣衛馬上口吐白沫，癱軟在地。那名白髯老者被兩人圍攻，左手使棍擋開一擊，右手曲起肘，連手帶刀挾住揮砍過來的另一個錦衣衛，俐落的把他摜壓在腿下，然後迴身又是一肘。宋慕看得癡了，那幾個人的武功招式他從未見過，好像一隻隻的大蠍子，時而耀武揚威，時而輕靈俐落，雖然曲著肘，打擊範圍短，但是卻一次次精準的化解對方攻勢的同時轉而讓對方陷入困境，而且招招命中要害。

被保護在中間的約四十歲長者，大概就是建文帝，他身邊有個矮胖的男子，還有一個面上無鬚的男子，宋慕心想那可能是位公公——自己應該不可能見過他，但不知為何覺得他有點面熟——太監的身邊還有兩個拿著刀的回回，應該是雇來的保鑣。那名老者一面打鬥，一面用一種聽不懂的話，似乎是招呼他們跟著另一個持短棒的年輕人離開，一名錦衣衛見狀，不顧一切挺刀直往建文帝殺去。

持木棒的年輕人正領著一行人奔往駱駝隊伍，保鑣和太監都護在建文帝身邊，那名矮胖男子落在最後，他聽到錦衣衛一聲喊，吃了一驚，慌亂中往旁一跳，結果反而擋在錦衣衛的刀口前方，只見大刀劃破麻衫，直刺進他圓胖的身體內，那名男子驚訝劇痛之餘，發出了一聲慘厲的悲嚎，這把錦衣衛嚇住了，後頭另一個持木棒的中年男子趕上，一肘擊暈他。

廣場上突然又嘈雜了起來。原本逃走的駱駝商販，一面怒氣沖沖的用天方話講個不停，一面對後頭的一大票回回比手畫腳，仔細一聽，原來他是去找阿丹城的衙門，帶了一票衛兵要來抓妨礙生意破壞秩序的「侵略者」。

錦衣衛百戶一看大勢不妙，連忙帶著還走得動的部下們撤退，而那五位奇人也趁亂護著建文帝等人上了駱駝，解開繩子往城外直奔。駱駝商販先是左右看了看，接著突然醒悟了什麼似的，往駱駝隊伍直奔，一邊用天方話大叫：「沒給錢啊！駱駝錢還來！」

衛兵們也跟著他追了過去。一時間廣場又安靜下來，只留下橫七豎八倒在地上的錦衣衛、宋慕，還有方才被一刀刺穿，刀還插在身上，俯臥在地的那名矮胖男子。

宋慕連忙趕過去，將那名男子翻過身來，才要問話，那男子看到他，就說：「宋參軍，你趕來啦？」

「你認識我爹？」宋慕大吃一驚。

對方好像沒聽到他的話，眼神呆滯的繼續說：「上回給你救了，這回……你慢……慢了一步啊……」

「你先別說話了，」宋慕看對方已經有氣無力，刀子仍插在他身上，傷口流出的血不多，但是顯然是傷到重要臟腑，那男子臉色越來越白，隨時可能會昏死過去，「皇上是被誰救走了？」

「皇……皇上，」他似乎聽到了這兩個字，但是宋慕很快發現或許並非如此，矮胖男子露出笑容，「文……文天祥寫道『爲嵇侍中血』，今……今日我爲皇上……擋了一刀，足以……和文文山筆下的……名臣並列吧？」

宋慕靠到他耳邊大吼：「皇上是被誰救走了？」

那男子這才有了反應，他看了看宋慕，微微張嘴，說：「朱……朱乎德……」宋慕正要靠到他嘴邊聽清楚點，他卻全身抽搐，接著兩腿一蹬，就動也不動了。

四周又吵鬧了起來，宋慕站起身，只見往駱駝集市的街道湧起大片煙塵，隱約看見那是一群錦衣衛圍著兩名乘馬者，其中一個是錦衣衛千戶，另一個看樣子就是馬歡，那千戶遠遠看到倒了一地的錦衣衛，和站立在現場的宋慕，大吼：「宋慕，你這叛賊，別想逃！」錦衣衛衝向前來。

宋慕拔腿就跑，一溜煙翻過雜物堆和駱駝棚，隱身錯綜複雜的巷弄之中。

他一個勁的往巷弄深處裡鑽，無暇往後看，只聽到千戶大聲怒吼，要錦衣衛散開包抄他，突然有人一把抓住他的手臂，把他往暗巷裡拉，他原本反射性的要甩脫對方，但是卻感覺到那雙手傳來溫溫熱熱的纖細觸感，一時愣了愣，就這樣被拉進巷子裡。

映入眼簾的，是兩顆湛藍色的眼眸，像阿丹附近的海一樣的顏色，也一樣的蕩漾著，宋慕看傻了。阿丹人的眼睛顏色比漢人和倭人都淡上一些，有些深棕，有的淡棕，在大太陽下，有時會看起來好像金色，但是從來沒見過有這麼美的藍色，更何況這是在陰影之下，宋慕懷疑自己是不是昏頭了。

突來的聲音讓他驚醒：「快跟我走！」

這聲音！宋慕立刻就認出來了，正是那名神祕女子。她和阿丹城的其他回回婦女一樣，全身披長衫，裹著頭巾，戴著面紗，只露出兩眼附近，但是那雙藍眼和阿丹人截然不同，年齡則大約和宋慕相當。宋慕不知怎麼的覺得胸口悶了一股氣，很想對她喊道：「妳是誰？我幹嘛要跟妳走？」但是這狀況下又說不出這樣的話來，一時間只直愣愣的立在原地看著她，那女子皺起眉頭，急切的說：「快走啊！」一把拉住宋慕的手就往巷子裡鑽。

左彎右拐了幾回，兩人到一堵牆前停了下來，宋慕正要說：「這是死巷。」女子搶先一步說：「抱我上去。」

「啊？」雖然心底直犯嘀咕，宋慕還是彎下身，從女子的小腿處一把抱住，讓她坐在肩頭扛上牆邊，抱起她的時候，她發出了「嚶」的一聲。

從小父母親就教導他「男女授受不親」，雖然在「博多」時，他看到倭人的男孩子和女孩子很親近，男人和女人也常野合，但是父親總是很嚴正的訓誡他：「這是夷狄華夏之分。」而母親也教導他：「不可亂性。」不過，在北邊的九年，弟兄們時常找來鶯鶯燕燕，久了不便推辭，也就和女人有了接觸。北邊姑娘的腿短而彎，瘦的姑娘腿像是木棒，豐滿點的姑娘腿又像蘿蔔似的，不像現在抱著的女子腿直而勻稱修長。不過，方才她的手掌，卻又比北邊姑娘大上一截，也粗糙了些。

「放開我。」女子平靜的聲音讓他回過神來，他鬆開手，她從他的肩頭上爬坐到牆頭，然後側身翻過牆，把宋慕留在牆的這頭，宋慕不禁愣在原地，過了半刻，女子的聲音從牆後傳過來，「你在等什麼?快過來，你過得來吧!」

「當然。」宋慕突然覺得胸口又悶了滿滿的氣，太陽穴抽動了起來，他退後幾步，往前急奔一躍，應著前衝之力，踏住牆面往下一蹬，另一腳登上牆頭，兩手一撐，四平八穩落了下來，他正想抬頭看看女子有何反應，她只說：「這邊。」就往一道土梯而去，宋慕只好跟上，隨著她東竄西竄，進入一間空屋，上到天台，又跳過了好幾戶人家的天台，直到一條較大的巷道邊，往下看，只見有兩個錦衣衛正在下頭隔鄰的街道中搜索，宋慕這時才沁出一身冷汗，驚覺到錦衣衛正在分頭包抄他，原來方才那女子是要救他脫離險境——這女子竟然對阿丹迷宮般的巷道瞭若指掌，還連哪裡有空屋都一清二楚。

他不禁多看了她一眼，方才胸口上莫名的氣悶也消了大半，那女子正在前幾間宅子頂，街道最窄之處，她想趁著下頭的錦衣衛剛過去跳過對街，卻有點躊躇。

「讓我來吧。」宋慕說，他一手攬著她的膝彎，一手攬住後背抱起她來，退了幾步，那女子突然說：「等等……」

但是宋慕早已一躍而起，在空中劃過一道完美的弧線，然後輕緩落地，順勢把女子放到天台上。

「嗯。」她頓了一下，然後伸出手比了比：「那邊。」領著他進到一處閣樓中。

她從圓形的窗口往外望去，說：「我們已經脫出他們的搜索區域了，他們還忙著找你呢，只是徒勞而已。」

宋慕也想探頭過去看，卻被她一把推了回來：「別露臉。」她靠著牆坐下，向他問道，「發生了什麼事，我爹怎麼了？」

「妳爹？」

「趙御醫。」

「御醫？」宋慕更摸不著頭腦了。

「就是最後跟你說話的那個人。」女子湛藍色的眼睛看著他，聲音提高了一些。

「喔。」

「皇上和我爹怎麼了？」女子又問道。

這一次宋慕才反應過來，「妳爹……死了，我很抱歉。」

「死了啊……」面紗下的臉看不出表情，但是她的聲音輕了些，似乎嘆了口氣，「他是個好人。」

他是個好人，就這樣？宋慕詫異的看著她，他回想自己的父親，想像著：要是知道父親的死訊，自己會如何呢……雖然和父親已經久未謀面，但是畢竟是自己的親生父親啊，再怎麼說，也不可能只是輕輕的說一句：「死了啊……他是個好人。」宋慕突然對眼前的女孩十二萬分的不諒解，他皺起眉頭，但是接下來的事讓他瞪大了雙眼——女子揭下了面紗，又拿下了頭巾。

宋慕雖然自覺這樣很失禮，但是卻忍不住從上到下細細的打量著眼前的女孩，她和漢人女子完全不同，一頭金色帶著褐色的長髮微微起伏著披到背後，在髮尾處打了好幾個捲，她的眉頭和鼻梁都比漢人高得多，和回回人相當，眉毛也是褐金相間，盛著湛藍眼睛的眼窩也比漢人女子深些，皮膚非常白，比漢人女子白皙得太多，微微透出粉紅色，但是，她的表情，又讓人感覺彷彿是臉上結了層薄霜。從聲音和眼眸看，她不過跟他年紀相當，面貌卻比同年齡的漢人女子看來更成熟，眼神撲朔迷離，彷彿是一個又一個的謎堆起了漣漪。

「皇上怎麼了？」她又問。

宋慕更是一頭霧水了，她稱爲父親的那個矮胖男子是道道地地的漢人，和眼前這個女子一點都不相像。這到底是怎麼回事，方才的不諒解，現在成了十二萬分的好奇。「他被人救走了，妳……？」

女子聽到建文帝獲救，微微的鬆了一口氣，接著說：「我戴上面紗只是入境隨俗，我並不信奉回教。我們就要離開此地，先讓你看看我的眞面目，也好互相照應。」

「我是說……」

「爹是我的養父，他給我取了個漢名，叫永華，因爲他一直想回到華夏之地，」女子打斷他，「不過爹已經死了，我們也在外邦，所以就請稱呼我原本的名字，『葉華』，『葉華・格林』。宋慕，我說過希望我們後會無期的，現在一切都太遲了。」

宋慕突然生起一股無明火，對面的女子彷彿是在怪罪他，他很想說：被設計的人是妳，跳進馬歡陷阱的人也是妳，我可是冒著生命危險來救你們的……但是他忍了下來，大口的喘了兩口氣，問道：「『葉華・格林』？」

「嗯，我說過爹是我的養父，我原本是英格蘭國的『格林』氏之女，英格蘭國的姓是放在名字之後的。」葉華說，「現在，也只能靠你來救皇上了，你會爲皇上盡忠嗎？」她微微低下頭偏向左，瞅著宋慕，從揭下面紗到方才爲止，她霜雪般的面容都看不出有什麼表情，但是現在卻露出了一絲擔憂的神色，這讓宋慕突然覺得葉華有些楚楚可憐，但是下一刻又覺得那肯定是自己的錯覺。

「當然。不過可不是爲妳，」他說出這句話之後馬上就後悔了，連自己也不曉得爲什麼會這麼說，連忙接了一句，「忠義是本分。」

葉華笑了起來，臉上的冰霜彷彿一瞬間全融化了，不過只有一瞬間而已，「是是，你是宋參軍之子，自古忠臣出孝子之門。」這句話搭著她獨有的怪腔調，讓宋慕氣也不是，笑也不是，然後葉華臉色又沈了些，「我才離開採買些椰棗，就人事全非，可以告訴我到底發生了什麼事嗎？」

於是宋慕把方才在廣場上的事描述了一遍，當他提到被保護著的四十出頭男子時，葉華點點頭：「那就是皇上。」他又提到建文帝身邊的太監，「那位是馬喜，馬公公，在天方都是他張羅一切。」而說到馬喜身旁的回回時，她說：「是的，那是馬公公所請來的回回保鑣。」

但是當講到那五名奇人的時候，葉華卻閃爍了一絲遲疑的神色，有一瞬間她的眼睛彷彿變成了蒼藍色，但是她還是一言不發，讓宋慕繼續說下去，當宋慕要說到趙御醫之死時，他停了一下，想了想之後改口說：「妳爹爲了保護皇上，擋住錦衣衛的去路，被對方一刀刺穿。」

「這樣啊……」葉華的聲音輕了些，「爹這一輩子，總算又做了點英雄事蹟。我爹最後跟你說了些什麼？」

宋慕聞言詫異的看著她，然後回答：「我問他皇上被誰救了，他只說『朱乎德』，然後就不幸去世了……朱乎德是誰，妳知道嗎？」

「原來如此，」葉華低著頭沈思了半晌，接著看向宋慕，她的藍色眼睛又恢復了光彩，好像成了寶藍色似的，宋慕看著那兩池深湖，覺得好像是飄蕩在大海上，不知不覺竟有點暈了起來，直到她的聲音把他喚回現實：「朱乎德人。」

「朱……乎德人？」

「朱乎德不是一個人的名字，是指朱乎德人，這是你們漢人給他們起的稱呼，」葉華說，「外邦人大都稱他們為『猶太』人。」

「猶太人？」宋慕從來沒聽過這個名詞，「他們是打哪來的，又怎麼會去救皇上呢？」

「這說來話長，我也是才剛想通的，你先耐心聽著，」葉華說，「我和你碰面之後，馬公公帶著我一起籌畫離開阿丹──我爹和皇上都不懂天方話，所以由我們兩個來張羅一切──馬公公說：錦衣衛一定認為我們會打扮成回回，而漢人面孔做回回打扮太顯眼了，所以要我們打扮成朱乎德人。」

「漢人面孔扮成朱乎德人難道就不顯眼嗎？」宋慕問。

「我也不清楚朱乎德人的來歷，」葉華微微低下頭，「馬公公說：朱乎德人自古就在四方經商，西域、中原、雲南、嶺南各地、南洋、印度、天方，甚至到木骨都束、麻林地⑯，都有他們的蹤跡，很多居住在中原或嶺南的朱乎德人和漢人通婚，所以朱乎德人有漢人的長相並不希奇。」

「原來如此。那麼我看到皇上他們都戴著頂小黑帽，那就是朱乎德人的打扮嗎？」

「嗯。但是不只是那頂小帽，小帽也不一定是黑的，這我也不大了解，都是馬公公在張羅，」葉華說，「沒想到這樣還是騙不過錦衣衛。倒是引來了意外的救星。」

「意外？」

「嗯。馬公公有和我說過：朱乎德人最是團結，只要看到弟兄有難，必定出手相助。那五位奇人，一定就是朱乎德人，他們把皇上他們當成自己族人，所以奮不顧身救走了皇上。」葉華靜靜的說，「沒想到猶太拳法如此了得。馬公公要扮成朱乎德人，還有一個原因，他說回回的朝聖時節快到了，在往聖地『麥加』的路上，沿途有很多提供旅人所需的商販，這些商販之中有很多都是朱乎德人，扮成朱乎德人，沿途也比較有照應。」

「『麥加』？」

「『麥加』在天方話中，就是『天房』的意思，傳說人世間的第一棟房子就建在那裡，所以得名，每天回回們就是對著它的方向禮拜，它也是回回們朝聖的終點站。不過馬公公並不是要到麥加，他打算繞過麥加，再轉往更北的另一個回回聖地，朱乎德人稱之爲『耶路撒冷』或『錫安』，那裡聽說是他們的發源地，也是朱乎德人聚居處之一，馬公公認爲只要到了『耶路撒冷』，錦衣衛就絕不可能找到我們了。」

「這『耶路撒冷』在哪裡？」宋慕問。

葉華隨手拿了根木條，在地上畫了畫，說：「這邊是阿丹的話，那麥加大約在這裡，耶路撒冷則在這個位置。」宋慕看了看，麥加到耶路撒冷的距離，幾乎和阿丹到麥加相當了。

葉華探了探頭：「看來那些錦衣衛已經放棄找你了，不過還是得小心點。」

宋慕點點頭，這次他沒有探頭出去，他看著葉華畫的地圖問：「皇上他們會往哪去？」

「馬公公可能照原來的計畫前往耶路撒冷，也可能跟著那些朱乎德人到他們的落腳處，這樣的話，從阿丹到麥加到耶路撒冷沿途，甚至再到更遠之處都有可能。」葉華看到宋慕露出疑惑的眼神，就又在地上畫了畫，「耶路撒冷再過去就是海，海的另一頭還有很多國家，包括我出生的英格蘭國，但是馬公公只知道到這邊了。」

她從阿丹畫了條線，畫進整片天方之地西南邊那道狹長的海裡，一直往上延伸到海域頂端兩個小兔耳朵形狀的右手邊那個尖角，「我先到耶路撒冷等他們，從阿丹到耶路撒冷最快的路線是先走海路，一直到阿克巴，然後從阿克巴沿著谷地往北一直走，就可以到達耶路撒冷，我會走這條路線。」

宋慕一聽到又要坐船，不禁冒出了一絲冷汗，他正想開口，葉華由阿丹往北畫到麥加：「至於你，你不能走海路，因爲港口邊全是錦衣衛，他們認得你。現在正是回回們朝聖的時節，有許多朝聖團，還有前往聖地沿途做買賣的商旅，你想辦法混進其中一隊朝聖團或商旅，等到到了麥加，再找一隊要從麥加回耶路撒冷的朝聖團或商旅，跟著一起到耶路撒冷，沿途打探朱乎德人的消息，如果找到了皇上他們，就一起帶到耶路撒冷來，如果沒有，也到耶路撒冷跟我會合，兩路並進。你天方話說得還不錯，應該沒問題吧？」

她不待宋慕回答，又指了指窗外，宋慕看了過去，那是圍繞著阿丹城的高山峻嶺，「這阿丹城建立在沙漠之中，幾百年前，阿丹人就在周圍的山麓上挖掘了一系列的貯水池，你應該看過駱駝隊伍從城外進來賣水，沿途也供應一些小村鎮，許多走陸路的朝聖團或商旅會從這些村鎮出發。你到其中一個去找混進去的目標，錦衣衛或許不知道這些小村鎮。」

宋慕點了點頭。

葉華又張口似乎想說些什麼，不過微紅的雙唇又緊閉了起來，她戴上面紗，猝然起身，說：「一定要到耶路撒冷找我。」

宋慕打算豪氣的答應她，也跟著猛然站起來，卻一頭撞上低矮屋頂懸掛著的簍筐，撒得滿身都是灰，葉華噗嗤一聲笑了出來，她上前拍淨宋慕的身子，兩人靠得很近，宋慕聞著她身上的香味，突然覺得有點手足無措。葉華大略拍了幾下後，握住宋慕的手，輕聲說：「要保重，耶路撒冷見。」然後退後一步，整了一下自己的衣物，「我走了。」

她難得的溫柔語氣讓宋慕傻住了，回過神來的時候，葉華的身影已經消失在樓梯口，宋慕探頭四下搜尋，卻哪兒都看不到佳人的蹤跡，只留下淡淡的一抹體香飄蕩在閣樓之中。

⑯麻林地，今肯亞馬林迪（Malindi）。

第五章 萬方歸一入麥加

馬歡覺得這一天簡直是糟透了。先是一日之初的晨禱險些被打斷，然後又得知讓他差點心臟痲痺的消息：建文帝出現。趕往現場只見一片狼藉，還搞不淸楚是怎麼回事，張千戶就大喝一聲，率領部下衝進雜亂無章的街區裡要捉拿宋慕，結果一無所獲。

現在馬歡可有得忙了，回回駱駝商人、路人、回回衛士們，還有一些阿丹城的官員，全擠在他面前七嘴八舌的嚷嚷著。馬歡站到高處大聲說：「眞主在上。」

這句話果然讓所有人都安靜了下來，接著馬歡向眾人致歉，並且保證給予所有人滿意的賠償，他向後頭的小旗招了招手，幾個腳伕扛上好幾個箱子，馬歡揭開大箱，取出疊得齊齊整整的上好錦繡，錦繡在陽光照射下閃閃生輝，在場的阿丹人都張大了嘴巴，這下眞的是鴉雀無聲了，馬歡微微笑了一下，心想：唉，這能用財物打發的可簡單，接下來的事情才是眞正的痲煩。

踮起腳看了一下，果然張千戶和一干百戶們正在不遠處焦急的來回踱步，不時向這邊看過來。馬歡決定故意慢慢來，一邊跟阿丹回回們寒暄，一面看著那些個錦衣衛如熱鍋上的螞蟻。好不容易甲板上的回回們都散去，張千戶和部下們忙不迭直圍了上來：「馬大人，你可要救我們！」

「怎麼救？」馬歡沒好氣的說，「你們瞧瞧，這一早上的胡鬧，費了多少錢才擺平，更別說……」

「我們知錯了，馬大人……」

「好好，」馬歡打斷張千戶，「說說而已，張大人你別著慌，總是會幫你們的。」張千戶這才破涕為笑，馬歡搖搖頭：「張大人有什麼想法？」

張千戶不答，反而問道：「鄭公公他……」

「他還沒說什麼。」

張千戶鬆一口氣，接著說：「馬大人，我現在可是完全沒了主意，接下來該怎麼辦，請馬大人指點迷津啊！這建文被朱乎德人救走，千里黃沙漫漫，不知從何找起，只能從宋慕身上著手，可這宋慕……也逃掉啦！馬大人一向神機妙算，不曉得有沒有什麼好辦法？」

馬歡嘆了口氣，說：「我一直處理善後到現在，你讓我想想，」其實，馬歡方才處理賠償事宜時，就一面思索這個問題，現在只是要吊吊他們的胃口，他看到錦衣衛的臉色從紅轉白，又從白轉紅時，才說，「有了。」

平時不可一世的千戶聞言，整個人湊了過來，這讓馬歡覺得十分滑稽，不過他忍住笑，一本正經的說：「那些朱乎德人帶著補給和駱駝隊伍逃走，沿路上還可以得到很多朱乎德同夥的協助，但是宋慕可不然，就算他扮成朱乎德人，他也不懂朱乎德話，港口被我們守住了，他不能走海路，他人生地不熟，更不可能獨自穿越沙漠，所以……」馬歡停下半晌，心裡估量著，這些錦衣衛應該不曉得朝聖的事，他露出淺淺的微笑：「他一定會到阿丹附近的小村鎮，想辦法找商旅混進去。」

「那我們該怎麼找到他？」

「你們隨我來，我們一個個村鎮去調查。」

＊　＊　＊

阿丹城外景觀和城內頗不相同，建築物疏疏落落，其外圍繞著種植綠油油作物的農田，但是綠色田野範圍也不大，再放眼望去，就是漫漫黃沙，一座座沙丘相連直到不遠處的重山之間。

這兒連清眞寺都很小，大概只比城內回回醫者的住宅大不了多少，街上沒有幾個人，大多數鎮民都在田地裡耕作著，更沒看到什麼商旅。該怎麼辦呢？宋慕一時也沒有主意，四面環顧一會兒，目光又落在那小小的清眞寺之上。進去問看看吧，宋慕心想，回回的清眞寺就有如漢人的土地廟一樣，或許能打聽出什麼消息。

宋慕脫下鞋，恭敬的走入寺內，清眞寺內的阿訇滿臉長鬚，老邁不堪，看到宋慕進來，遲緩的迎了上來，宋慕頌讚眞主之後，向他詢問有沒有商旅經過附近，他搔了搔頭，想了很久，接著卻說起了眞主的教誨來，宋慕心底焦急，又不好打斷他，只好聽他講著一番大道理，直到清眞寺外傳來嘈雜聲，他連忙抓住這個機會，向阿訇謊稱那可能是他要找的商隊來了，祝福了幾句之後，急急忙忙走出清眞寺。

一出寺外，他不禁傻住了。原來方才的嘈雜聲眞的是一大隊的駱駝商旅，他們正從阿丹的方向，沿著硬土路，往清眞寺的方向而來，駱駝商旅他在阿丹城見得多了，這不足以讓他訝異，令他瞠目結舌的是騎在駱駝上的人，他們全身穿著五色彩衣，衣服上還有亮麗的色色相間直條斑紋，然而皮膚都黑得跟木炭一樣，他們乘著駱駝背著陽光而來，看起來就像是一片片黑影只飄著兩個眼睛在空中，煞是嚇人，宋慕正不曉得自己是眼花了，還是曬昏了頭，帶頭的那片黑影中又露出潔白的牙齒，然後他聽到天方話：「喂！外地人！」

宋慕一時沒有反應，那片黑影又說了一句：「外地人！」

第二片黑影也露出了牙齒，笑道：「外地人就是在說你啊！傻小子，還有別的外地人嗎？」

第三片黑影突然大笑出聲：「阿迪蘇，你別說笑了，我們通通都是外地人啊！」

那名叫做阿迪蘇的黑人才轉頭笑道：「對喔。不過謝里夫，你也別嘲笑我啊！」

宋慕瞇起眼，這才看清楚幾個黑人的長相，也才知道他們是在叫自己，帶頭的那名黑人光著頭，身材十分高大，看樣子比自己還高上一整個頭，而且全身都是結實雄壯的肌肉，看起來好像一拳就能打死一頭牛；阿迪蘇雖然瘦了些，但是身材也一樣高大；謝里夫就矮得多，也瘦得多，臉上帶著許多歲月滄桑的痕跡，他的鼻子十分扁塌，厚厚的嘴唇像是腫起來似的，與阿迪蘇他們大不相同，後頭還有十幾名黑人，身形長相都比較像謝里夫。宋慕打量完他們，猛然想起自己的目的，連忙問：「眞主在上，請問你們是要前往麥加嗎？」

那帶頭的人反問：「外地人，我看到你剛從清眞寺出來，又問我們是否要前往麥加，你是穆斯林嗎？」

這些人應該都是回教徒，宋慕心想，爲了能順利前往麥加也顧不得小節，他撒謊道：「是的。」

「你會武功嗎，有沒有隨身武器？」帶頭的黑人又問。

「會。」說完，宋慕把腰上倭刀解下，遞給黑人，黑人接過，刀一拉出鞘，他眼睛睜得老大，接著脫口而出好幾句怪話，阿迪蘇應了兩聲，也湊過頭去看。

「有什麼不對嗎？」宋慕問。

「沒有。」黑人把倭刀入鞘，交還給宋慕，「你的武器，鋼上頭有流水般的紋路，我們從來沒見過，我只看過『大馬士革』鋼刀上是漣漪狀的雲紋。你這一定是媲美『大馬士革』鋼的神兵利器。」

宋慕不曉得「大馬士革」是什麼意思，在黑人濃濃的口音下，聽起來像是天方話的「水」，不過他不確定，只好點點頭說：「您過獎了。」

黑人向他伸出了一隻手：「我叫做葛卜樂，是阿比西尼亞⑰來的商旅。我們要前往麥加做生意，正需要幫手和保鑣，如果你不嫌棄的話，願意與我們同行嗎？」

宋慕連忙點了點頭。黑人高興的笑了笑，接著就指示他騎上一匹空著的駱駝，宋慕爬上駱駝背之後，謝里夫問道：「請問您貴姓大名？」

「我叫宋慕，我從……」

「等等！」阿迪蘇突然打斷他，「你先別說，我來猜，照你這個長相，還有那把沒看過的寶刀來看，你是從……絲國來的！對吧！」

「我是……」宋慕正要回答，轉頭卻看到遠方有人影往這邊而來，心頭一凜——該不會是馬歡吧？我的一舉一動都被他料中，真是陰魂不散——連忙說：「路途遙遠，我們趕快啓程吧！」

「哈哈，」葛卜樂笑了出來，「果然是虔誠的安拉子民，急著要去麥加呢！外地人，別慌。讓你瞧瞧我們阿比西尼亞人的能耐吧！」說完一聲唿哨，整個駱駝隊伍的黑人都趕起駱駝，那駱駝飛也似的狂奔，掀起一大片沙塵，很快的消失在一片黃沙之中。

＊　＊　＊

馬歡和張千戶才到第二個村鎮，遠遠望見一整隊的黑人商旅，和一個回回打扮的人正在說話，「那一定就是宋慕！」張千戶連忙帶人要追過去，馬歡卻趕上來拍拍他的肩頭：「別追了。」

「為什麼？」張千戶大吼。

「那是要前往麥加的朝聖隊伍，」馬歡臉不紅氣不喘的說，「就算跟上去了，我們也不能對神聖的朝聖者動手，那會激怒所有回回們，再說就算我們跟著過去，也無法進入麥加，只能到此為止了。」

「難道就這樣算了嗎？」張千戶脹紅著臉，眼睜睜看著那隊駱駝掀起大片沙塵，揚長而去。

「當然不是，」馬歡笑著拍拍他的肩頭，「我們並沒有完全斷了線索，宋慕是跟著黑人走的，黑人嘛，不是來自木骨都束，就是麻林地。我們先回到寶船上，與鄭公公從長計議。」

馬歡看到張千戶和手下們一副似懂非懂的樣子，不禁心裡一陣好笑，不過一想到接下來的事，笑意又消失了。這些可以利用他們的無知唬弄過去的傢伙們也只是小事，鄭和是不可能被瞞過去的，要面對他，才是眞正的挑戰。

鄭和會是怎麼想的呢？

＊　＊　＊

謝里夫指揮著幾個黑人不斷從井裡打水，一桶，兩桶，三桶……一打上來，就猛力往旁邊的水槽傾洩，然後隨即又把水桶拋下井去。駱駝們早就圍在水槽旁，水一流下來，就爭先恐後的把同伴們擠開，頭湊進水槽裡大口的喝。

「不用急啊，」謝里夫拍著駱駝說，「有你們喝的，你們每隻都喝飽了，我們才會出發的啦！」

「謝里夫你在自言自語些什麼啊！」阿迪蘇張大了嘴，露出一大片白牙，笑道：「駱駝又聽不懂人話。」

「我要是講了阿比西尼亞話，聽不懂的就不只駱駝啦！」謝里夫說，說完就講了一長句怪話，全部的黑人都笑了起來。宋慕先是愣了一下，接下來才想到他們在說的就是自己，正拿自己尋開心呢，那句怪話一定就是阿比西尼亞話，他聽不懂，也只好摸摸頭，勉爲其難的跟著大夥兒笑了笑。

黑人們看到宋慕的反應，笑得更大聲了，宋慕愣愣的看著他們，過了好一會兒，葛卜樂才走過來，說：「你們別拿人家尋開心了。宋慕，方才謝里夫說的是：『我跟駱駝說話，還不是老大先操壞駱駝。』不是在說你什麼。不過，我可不是爲了在你面前逞威風才飆駱駝的啊，這裡叫沙那，離阿丹只有百餘里，我知道兩百里之內就有下一個綠洲，所以才讓駱駝們活動活動筋骨的，」葛卜樂露出了大大的笑容，「平時可不能這樣對待牠們，不然會渴死的可不只是駱駝們囉！」

阿迪蘇突然放大嗓門說：「外地人，你還沒回答呢，你是不是從絲國來的啊？」

宋慕先是發愣良久，接著想起在天方的時候，聽到回回們因爲絲綢產自大明，都管叫大明爲「絲國」，他說：「嗯，我是從大明國來的，也就是你們說的絲國。」

「哈哈！」阿迪蘇拍手大笑，轉頭對葛卜樂道，「老哥，你輸啦，金幣拿來吧！」

「大明國？」葛卜樂懊惱的說：「我看他的那把刀，應該是從日出之國來的才對啊？」

宋慕不禁大吃一驚，這些世界另一頭的黑人知道有大明已經很稀奇了，竟然連日本國都曉得，他瞪著葛卜樂說：「你沒有看錯，這把刀的確是在日本國買的，只是我本人是從大明國來的，你……你怎麼會知道這把刀是日本刀？」

葛卜樂大笑：「外地人，我們可是阿比西尼亞人，我們是驕傲的阿非利加人哪，我們什麼都知道……」然後他收斂笑容，正經的說：「我以前曾經在阿丹碰過一個猶太商人，他告訴我，世界上只有一個地方可以打造出和大馬士革鋼刀不相上下的神兵利器，我問他是哪裡，他說是世界最東邊的盡頭，也就是說，每天太陽從那邊升起的地方。」

宋慕聞言，正心想：「原來只是道聽途說而已……」突然，阿迪蘇又開口問他：「外地人，聽說你們絲國有蓋過可以一夜之間搬走的宮殿，是不是眞的啊？」

這下子宋慕可眞的是嚇著了。他在「博多」時聽父親講史，父親曾告訴過他：隋煬帝曾經建造一種機關複雜的行宮，可以一夜之間搭建起來，又能在平地上運行如飛。沒想到這些黑人竟然連這麼久遠的歷史都曉得，他連忙說：「有的，你說的是隋煬帝吧，他建過這樣的宮殿。」

「什麼，原來蓋的人是叫『水羊丁』，不是叫阿拉丁啊。」阿迪蘇聽了面露失望。宋慕則是聽得一頭霧水，什麼是「阿拉丁」，這應該是發音轉變的問題吧？是在說殷商的某個皇帝嗎？他只知道有武丁，其他各朝也沒有廟號是念起來像「阿拉」的帝王，他正搞不清楚的時候，謝里夫插嘴道：「你別鬧了，阿迪蘇，一千零一個晚上的故事哪能當眞啊！你看它裡頭寫說：『犀牛會把大象頂起來轉死，之後又被死象的油脂糊住眼睛看不見而死。』這根本是瞎說，我們都很清楚：大象跟犀牛大都和平共處，就算起了爭執，也只有犀牛被大象一腳踹死的份，哪能頂死大象，更別說犀牛本來就幾乎看不見東西了。」

宋慕聽了更是丈二金剛摸不著頭腦，正想問什麼是「一千零一個晚上」，後頭又有人叫道：「嘿！外地人。」

「嗯？」

「你去過海東邊的盡頭，聽說那裡有大鯨魚，是不是眞的？」

宋慕又吃了一驚。在「博多」的時候，他曾經看過一次，有日本漁人把不知爲何發狂觸岸而死的巨魚拖上岸，分割大打牙祭，當時父親跟他說這就是「鯨魚」，父親告訴他：秦始皇曾經爲了獵殺這種鯨魚，造大樓船出東海，不過遇到強風無功而返。他訝異的說：「你怎麼知道？」

「原來是眞的啊！」那個黑人高興的說，然後轉頭對謝里夫說：「你看，你還說一千零一個晚上的故事不可信，明明是眞的嘛！」

阿迪蘇也興奮的靠了過來，咧開嘴：「嘿！外地人，你從絲國一路航海過來，途中有沒有看到什麼大巨人、海老頭，或是鑽石山、猴子島呢？」

宋慕回答：「我在船上病倒了，所以不清楚……」但是說到一半，想一想，又覺得阿迪蘇問的問題實在有點荒謬，他們眞的曉得東方的事物嗎？宋慕皺了皺眉頭，他決定試他們一試，於是說：「日本國有四個島，每個島都比大明國還要大，而且日本人都比大明國的漢人高出一倍呢！」

「喔對對！」黑人附和道。宋慕心裡暗自好笑，又說：「但是大明國東南方的海上，又有一個島，叫做夷州⑱，它比日本四個島加起來都還大！」

「沒錯，看來神鷹蛋和巨人一定就是在這個叫什麼州的大島上面了！」黑人們聚過來，很開心的說。宋慕忍住笑，這群黑人對東方根本一竅不通，他決定不要再繼續瞎扯下去了。於是黑人們就像一旁喝飽水的駱駝一樣，魚貫散開。謝里夫指示黑人們照管好駱駝，然後走過來對宋慕說：「沒想到你從那麼遠的地方來，而且一個人就要去麥加，對安拉的信仰眞是無比的虔誠！太令人敬佩了。」

宋慕連忙向他道謝，謝里夫說：「對了，趁著駱駝休息，貨物卸下來的時候，我給你瞧瞧我們賣的是什麼商品。」

他領著宋慕走到一囊囊的貨物旁，隨手解開其中一囊，再拿過一片布，把一些囊裡的東西倒在布上，宋慕一看到那些黑不溜丟的豆子，馬上說：「咖乎瓦？」

「對，你知道嘛，那就太好了。」謝里夫充滿皺紋的臉上露出笑容。

「而且還是最高級的。」後頭傳來宏亮的聲音，那是葛卜樂，「我們阿比西尼亞產的咖乎瓦，是全伊斯蘭地區最上等的好貨，別處我就不曉得了，不過你們東方人似乎也不喝咖乎瓦吧？」

「嗯，我們喝茶。」宋慕說。

「這就是了，所以我們阿比西尼亞的咖乎瓦，就是全世界最好的咖乎瓦啦！簡直就是黑色的黃金呢！」葛卜樂得意的說，「當然，這不是一般人喝得起的，所以我們也毋須沿街叫賣，自然有大盤商會來和我們接頭。你瞧！」葛卜樂一指，果然已經有猶太商人率隊前來，正跟阿迪蘇交談，突然，沙那鎭的淸眞寺叫拜塔傳來呼喊聲，禮拜的時間又到了，宋慕連忙跟著黑人們一起動作，幸好他在回回醫者家中每天看著他們禮拜，已經很熟悉，沒有漏出什麼破綻，但是奇怪的是，葛卜樂和阿迪蘇卻和那些猶太人一樣站在原地，不進行禮拜。

禮拜完之後，宋慕大惑不解的問葛卜樂：「你和阿迪蘇爲什麼不禮拜呢？」

「喔！」葛卜樂抬了抬頭，接著才說：「這是因爲我們不是穆斯林。我和我老弟是你們穆斯林所稱呼的『歐西潤恰』，也被叫做基督教，所以不行一日五拜。」

「歐……西潤恰？」

「是的，除了我們阿比西尼亞人以外，亞美尼亞人，還有在地中之海過去的威尼斯國、羅馬國，還有法蘭西國和英格蘭等國，也都和我們有一樣的信仰，不過你來自絲國，大概不知道吧？」葛卜樂咧嘴笑道：「我們跟你們穆斯林拜同一個上帝，我們相信上帝曾派祂的兒子耶穌降臨凡間拯救世人，但你們穆斯林卻認爲耶穌並不是上帝的兒子，只能算是在穆罕默德之前的先知。《古蘭經》裡面的『爾薩』這個名字，就是我們講的耶穌。」

宋慕聽得滿頭霧水，正越想越糊塗，葛卜樂打斷他：「我們別再談這些上帝的問題了，這些問題我也不是很懂，要請神父來解釋才行，或是請神父和你們的阿訇一起來解釋。總之，我和阿迪蘇並非穆斯林，不過，謝里夫他們是木骨都束人，他們都是虔誠的穆斯林。我們在伊斯蘭世界是『異教徒』，是不能攜帶武器防身的，所以我們聘請謝里夫他們當我們的幫手和保鑣，當然，你也是。」葛卜樂對他大大的笑了一笑。

阿迪蘇和猶太商人看來已經談妥了，謝里夫吆喝著黑人們，把貨物交給猶太人。之後，又來了幾個回回商販，交易得差不多之後，葛卜樂舉起雙手，拍了響亮的兩聲，黑人們都聚了過來。

「各位，我們今晚準備點餘興節目來歡迎從絲國遠道而來的好友，你們說好不好啊！」葛卜樂大聲說道。所有的黑人都用怪話歡呼，笑了起來。然後葛卜樂對謝里夫說：「派幾個人到鎮上買點好料的吧，可不能讓遠道而來的朋友覺得我們吝嗇啊。」

「沒問題！」謝里夫招呼五六名黑人跟著他一起往鎮內集市的方向而去，所有人都笑逐顏開。宋慕不曉得他們爲什麼這麼開心，只好尷尬的站著陪笑。

「外地人，你知道他們爲什麼這麼樂嗎？」阿迪蘇冷不防湊過來，「那是因爲我大哥要破費請大夥兒吃一頓好的，慶祝慶祝，你可別覺得受寵若驚啊！」

宋慕已經十分受寵若驚。謝里夫他們買回了一些當地食物，還有幾許野味，一邊做準備，一邊紮起營帳，日落時分，黑人們和宋慕行完昏禮，他們就生起營火，圍坐成一圈，烤著和回回醫者家中相比其實頗爲寒酸的食物，笑著，大聲唱歌，接著謝里夫神祕兮兮的端出一個大甕。

「哇！是酒耶！」阿迪蘇大叫道，「老哥你幾時開竅啦？」

「什麼？謝里夫，我可沒要你買酒啊！」葛卜樂開玩笑著說。黑人們早起鬨互相灌酒了，當然宋慕也不例外，這酒比不上在「博多」時偷嘗過的上等清酒，但是比起在大明北邊時淡如水的劣酒好上不少，黑人們一喝酒，話匣子更開了，又再度圍上來問起許多「一千零一個晚上」裡寫的種種事物，這時，葛卜樂一拍手，黑人們都靜下來，看著他。

「宋慕，還好你沒虔誠到不喝酒，那樣的話就無趣了，」葛卜樂說，「我們都知道你有一把絕世寶刀，露個兩手給大夥兒瞧瞧吧！」一說完，黑人們都歡呼了起來。

「好！」宋慕喝了點酒，正覺得全身充滿熱流，爽快的答應了。他想了想，對謝里夫說：「請給我一條不要的長布條。」

「諾。」謝里夫遞上一塊髒布。

宋慕接過之後，把它捲成條，首尾打結，連成一圈，宋慕把倭刀拉出長衫外，左手握住刀鞘，右手扯開布圈，把它甩了開來，然後高高往空中一拋。

那布圈拉成了一個圓，在空中轉著，飄著，到了最高點，然後往下落，宋慕右手早已回到刀柄之上，蓄勢待發——宋慕在北邊九年來每天這樣不間斷練習著「居合」，他即使閉上眼睛都能做到——「鏘！」一聲輕脆金屬聲響，營火火光在空中映出一片薄到幾乎看不見的紅，布圈一時看起來好像沒有改變，下一秒鐘卻成了兩個半圓各自轉開來，就在此時倭刀的刀鞘突然跟上，把兩條布往上一頂，然後宋慕右手一瞬間回轉刀刃，空中閃出一道垂直的刀光，然後宋慕就站直身，收刀。

「啪」的一聲，四段布整齊的落在地面。黑人們全看得目瞪口呆，不曉得到底發生了什麼事，只有葛卜樂大聲鼓掌了起來，一邊大笑：「好刀法，神乎其技。」然後交握兩手，用力互拉，指節發出了喀喀聲。

「哇喔，老大技癢啦！」一名黑人高聲說道。

「有好戲看囉！」其他人跟著起鬨。

宋慕看著葛卜樂，又看了看圍在營火旁的黑人們，一時不解他們在說些什麼。謝里夫站起來拍了拍手，說：「準備防具。」然後幾個黑人鼓譟著到後頭去拿東西。

「這是……？」

「宋慕，你的刀法眞是讓我大開眼界，」葛卜樂說，「但是我們到了麥加附近以後，不大方便動上刀子，所以拳腳功夫就很重要啦！你能跟我試個幾招嗎？你千萬別覺得我唐突啊，我看到你的身手，實在是躍躍欲試呢。」

「沒問題。」不知是否酒意壯了膽，宋慕毫不遲疑的答應。

謝里夫馬上帶著幾個黑人圍上來，他們都披著許多布條在肩頭，謝里夫對宋慕說：「讓我們幫你裹上保護用的布條。」

「保護用的布條？」

「沒錯，」謝里夫說，「原本，這是我們部族進行長棍比鬥時才要做這樣的防護，不過老大的威力可比長棍還可怕，我們先幫你裹上，這樣他才能沒有顧忌的出招。」

黑人們先將布扭成一捲捲，然後纏上宋慕的頭、臂、腿，連拳頭也纏裹成了一大包，之後在手臂、腿上都安上一片木條，才纏上最後一圈固定住。另一個黑人走了過來，給宋慕披上一件背心，胸腹部上都綁著木片。另一邊，葛卜樂也一樣裹上了布，他說：「裹了布行動會比較不便，爲了公平起見，所以我也裹上。」

說著，葛卜樂就站了起來。謝里夫對宋慕說：「規則很簡單，綁在身上的木片就當作是你們的身體就對了。手腳的木片被打破就等於手腳被打斷，如果胸腹的木片被打破，或是你本身被打昏，就是輸了。」宋慕點點頭，然後也站了起來，四周的黑人響起一片歡呼聲。

「那我先出招囉！」葛卜樂話才剛說完，就豹子般一躍而出，他兩條黝黑的長腿步幅極大，宋慕才一眨眼，他就已經有如凌空而來逼近眼前，一個左刺拳往宋慕臉上逼過來，宋慕本能的往左避，一動作才驚覺那一拳十分軟弱，是虛招！連忙往後一仰，葛卜樂的右臂從臉的上方奔騰而過，夾帶的勁風把宋慕臉都颳疼了，這一記讓宋慕的酒意整個醒了過來，轉化成一身的冷汗，他想起身退讓，葛卜樂往他的小腿上一腳踹下，「啪」，木片應聲粉碎，宋慕整個人也瞬間往前傾，臉直朝著葛卜樂的右肘頂撞了過去，電光石火間，他左掌掌面一翻，往上架開葛卜樂的手肘，右掌同時往下猛力一記，原本這招是要打在對方肚腹之上，但是葛卜樂太高大，變成只打在他的腿上，只聽到木片也「啪」的一聲斷裂，宋慕借力往後一躍，輕靈的落地。

黑人們全都用怪話高叫歡呼了起來。葛卜樂絲毫不給對手喘息的時間，他又追上一拳，然後又一拳，但是去勢緩慢，好像只是在試試宋慕的能耐，宋慕一邊閃躲，一邊也看清楚了對方的動作，葛卜樂的招式和宋慕所學的武術大相逕庭，他出招的動作大而直接，可說全身都是破綻，也因此葛卜樂不大重視格擋，而是運用虛招欺騙對手，試圖讓對方判斷錯誤、先行閃躲而無法反應時，再補上眞正的重擊，這虛虛實實的交錯，加上手腳長度的優勢，把宋慕逼在圈子外，無從攻進葛卜樂的破綻。

正當他苦思該如何逼近葛卜樂身邊，黑人又一記右拳揮來，這拳來勢不快不慢，宋慕一時以爲那又是虛晃一招，但隨即聽到對方全身肌肉骨骼彷彿爆發微微的「砰」一聲，宋慕連想都來不及想，就把兩臂拉上來護住頭，只覺巨拳瞬間擊中雙臂，「劈啪」的一大聲，兩臂上的木片四散紛飛，無與倫比的衝擊力讓宋慕雙臂招架不住，往額頭上猛撞了過來，強大的去勢讓宋慕整個身體往後上方直拋，他覺得兩腳彷彿快浮空似的，兩臂震得完全麻木，腦袋更是嗡嗡作響。

然後他才驚覺到自己整個人正往後仰倒，連忙勉強側身，振作起痠麻難當的左臂，狼狽撐住身體，葛卜樂已經往下追擊了過來，宋慕只能勉強屈膝抬腿抵擋，又是木屑紛飛，宋慕只覺得小腿快要脫落了。不過他也並非只是挨打，藉著葛卜樂拳擊的威力順勢一個後翻，葛卜樂的高大身材往地面上攻擊反而遲鈍，宋慕出其不意，往前一滾，一個掃腿讓葛卜樂慌忙跳起，然後宋慕猛然起身，就剛好在葛卜樂壯碩的身體之前，葛卜樂看出宋慕沒有揮拳的空間，臉上露出微笑，雙手交握就要往宋慕的頭上打下。

突然間「砰」的一大聲。宋慕震退了半步，而葛卜樂的雙拳沒有揮下，所有人都愣愣的看著他們兩人，接著他們看到葛卜樂腹部的厚木片有如刀劈般的平裂成兩半。

「你贏了，」葛卜樂咧開大嘴笑道，接著又轉頭，「阿迪蘇，你又賭贏了。」

「哈哈哈！」阿迪蘇笑道，「今天可眞走運。」其他黑人也是有一半高聲歡呼，另一半則唉聲嘆氣。

「你是怎麼辦到的？」葛卜樂問，「逼得那麼近，應該只能揮出小拳啊！」

「我學的這種武術，特色是能在很短的距離內集中威力，稱之爲『發勁』。」宋慕答道。

「我懂了，跟你的刀法大概是同樣的道理吧。我以爲我們阿比西尼亞的武術已經是天下第一了，沒想到人外有人。東方的武術眞是了不起啊！」葛卜樂說。

宋慕連忙說了一些客套話，然後葛卜樂就領著他和其他黑人一起飲酒作樂。空曠的沙漠夜間很快轉冷，謝里夫招呼大夥兒進營帳，只留下輪值守夜。

第二天晨禮之前，黑人們已經起床拔營，晨禮結束後就動身。商隊一向在清晨時趕路，中午時緩行或休息，傍晚則再加快腳步，有時昏禮之後還會再趕一段路。一路上都是沿著山脈之間，最多每兩三天就會抵達一個綠洲，然後葛卜樂會與猶太或回回商人交易，宋慕留意沿途所遇上的猶太人，但是都沒有見到建文帝或那五位猶太人。

宋慕和其他黑人一起輪流守夜，也負責扛東西、紮營拔營，葛卜樂對他十分禮遇，一路上和他說了許多關於阿比西尼亞，以及基督教的事，兩人也繼續切磋，並談論武術的心得，葛卜樂偶爾會評論起猶太拳法和回回拳法，有一次他還談起了庫德族的拳法。

「他們的拳法還融合了摔跤，十分厲害，你見過就知道了。」葛卜樂說。

當商隊越接近麥加，路上的朝聖者和商旅就越多，起先是幾個商隊偶遇並肩而行，之後是全擠成了一起，到最後人潮匯成一條蔓延到視線之外的人河。到這個時候，葛卜樂和阿迪蘇停下了腳步。

「外地人，」阿迪蘇說，「我跟老哥是『異教徒』，不能進入麥加，只能到這兒了。謝里夫他們都朝過聖，所以他們會留下來和我們一起保護貨物，不過你應該是想去朝聖吧？你第一次到聖地，我看還是讓謝里夫陪你去好了。」

「多虧了你，我才多了一次朝聖的機會哪！你可別推辭喔。」謝里夫上前，滿是皺紋的臉上露出笑容。宋慕別無選擇，也只好裝作很高興的答應。

「宋慕，」葛卜樂從駱駝上彎下腰，「這麥加屬於『漢志』，是歸哈希姆家族管理的，你要是見到他們要謹慎點。」

「放心，有我帶著他呢！」謝里夫說，「我會提醒他的。」

「彼此保重。」葛卜樂一拍駱駝，帶隊穿出人龍，往麥加城外的異教商旅聚集地而去。

⑰阿比西尼亞，今衣索比亞。
⑱台灣古名夷州。

第六章　鬥螳螂搶羊大賽

這三天來，宋慕只能以暈頭轉向來形容。先是穿過麥加外頭匯聚而成的如大江大河、最後成爲一片汪洋大海般的人潮，接著是跟著謝里夫，過五關斬六將似的，先到戒關之外的旅店寄放物品，空著手到澡堂，大淨、小淨、禮拜，換上戒衣與涼鞋——說是戒「衣」，其實只是兩片沒有縫邊的白布披在身上——前往薩法和麥爾臥這兩座山，在之間來回七趟後，領取聖泉，這才能開始第一次巡禮天房。

回回的大淨和小淨禮節十分繁複，宋慕在回回醫者住處的時候，對小淨的過程已經耳熟能詳，不過大淨就不那麼熟悉了，只有一邊看著身旁回回的動作，一邊有樣學樣，幸好謝里夫只以爲他是第一次朝聖心情緊張，沒有看出破綻來。

但巡禮天房才是最讓人頭昏腦脹的。雖然有哈希姆家族的人在場維持秩序和動線，但是他們淹沒在茫茫人海之中，就好像一顆顆花生米一樣，倒是人群很自動的流動了起來，宋慕起先只能隨著人流，緊跟在謝里夫身後，直到不曉得走了多久，他才發現自己是在繞著一個大圈圈，緩緩往內而去，他踮起腳尖往裡頭望，想看看到底是在繞著什麼轉，然後，他看到了「天房」——謝里夫告訴他：那就是朝聖的目的，傳說是人類有史以來的第一棟房子——但是那棟房子卻四面圍上了鑲金的黑布，看不見裡頭是什麼樣子，人們就好像一個大漩渦似的，在它四周緩緩的繞啊繞的，看得他眼都花了，而當他自己也走進內圈，開始繞上四圈的時候，他就覺得更暈了。謝里夫告訴他：如果有可能的話，一定要去親吻或是觸摸鑲在屋角南端的一塊黑石，那可以得到眞主的賜福，但是宋慕只能遠遠的看著那塊黑石已經裂成許多塊之後又重新鑲起來的樣子，根本沒有機會擠進去摸摸它，如果有機會的話，他也不會親吻它，不曉得有多少回回已經親吻過它了。

第一天的折騰已經讓他疲憊不堪，他以爲這樣就算是朝聖了，但是還早得很呢，那晚他們紮營夜宿在山谷之中，第二天一早，要趕往一處稱爲「阿拉法特」的平原做禮拜，之後才回到山谷之中，那裡有一根巨大的石柱，謝里夫告訴他那代表魔鬼，所有的人都朝著它扔石頭，表示驅除邪念，這叫做「射石」，在人潮擁擠的情況下，很多在前頭的人被擠倒或是被誤砸到，引起了一些小混亂，但是幸好還沒造成什麼人受傷。在「射石」以後，還要再巡禮天房第二次。

而現在，第三天，也是他第三次巡禮天房了，謝里夫告訴他：這是告別麥加的儀式。縱然宋慕只是個假裝的回教徒，但是三天來，看著眼前虔誠的回回，有條不紊的繞著天房巡禮，身邊經過的回回，有的棕髮棕眼，有的卻是各色各樣的眼睛，長相也大有不同，不知這些人都是來自哪些遙遠的異國啊！內心不知怎的也莫名感動了起來。

但是，當他終於踏上離開麥加的方向，回頭看向天房，看著那一片轉動中的人海，心中也不禁浮起一抹懷疑：回回的世界如此之大，如何能找得到建文皇帝所在呢？

葉華說，耶路撒冷也是個聖地，而且葛卜樂曾經告訴他，耶路撒冷不僅是回回的聖地，還是他們基督教的聖地。如果麥加就已經如此，那在耶路撒冷要尋找葉華，豈不更是有如大海撈針？他真的能和她會合嗎？宋慕心中的悲觀情緒就有如那人龍般排山倒海而來，直到謝里夫打斷了他的胡思亂想。

「我知道你第一次來朝聖，一定很依依不捨，不過該是我們離開的時候了。」謝里夫拍拍他的肩頭說。

「嗯。」宋慕轉身，跟著他，跟著人群，從戒關往城外的旅店四散開來，然後又是一陣忙亂，換回原本的衣鞋，取回行李。

之後，謝里夫帶著他往城外，前往異教商旅聚集之處與商隊會合，他們遠遠就看到葛卜樂一行人黑色的身影，一走近，卻發現他們正被一群回回包圍，宋慕察覺情勢不對，連忙把謝里夫攔在身後，一手按著刀柄往前走了過去。葛卜樂一看到他，就說：「宋慕，這幾位是哈希姆家族的人，千萬不能傷了他們。」

宋慕聞言，放開按著刀柄的手。但是那些回回的帶頭人一聽到葛卜樂這樣說，馬上大笑道：「傷了我們？我可是哈希姆家族的總教頭呢！我倒要看看是誰有這麼大的本事傷了我？」

「大人，我不是這個意思……」葛卜樂連忙說。但是對方已經轉身向宋慕看過去，他上下瞅了瞅，說：「你們這些黑鬼到哪找來的幫手？看起來倒是挺有兩下子。」接著又看到宋慕腰間的倭刀，嘴角就沈了下來，然後他開始繞著宋慕打量著，最後，他說：「外地人，拔刀吧！」

「啊？」宋慕和葛卜樂都大惑不解。

「我說拔刀，沒聽到嗎？」那教頭說，「要是我沒瞧錯的話，那是日本刀，我聽說日本刀法十分特別，但日本遠在極東之處，我一輩子都還沒機會見識過，小子，拔刀和我交手，聽到了沒有？」

宋慕有點不知所措，他看了看葛卜樂，葛卜樂猛搖他黝黑的大頭，又看了看阿迪蘇，他也搖頭，然後他又看向謝里夫，謝里夫沒有搖頭，但是卻在下頭小小的擺著手示意「不要」。

「遲疑什麼？快拔刀。你要是和我交手贏了，我就不追究這些黑鬼犯下的罪，要是你不拔刀，我就把他們都抓去吊死。」

「罪？他們犯了什麼罪？」宋慕問。

對方似乎被他激怒了，那教頭從手下的腰間抽出一把阿拉伯彎刀，「你不拔刀，我就直接砍過去了！」他一面大吼，一面高舉著彎刀，渾身的氣勢有如巨岩由山頂崩落而下，向宋慕直衝了過來。

宋慕第一時間內還惦記著葛卜樂的叮嚀，但是他馬上就發現這是一個錯誤，高手過招時，根本不容有半點遲疑，而想要只守不攻，更是難上加難，宋慕發覺自己已經完全被對方的架式給籠罩住，根本沒有閃躲迴避的空間，對方不愧總教頭之名，雖然只是高舉彎刀猛衝，但是宋慕看出他肩膀上、膝蓋上蓄積的勁道後勢十足，只要退讓半步，就必然死於對方的刀下。他的身體反應比思想還快，「錚」的一聲倭刀就奔騰而出。

總教頭只是要逼宋慕出刀，但是他沒想到，倭刀出招的同時竟然就能發出凌厲的一擊，他眼睛睜得老大，瞳孔也大張，清清楚楚的看到倭刀逼近了過來，時間彷彿靜如止水，倭刀一寸一寸的，在空中滑出一道優美的圓弧，但是他的身體卻凝住了，一動也不動，然後是「擦」「擦」兩聲，刀尖劃過他兩腕的肌腱，原本綳緊了的手筋一斷開，馬上被往內抽去，而他的幾根手指也在同一時間內扭成了奇形怪狀，彎刀脫手飛出。他還處於極度震撼中，倭刀刀鞘猛擊他的側腦，他身體轉了半圈，暈厥過去。

宋慕馬上意識到麻煩大了。把教頭打暈了之後，他的部下們喊叫出聲，撲了過來，宋慕不敢再傷人，回回們奪下他的倭刀，七手八腳把他摜倒在地上拳打腳踢，他只能窩成一團勉強護住頭胸，但是後腦挨了一記悶棍，他只覺得滿天冒出閃光，然後是一片黑，接著就失去了意識。

＊＊＊

建文帝從錦衣衛的埋伏中逃脫，唯一的線索宋慕又被馬歡放走，這趟下西洋可以說是完全失敗，不僅錦衣衛忐忑不安，馬歡也自認爲一腳踏進了棺材——只是一腳而已，鄭和把他納爲心腹，若是馬歡出了什麼差錯，鄭和也得負連帶責任，自然必須維護他。即使如此，鄭和私下對他的懲罰也一定少不了。

馬歡在向鄭和報告之前，苦思許多套說詞，不過這些說詞是否能瞞得過對回教、回回以及天方十分了解的鄭和，他並沒有太大的信心。然而，在他報告之後，鄭和卻只拍了拍他的肩，用天方話說：「很好，接下來我們得到木骨都束去了。」

馬歡聽不出話語裡有任何譴責的意思，語氣甚至還帶著讚許，這會是反話嗎？他第一次如此明白鄭和所謂「伴君如伴虎」的感覺。然而，接下來鄭和對他沒有進一步的表示了，也沒有對他有任何的舉動或是安排。之後，鄭和召來了正惶惶不安的錦衣衛，告訴他們：

「叛賊既然是跟著朝聖的黑人一路，那麼，我們要兵分兩路追查叛黨⋯⋯首先，張千戶！」

「屬下在！」

「你率領一半的錦衣衛，在馬歡安排下，居住在阿丹國學習天方話和回教風俗，以便日後前往麥加或更遠之處追查叛黨行蹤。」

「是！」張千戶眼看自己追丟了建文帝的過失沒有被追究，忙不迭的磕頭，退下時感激的看了馬歡一眼，他以爲這是馬歡爲他說情的結果。

「其餘的人隨我乘寶船，航向木骨都束、麻林地，之後駐紮於兩地，學習當地語言風俗，追查那些黑人商旅的行蹤。」

「是！」

寶船艦隊就這樣從阿丹啓航，改變路線更往西行。

鄭和與馬歡兩人身在麻林地，錦衣衛已經被分別遣往各處，現在他們兩人身邊沒有半個漢人，只由兩三個當地黑人嚮導護衛著，一行人走近一處村莊，黑人嚮導喊了幾聲，村裡的黑人們全都湧了出來。

「這是嚮導們的村子，」鄭和說，「我答應他們給他們的家族帶一些禮物，馬歡，把提箱打開。」

「是。」馬歡也很好奇提箱裡頭是什麼，一打開，裡頭是一疊疊的青花瓷盤。鄭和從馬歡手上接過一個個瓷盤，一一分送給黑人，他們歡天喜地的拿回家去，當盤子分送完以後，鄭和把雕漆提箱也送給嚮導們當禮物，然後對他們說：「你們可以先休息一下，和家人聚聚，我們兩個自己散散步。」

「好的。」嚮導們一溜煙的離開。

「汝欽，往這邊。」

鄭和帶著他，穿過一小片稀疏的灌木林，映入眼簾的，是一大片異國風味的詭異建築群，仔細一瞧，那些應該全都是墳墓。

「你知道這些黑人們這麼喜歡青花瓷盤，是要拿來做什麼嗎？」鄭和笑著說。

「要做什麼呢？」不就是拿來盛菜嗎？

「你自己瞧！」

鄭和一指，馬歡才發現，那些墓柱上，全都鑲著青花瓷盤。

「哈哈哈，」鄭和大笑道，「你說，這是不是很有趣啊！蠻子們要是知道自己用來吃飯的東西，被人裝飾在死人墳墓上，那表情一定相當滑稽。」

「的確是……」馬歡對鄭和突來的發言有些困惑，小小翼翼的回道。

「下西洋雖然千辛萬苦，但是能瞧見這樣的事，也就值得了，哈哈，」鄭和大笑道，然後突然話鋒一轉，「汝欽，我果然沒看錯你，原本我還擔心你是不是眞的懂我的意思，不過，顯然你幹得比我想像的還要好，大哥眞是太小看你啦！」

馬歡丈二金剛摸不著頭腦，只有連忙說：「大哥過獎了。」

「不，我一點都沒有過獎，」鄭和說，「你知道蠻子有一句古諺：『鳥盡弓藏，兔死狗烹』。這把蠻子形容得很貼切，你要是讀過蠻子的歷史，就知道功臣良將沒幾個有好下場的，不說久遠的，就說大明吧，你瞧瞧朱元璋那個癩頭鬼，是怎樣的把功臣們趕盡殺絕。」

「太祖皇帝的確苛刻，不過永樂皇帝總是好些。」馬歡說。

「你講話十分小心，這樣很好。不過現在沒有旁人，咱們兩兄弟也就不必客氣，永樂那個傢伙，他也是癩頭鬼的種。我和他的確是有不錯的情誼，不過那是因爲：一方面我是個閹人，不可能取他而代之當上皇帝；另一方面，他對建文帝未死這件事一直不放心，需要有人遠洋航行，追查建文帝下落，而多虧了癩頭鬼的海禁，遠洋航行的技術，現在都得從我們回回這裡去學，於是這件大事，除了我以外，沒有人能擔當了，因此，不論蠻子對我們回回再怎麼猜忌，或是下西洋如何耗費資源，或是再怎麼手握大軍、功高震主，只要他一天還想下西洋，他都得留下我一條命。下西洋，就是咱們的保命符。」鄭和挪了挪身子，繼續說道：「但是，一旦不需要再下西洋，就免不了『鳥盡弓藏，兔死狗烹』，再怎樣天大的功勞，再深厚的情誼，都無法保證我能安享天年。」

「的確，蠻子們雖然滿口仁義道德，其實最是無情無義。」馬歡順著他的話說。

「我很高興有個如此聰敏的小弟，能參透其中的奧妙，」鄭和得意的說，「下西洋，若是沒有什麼成果，那麼永樂會不悅，但下西洋要是眞的有了成果，那麼永樂就不需要我了。兩條啊，都是死路。一旦不再需要下西洋，那些『士大夫』們，指控我勞民傷財、濫權舞弊的上書早已堆積如山，我就算能保住腦袋，也得發配邊疆。原本，我還得計畫一些手段，才能從這個死門裡頭逃脫出來，沒想到啊，汝欽，你輕易的幫我解決了這個難題。」

「大哥眞的太過獎了。」馬歡完全搞不懂鄭和在說些什麼，只能這樣回應。鄭和看了他的樣子，大笑兩聲。

「汝欽，你未免太過謙虛，那麼，就由大哥我來幫你說好了。」鄭和站了起來，「錦衣衛雖然和我們一道，目標卻和我不同，他們眞心想逮到建文，我們的目標卻是既要有進展，又不能眞的抓到建文。原本，這簡直是給我添麻煩，但是汝欽你，卻想到可以利用他們與我們之間的矛盾，在我們的安排下，錦衣衛找到了建文帝，我們尋人有功；建文帝在錦衣衛手中逃了，過失卻是錦衣衛扛下，接下來，最妙的一著是藉著朝聖不可侵犯的名義把宋慕放走——這個理由實在充分，的確，若是冒犯了朝聖的隊伍，那等於是跟所有回教世界爲敵，若是如此，只要建文躲在天方或是其他回教地區，就永遠不可能找著他了，就算是我都難以反駁你放人的這個藉口，更別說是錦衣衛或是永樂啦！」

馬歡這才開始漸漸搞清楚鄭和的想法，他笑了笑，說：「大哥，你言過其實啦！小弟我只是誤打誤撞罷了。」

「這麼說就不對了，」鄭和瞇起眼說，「宋慕雖然放走了，卻留下兩條要斷不斷的線索，一是麥加，二是黑人。要追查這兩條線索，都得勞師動眾，派人長期在天方以及木骨都束、麻林地調查，如此一來，勢必得每過幾年定期派出寶船艦隊接應他們。依我看，建文其實可能逃到耶路撒冷，甚至更遠的國家去了，錦衣衛根本就不可能找著他，那麼寶船艦隊就會無窮無盡的一直派遣下去——至少到永樂駕崩爲止。汝欽啊！你可是爲大哥買了張特長期效的保命符啊！」

「大哥客氣了。」

「當然，咱們是兄弟，你給我買了保命符，就是給自己買了保命符。汝欽，你也眞是會打算啊！不愧是商人作風，大哥欣賞你，」鄭和走過來，拍了拍他肩膀，然後又語氣一轉，「既然你給大哥立了這樣的大功勞，那麼我也該對你毫無保留，汝欽，改明兒個，我告訴你我下西洋的眞正理由。」

下西洋的眞正理由？馬歡狐疑了半晌，但是鄭和沒有給他思考的時間，他拍了拍衣襬：

「走，我們回船上吧！」

＊　＊　＊

「爹爲什麼又不在了？」宋慕在一片黑暗中，聽到自己這樣問，但是他的聲音卻是稚齡孩子的聲音。

「爹要保護皇上啊。」母親說。

「我討厭皇上，如果沒有皇上的話，爹就會回家了！」

「不可以這樣說，」母親嚴厲的斥責他，「爹不是教過你了嗎？不可以『無父無君』，若是爹有危險，難道你不去保護他嗎？」

「當然要！」宋慕說。

「所以爹也要去保護皇上啊……」母親的聲音越來越遙遠，四周的黑暗也漸漸褪去，宋慕伸出手臂想抓住母親，發現自己的手臂已經是成人的手臂了，他睜開眼，發現自己正躺在一間乾淨、沒有太多擺設的斗室中。

宋慕想起身，但是全身被踢打處馬上傳來閃電般的痛楚，他悶哼了一聲躺了回去，瞥了瞥自己的手臂和身上各處，都是青一塊紫一塊的，後腦被木棍重擊之處也腫了起來，不斷發出刺痛感，腦袋裡頭轟隆隆的。他覺得仰躺著讓背部十分疼痛，勉強翻了翻身，才發覺四肢和軀體全都痠痛難當，雖然如此，當年，他還在北邊當個小旗的時候，也曾經受罰挨打過，這點痛對他來說還可以忍受。宋慕微微的動了動全身，讓肌肉緩緩收縮，再緩緩舒張，當他漸漸覺得血脈略略通暢起來時，門邊傳來了一句天方話。

宋慕一時沒聽清楚對方講了什麼，他轉頭望去，那是一個年輕的回回侍童。他又重複了一次：「大人，您起來啦！艾・哈桑大人要同您說話。」

「啊！好。」宋慕扶著矮床起身。他不禁猶疑了起來，他記得自己砍傷了哈希姆家族的總教頭，之後被圍毆，現在理當是在牢裡，不過這地方看起來卻像是間客房，「艾・哈桑」又是誰呢？

「請跟我來。」侍童只簡短的這樣說。宋慕也只好跟著他走出房門，穿過潔白而鑲有藍綠美麗花樣的長廊，陽光透過拱柱，在地面和牆上投射一個個的圓弧，拱柱外的庭院裡綠意盎然，低矮木架上攀著正冒出新芽的藤蔓，讓宋慕差點忘了自己是身處於沙漠之中的麥加。這應該是某個大人物的宅邸吧？他心想。

侍僮要宋慕先在原地等候，他走進一道斜廊，敲門詢問後，才回來向宋慕說：「請跟我來。」他引領宋慕到門前時，爲他推開了門，然後躬身不動，說：「請進。」

宋慕看了看他，又看向門內，陽光從正對著他的窗子傾洩進入這個不算小的房間，讓宋慕瞇起了眼，也讓坐在他對面的那個人看起來只是一片黑影。宋慕往內走，黑影慢慢現出形狀，他有著很標準的回回臉龐，淡棕色眼睛在深陷的眼窩之中，高聳的眉骨連接著筆直挺拔的鷹鉤鼻，唇上蓄著略帶灰白的短鬚短髭，他的眼角帶著一些魚尾紋，讓眼神有點和藹，但又帶著一股不可侵犯的威嚴，他擺擺手，示意宋慕進去。

「外地人，請坐。」對方說，當宋慕坐下後，他說，「我是艾・哈桑，漢志統治者，聖城的保護者。」

所以他就是哈希姆家族的領袖！宋慕一時驚愕得說不出話來，半晌才勉強擠出：「大人，您好。」

艾・哈桑笑了，然後繼續道：「我派人去逮捕你的黑人雇主，是因爲有人檢舉他們販賣假藥……」宋慕聽到這裡，忍不住說：「大人……」

「讓我說完，」艾・哈桑直接打斷他，「朝聖期間，人手不足，所以我讓扎依德去辦這件事。」

「扎依德？」

「就是我的總教頭。」

宋慕聞言連忙說：「很抱歉我弄傷了他，不過，黑人並沒有賣假藥，他們所有的貨品，只有『咖乎瓦』而已。」

「關於這點，我們已經查明了，扎依德弄錯黑人了。不過，他固然有錯在先，你卻打傷了他，這讓事情變得很麻煩，如果我們不逮捕你們，做出處置的話，那將會有損我哈希姆家族的威信。」

「這都是我幹下的，請懲罰我就好，放他們離去吧！」宋慕說。

「那可不行，因爲黑人才是雇主，再說，他們還是異教徒。如果我讓穆斯林爲異教徒頂罪的話，那你可知道我會被說成什麼樣子嗎？」艾・哈桑沈下臉說。

「可是……」

艾・哈桑看到宋慕六神無主的樣子，不禁笑了出來：「你還眞不像是一招之內就擊倒扎依德的傢伙，我本來以爲你會更逞凶鬥狠些的。看來這些黑人待你不薄啊！好吧，既然你這麼想爲他們脫罪，那我給你一個將功贖罪的機會，如果你辦到了，那我就不再追究黑人，如何？」

宋慕不假思索就連聲說好，然後才問：「請問大人要指派給我的是什麼樣的任務。」

「哈哈，」艾・哈桑笑道，「其實這事也是你惹出來的，原本，庫德人的領袖馬哈德，率部前來麥加朝聖，趁著今天是宰牲節，我們備妥了羊隻，準備明天和他們來一場搶羊大會。」

「庫德族？」

「聽說你是從絲國來的，對我們這邊的情勢一定不了解。」艾・哈桑呼喚侍童，要他取來一張羊皮紙地圖，然後在上頭點點畫畫。「最東是波斯，最北面那裡是土耳其人的地盤，而我的北鄰是巴勒斯坦，目前被埃及奴隸軍所占領，我和他們一向交惡，庫德族人居住在這三者交界間廣大的山區裡。我所統治的這塊地方叫『漢志』，東鄰是『內志』，向來對我虎視眈眈，更別說還有鄂圖曼土耳其、波斯等列強環伺，因此我希望能與庫德人交好，以免後顧之憂，事實上，我正打算迎娶馬哈德的妹妹。」

「恭喜大人。」但是，這又和我有什麼關係呢?宋慕疑惑道。

艾‧哈桑擺了擺手，「所以明天的搶羊大會關係重大。雖然這表面上只是個慶典活動，但其實卻是場實力的較量，雙方都會派出最優秀的高手來參與這場比賽。如果馬哈德認為我們的實力不佳，他可能不但不與我結親，還會轉投向與我敵對的一方。我方的武術高手原本就不多了，你今天又把扎依德砍傷，這下要我到哪去找人遞補呢？外地人。」

「抱歉之至。」

「所以，外地人，你騎術好嗎？」艾‧哈桑問。

宋慕回想了在北邊時的軍旅生活，然後又想起葛卜樂他們現在正不知被囚禁在何處，點了點頭：「很好。」

「很好，能一招就擊倒扎依德，我對你有信心，那我就期待你明天的表現了。穆辛！」艾‧哈桑呼喚侍童，接著轉向宋慕，「等會穆辛會和你講解搶羊大會的規矩，這是他們遊牧民族的玩意兒，咱們不時興。噢對了，聽說你從絲國遠道前來朝聖，想必非常虔誠，不過你是旅人，可以不用齋戒，以後再補齋就好了，穆辛會安排餐點，你盡量給我吃，可別讓身上的傷影響了明天的表現。聽好了，只要你幫助我贏得比賽，那麼我就會將黑人平安釋放。」

「是的，大人。」

「那下去吧！」艾‧哈桑揮手示意兩人離開。於是穆辛領著宋慕一路循原路回到斗室。

然後，穆辛對他說：「大人，搶羊比賽的規則是這樣的：在一片很大的空地兩端，各畫一個大圓圈，兩支隊伍都騎在馬上，爭搶一隻宰殺了的羊隻，把搶到的羊扔到圓圈中，次數多的隊伍獲勝。」

「聽起來並不難？」宋慕問。

「要想把羊扔到圓圈裡可不是一件容易的事情，」穆辛搖搖頭，「比賽的前一天，我們會殺死一頭山羊，割下頭、內臟和後背皮膚，浸泡鹽水一整夜，這樣它才不會在比賽中被扯裂，不過這也讓它比原來沈重很多。而且，比賽規則允許可以使用鞭子抽打拿著羊的騎手，爲了把羊從另一方手中搶回來，爭鬥會非常激烈，甚至人仰馬翻，一旦摔落馬下，就失去了比賽資格，庫德人和蒙古人一樣，都是摔跤好手，擅長近身時將對手捉下馬來。大人您比賽時千萬要小心啊！」

「我知道了，謝謝你。」

接著穆辛送上餐點，幾乎全都是肉類，分量多到宋慕可以吃上兩餐，宋慕還是勉爲其難的吃完。然而，到了晚禱結束，其他人吃開齋飯時，穆辛又端上一份給宋慕，宋慕實在是飽撐得很，顧慮著葛卜樂他們，還是盡量順著艾·哈桑爲妙，只好勉強把它嚥下。穆辛傳達艾·哈桑的意思，要宋慕早早休息，接著就吹熄蠟燭，斗室罩上了一片沈靜的黑暗。

次日，天還未亮，穆辛就叫醒宋慕，送上封齋飯，一大早就吃滿盤的肉，實在是頗難消受，但是宋慕不敢違背艾·哈桑的旨意，等他吃得差不多，阿訇也開始叫拜，他和穆辛到庭院中與其他回回們一起進行晨禱，晨禱結束後，幾個回回卻叫住了他：「外地人！」

「有什麼事嗎？」宋慕認出那幾個人之中，有些正是總教頭扎依德的手下。

「聽說你要取代總教頭上場比賽，我們實在很不服氣啊！」其中之一說。

「你雖然擅長使刀弄劍，但是馬上功夫和徒手搏擊可不見得拿手。」另一個附和道。

「沒錯，要是丟了我們哈希姆家族、整個漢志，甚至是聖城的臉，你擔得起嗎？」

「那麼，」宋慕環視四周，那一夥人大約有十來個，他不想得罪他們，不過也不想示弱，「各位有什麼建議呢？」

「很簡單，」帶頭的那人說，「我們挑五個人輪流跟你比畫比畫，要是你贏了，自然我們就服你，要是你輸了，那就由我們上場，你和你的黑鬼們就滾回大牢去吧！」

「這很公平。」宋慕這麼說，反倒讓那些回回愣了一下，帶頭的人說道：「很好，有膽氣！」他點了四個夥伴，對宋慕說：「我是薩達姆，這幾位是：穆罕默德、阿布都拉、以迪斯、穆巴拉。」

宋慕對他們行禮示意，然後說：「我是宋慕。宋是我的姓，單一個名字慕。」

「聽說你來自絲國，名字果然特別。」阿布都拉說，他是個身形微胖的方臉漢子。

「事不宜遲，」以迪斯說，「就由我先來領教兩招吧！」說著，他高瘦的身形擺開了架式。「承讓了。」宋慕倒只是微微站著。一旁薩達姆等人退開，讓出一塊場子。以迪斯馬上就攻了過來。

兩人都不熟悉對方的武功路子。宋慕先只踏著步法閃躲，以迪斯也沒有盡全力攻擊，只試探性的出招。

宋慕發覺他的拳法和那些猶太人有點相似，但又有不同之處：猶太人肘部打得很曲而內收，用手肘來打擊，動作像是蠍子，而以迪斯雖然也是曲著肘，前臂卻是豎得直直的，而且動作大開大闔，像是一隻耀武揚威的大螳螂，動作威猛狂放，看似破綻很大，宋慕試著回擊一拳，但一攻進他兩臂可及的範圍，以迪斯用前臂擋下後，一反手，就像螳螂一般挾住宋慕的拳和手臂，他連忙補上一掌脫身，然後又踏一步向前探入圈子，這回以迪斯的左臂攏了過來，內肘閃電般挾住宋慕往下摜，宋慕順勢一個翻身解開，然後往後躍開。以迪斯似乎已經認為摸清楚宋慕的路數了，虎吼一聲，雙臂拳掌連發的攻了過來。

宋慕想起阿丹的回回醫者曾經告訴過他：螳螂會合攏雙掌禮拜，所以穆斯林禮讚螳螂。這些回回們會使著模仿螳螂的拳法，也不足為奇了。這套螳螂拳法，和猶太拳法可說是一樣難纏，比起猶太拳法守重於攻，回回拳法的攻勢更為凌厲，攻擊距離也更長，但是反制和擒拿的能耐絲毫沒有減少。宋慕一時之間，對該如何破解這樣的拳法感到十分傷腦筋。

突然，他腦中浮現了父親的聲音。父親在教他習武時曾說過：各國武術，往往偏重拳法，這是因為以腿攻擊，雖然力道強，攻擊距離又長，但是重心不易掌握，既難以練成，學藝不精時，反而更凶險。唯有中原的北派，十分重視腿法，這是因為中原武者必須對付歷朝北方來的匈奴、女真、突厥、蒙古等等外族，這些北方遊牧民族，拳法十分了得，更精於摔跤和搏擊，因此非腿法無法克制他們。

宋慕佯退半步，以迪斯正搶攻上來，一腿突然以奔雷般的去勢向他猛襲，以迪斯大吃一驚之餘，勉強後仰避過，同時又舞開右掌試著擒住宋慕的腿，宋慕大喝一聲使力往下壓，瘦削的以迪斯不但拉不住宋慕，還被扯得往前踉蹌了半步，閃電般的兩腿迅即攻至，把以迪斯踢得中門大開，正當他極力收攏雙臂想抵擋下一波攻勢時，宋慕卻矮下身去，一個掃腿，以迪斯應聲拔地而起，跌了個四腳朝天。

「果然有兩下子，」薩達姆說，「不過外地人，馬上比賽時可沒辦法用腿，」他轉身往後比了比，「穆巴拉、穆罕默德，你們不用打了，阿布都拉，你上！」

那個微胖的壯漢踏進場子，宋慕看不出他有任何架式，但是卻渾身散發一股猛烈的氣息，他不敢小看，打起全副精神緊盯著他。阿布都拉毫無徵兆就突然欺近身邊！宋慕即使已經全神貫注，還是被這樣的爆發力給嚇了一大跳，阿布都拉兩掌已經襲向宋慕的頰下與衣領，顯然打算把宋慕摔飛出去，但是他衝進來時，太顧忌著宋慕可能會出腿攻擊，而稍稍忽略了宋慕的上身，當他的手指才剛沾到宋慕身上的亞麻，「砰」的一大聲，阿布都拉只覺胸腹間中了不知如何擊出的一掌，無與倫比的推力把他壯碩的身體整個往後推，他連退了兩步還止不住去勢，最後往後也跌了個四腳朝天。

「好樣的，外地人，你的拳法跟刀法是同一路的，」薩達姆說，「那麼就換我與你過過招吧！」

薩達姆走進場子，擺開架式，那又是螳螂般的姿態，宋慕提腿向他攻了過去，頃刻間過了十數招，但薩達姆的雙臂有如銅牆鐵壁一般，守得滴水不漏，他突然往下一滾，趁宋慕踢空，欺到宋慕身邊，兩掌馬上揪住了衣服，一轉一扯，然而宋慕也不含糊，避過他底下右腳的一絆，同時順著他想扳倒宋慕的力道，反過來將他牽引得失去平衡，薩達姆千方百計要將宋慕摶倒，宋慕也絞盡腦汁一一化解再反擊，兩人對峙了好一會兒，最後「砰」的一聲同時向後彈開。

「你果然不是簡單的人物。」薩達姆說，接著他向宋穆行禮致意，「我們五人也都是要出賽的選手，場上就承蒙照顧了。」

「彼此彼此。」宋慕也向五個人致意。

這一天，艾・哈桑還是堅持宋慕不許齋戒，白天也得吃飯，雖然宋慕並沒有特別打算跟著回回的律法在宰牲節後的齋戒月齋戒，但是穆辛送上的分量，還是讓他頗爲困擾。午餐後，穆辛帶著宋慕到馬廄去挑選馬匹，宋慕看到馬兒們都遠比當年在大明北邊時所見過的馬兒還要高大俊美得多，不禁讚嘆連連。午禱過後，薩達姆等人就來找宋慕，帶他前往比賽場地，並介紹其他同隊的選手。

場上如同穆辛先前所說，畫了兩個很大的圓圈，而場中央則有一隻沒有頭的羊身體放在地上，場子另一頭，庫德族的騎手們已經蓄勢待發，艾・哈桑帶著眾多的屬下和女眷，在金白爲底、上有幾道藍綠紋樣的大帳篷底下，乘著涼，飲著冰水觀戰。

「你瞧，那就是馬哈德。」薩達姆指向一成排的紅底帳篷，帳內帳外的紅毯，都不僅僅是紅色，其中有塊是有著黑白相間的蛇狀紋樣的六角形，間隔著繁複華麗紋樣構成的紅底金紋和藍底紅紋六角形，這樣的花紋組成了其中一種毯子，另一種則是有著各種不同花樣的菱形紋路拼成了中央部分，周圍繞上一圈黑底而有各種顏色式樣的花邊，帳篷的邊布也是紅白棕金藍等各色橫紋交織，整片帳幕一字排開，眞是讓人眼花繚亂。在正中央的大帳裡頭，坐著飲用冰水的，就是薩達姆所指著的馬哈德，他的膚色比旁邊的庫德族人白了些，但是還是比艾・哈桑深了點，他金褐色的眼瞳在大帳的一片紅之中顯得十分明顯，五官有如石砌般的銳利，年齡看起來還不到二十歲。

如果馬哈德這麼年輕，那他妹妹不就年紀更小了？艾・哈桑看起來差不多四十幾了，馬哈德的妹妹或許都能當他的女兒甚至孫女了吧！雖然在大明，中年男子娶年幼妻妾並不少見，尤其是富貴人家，但是宋慕不知為什麼，仍然覺得有點不開心。

他往旁邊看去，只見大帳的旁邊有一頂轎子，用紅毯罩得密不透風，但是似乎有個空隙，可以讓裡頭看出來。薩達姆看到宋慕正往那瞧，就說：「那應該是馬哈德的妹妹，她也來觀戰了。聽說庫德人的女生是不上面紗，也不躲在屋內的，現在這樣安排，大概是馬哈德想討好我們，入境隨俗吧！」

「嗯。」宋慕應了一聲。

「你們別聊啦！」穆巴拉從後頭趕上來說，「準備好了沒有，比賽馬上要開始了。」

第七章　日落月下孤馬行

漢志這一方，二十名騎手都穿著白色亞麻長衫及頭巾，騎著白色駿馬；而庫德族的騎手們，則是身著繁複紋樣的紅底長衫、紅色頭巾，騎著棕色的駿馬。一道紅線和一道白線同時掀起滾滾沙塵，往場中央灰色的羊身急馳而來，當白線接近中央時，中間往前奔出，成了雁行般的序列，直指那隻羊，紅線似乎被這樣的氣勢給震住了，分成兩道讓了開來。

領著白色隊伍的正是薩達姆，他眼看機不可失，往下一彎撈起那隻羊，往後拋給右後方的穆巴拉，比手勢要全隊掉頭往回衝，紅色隊伍卻緊跟著包夾了過來——他們一直保持往同一方向奔跑，速度比掉過頭來的白色隊伍要來得快——往白色隊伍的兩翼和前頭包抄，穆巴拉緊抓著羊俯身往前衝刺，三條馬鞭發出淒厲的破空聲往他招呼了過來，然後又是兩條，雖然只是五條馬鞭，凌厲的氣勢卻有如漫天鞭雨，穆巴拉左迴右旋，頭兩鞭的鞭尾劃過他的白衫，宋慕見狀，往前急奔一鞭揮出，彈開了兩鞭，穆巴拉又舉起羊擋下一鞭，但是他這一躲一擋，衝刺的速度緩了下來，更多庫德騎手們衝到他的前頭包抄，有一鞭打中了馬腿，雖然這些馬兒都受過嚴格的訓練，不會因疼痛而驚慌，但是這一鞭讓那匹白馬顫了一下，穆巴拉抓著羊的那隻手甩了開來，手掌上又正中一鞭，羊隻應聲脫手而出。

宋慕急忙追過去要撈起那隻羊，然而，紅方有一名騎手，先前沒有加入這一團混戰，而是直奔到最前面去，在眾人爭搶時遠遠的掉頭，現在迎著宋慕的面全速疾奔而來，硬生生把羊從空中掠走。以迪斯橫截而出，一鞭揮去，對方卻凌空一把，「啪」的一聲抓住鞭尾，用力一扯，以迪斯反而跌下馬去。白色騎手們原本趕上來掩護穆巴拉，這時才要再掉轉馬頭，已經是遲了一步，只能追著那紅色騎手激起的塵沙，眼睜睜的看著他越奔越遠，穿過瀰漫在整片賽場的沙塵，白方正懊悔不已，那前頭遠處的紅色騎士突然大叫一聲——一名白色騎手不知何時埋伏在前方遠處，紅騎士只顧著回頭看有沒有人追上來，一轉頭才發現白影逼近身邊，一把攫住羊身體的另一邊，紅騎士使力想拉扯，卻被對方連羊帶人抓上半空中，一轉一扯，紅騎士脫手往地上摔落，他還在沙地上翻滾，白騎士已經往己方奔騰而來，這時宋慕才看清楚：他是原本衝在最前頭的薩達姆。

白方一片歡呼，已經穿入隊列的紅方馬上著手堵截，一名紅騎士一轉馬身，剛好往跌坐在地的以迪斯直奔了過來！宋慕連忙衝了出來，橫在他與以迪斯之間，那棕馬兒連忙急轉彎，後頭的另一名紅騎士措手不及，撞上了隊友，連人帶馬翻落地面。但以迪斯卻對宋慕破口大罵：「不要管我！要是你被撞下馬，就出局了！」

這小小的混亂讓薩達姆找到空檔長驅直入，兩三名庫德騎手緊追在後，薩達姆身材高壯，馬衝刺的速度比不上後頭的追兵，正快要被追上時，薩達姆暴喝一聲，舉起羊兒往地上圓圈猛擲而出，那羊身原本十分沈重，在他手中卻好像一根標槍似的，直挺挺往圈內飛去，然後重重一聲落地，一時白方全部爆出響亮的喝采。

宋慕不禁冷汗直流，沒想到這薩達姆竟然有如此神力，要是比武時他使盡全力的話，自己很難全身而退。

紅方並不氣餒，他們撿起羊，很快組織起反攻的衝刺，白騎士們追上、穿進隊列，兩方鞭舞繚亂，突然間，庫德騎士從一片散亂中化為一道紅色的人馬之牆，白騎士們登時傻了眼，只能眼睜睜的看著最前頭的庫德人拎著羊絕塵而去，輕鬆追回一分。

然後換白方拿起羊，這回才沒幾步就碰上第一波堵截，一陣激烈的纏鬥中雙方各有一人落馬，好不容易衝出重圍，到場中央又碰上第二波堵截，白方持羊的騎士遭左右包夾，不但丟了羊還落下馬來，羊隻掉落地面，在馬足間滾來滾去，忽然間，宋慕以為自己眼花了，混亂中有一匹馬上沒人的棕馬闖了進來，但是羊滾到牠底下就消失了！

過了好一會兒，宋慕才反應過來，原來庫德騎手竟然能懸在馬肚下撈起羊兒，紅騎士一骨碌的翻身上馬，往庫德方的目標直奔，看傻了眼的白方追之不及，又讓對手輕鬆得了一分。

薩達姆親自抓起羊組織反攻，雙方激烈的拉扯、揮鞭，還不到場中央就又各有兩人落馬，雙方在場子中間爆發了最猛烈的攻防，紅騎士滲透到白方的隊列裡頭，三個白騎士在馬上拉扯中被拋下地，薩達姆一把扯落一名紅騎士，然後把羊遞給過來接應的穆巴拉，帶著羊衝出這一團混亂，當穆巴拉又碰到下一波攔截而慢下來時，換阿布都拉接應他，從後頭接過羊直衝過那四名紅騎士，在圓圈前頭有兩名庫德騎士等著他，阿布都拉絲毫不減慢速度，硬闖過去，兩條鞭子一左一右打了過來，捲住阿布都拉的身體想扯他下馬！但是阿布都拉在馬上猛力一躍，那力道讓白馬嘶叫一聲往下倒，而阿布都拉壯碩的身體則帶著羊、拖著兩條鞭子，往前飛、直飛、飛向圓圈之中，碰的一聲，連人帶羊直落到圓圈內的最外圍，激起一大蓬土花，接著又是兩朵土花迸起，庫德騎手落地。

輪到庫德騎手們撿起羊，而白騎士們層層堵截了，雙方的拉扯揮鞭越來越激烈，白色的、紅色的騎士一個個落馬，薩達姆趁亂欺近拿著羊的紅騎士身旁，想故計重施，但是當他一把抓去，卻驚訝的發現馬上是一片空，在後頭的宋慕看到那名庫德騎士整個人轉到馬的另一側，把羊遞給接應的同伴，然後從馬腹下頭翻過另一側，猛揪住薩達姆的腳往後掀，這一招完全出乎薩達姆意料之外，他整個人往馬臀後頭滑了下去，但是薩達姆在空中也猛力一踢，那紅騎士抓不住馬腹，和薩達姆一起滾落地面。

穆罕默德和穆巴拉一左一右包夾住那拿到羊的紅騎士，而又有兩名紅騎士跟上來纏住他們，五個人爆發激烈的馬上搏擊，羊兒在十隻手中爭來搶去，最後穆罕默德奪過羊，但是這卻讓原本四隻手對五隻手的搏擊，成了三隻手對六隻手，兩人一下子被揪下馬去，穆罕默德在落地之前，使盡全身的力氣，把羊往後一拋……

而那正是宋慕的方向，宋慕一時腦子還轉不過來，但手臂已經撈住羊，而他身邊並沒有庫德騎手，他叱喝一聲，掉頭往漢志的圓圈直奔而去，經過一番激鬥，還留在場上的紅色騎手們少了許多，能包夾宋慕的只有四名，兩道鞭子立即揮了過來，宋慕聽到破空響聲，伏下身往前猛衝，一鞭只在他的背後打裂了亞麻衫，一鞭從他頭上呼嘯而過，打歪了他的頭巾，馬兒踢踏踢踏的，地上彷彿突然同時綻放土色花朵，圓圈前一樣有著兩名庫德騎手阻撓，他們一鞭揮向馬足，一鞭往宋慕身上奔騰而來，宋慕領著馬一個小跳，左手把羊拉到胸前，馬足躍過了下頭的一鞭，而羊身上發出結實的一聲爆響，馬足落地，繼續前奔，然後宋慕舉高羊，往地上重重一扔。

不論是場上還是已經退場的回回騎手們都雀躍歡呼了起來，而紅色大帳內，馬哈德也站了起來，他走向艾・哈桑，然後和他說了幾句話。場內所有的騎手們都停了下來。之後，兩人走進場子，馬哈德先是用聽不懂的語言朗聲說話，然後艾・哈桑說：「各位騎手們！尊貴的庫德領袖，馬哈德，十分讚賞你們卓越的表現。願漢志與庫德友誼長存！」

場內紅色的、白色的騎手們彼此致意，而已經退場的騎手們也回到場中央，雙方和樂融融，彷彿方才的激鬥從來沒有發生過似的。

薩達姆向宋慕走了過來，用力一拍他的肩膀：「小子，果然真有你的！」

晚禱過後，艾・哈桑舉辦了一場盛大的晚宴歡迎馬哈德及庫德人，不過馬哈德的妹妹沒有出席。宋慕這兩天都給大魚大肉塡滿了肚子，又激烈奔馳了一下午，實在沒什麼胃口，正東張西望間，有人拍了拍他的肩膀。

「呦，外地人。」那是薩達姆的聲音。

「啊？」

「你該不會虔誠到不喝酒吧？」薩達姆看他兩手空空，笑著說，「來，和我來一下。」

宋慕也只能跟著他，離開歡鬧的宴會場，薩達姆舉著一根火把照亮夜晚的道路，一直走到戒關，把守的衛兵們看到他慌忙行禮，他對他們揮了揮手，然後領著宋慕走到城外。

宋慕正要開口問薩達姆要上哪去，不遠處，依稀有一些矇矓的影子，他走上前去，那些漆黑的身影幾乎和夜晚融成一片，只露出白色的眼白和咧嘴笑容，人影牽著一隻隻夜色下灰蒙蒙的駱駝，「葛卜樂！」宋慕朝著最高大的人影跑了過去，「阿迪蘇，謝里夫，你們都沒事吧！」

「沒事沒事，」葛卜樂說，「多虧了你。這位薩達姆大人釋放了我們，還賠償了我們的損失。」

「我照父王和你的約定，比賽完就把你的朋友們釋放了，」薩達姆走上前來，「我要他們連夜離開，以免夜長夢多，所以帶你來見見他們。」

「謝謝你，」宋慕連忙說，不過隨即又疑問了起來，「父王？」

「這位正是聖城守護者的次子，」葛卜樂代薩達姆答道，「宋慕，你的救命之恩，我們眞是難以報答。」

「哪的話，要不是我闖禍，你們也不至於會被逮捕。」

「不，我們是異教徒，被人誣告是很不利的，就算沒有生命危險，最少也會被沒收財產，那我們可就回不了家啦！多虧了你爲我們上場比賽，才能一切平安，」葛卜樂說，「我們一路讓你當保鑣，也沒有給你薪水，還承蒙你如此大恩，眞是慚愧啊。」

「沒的事，」宋慕說，「要是沒有你們，我也到不了聖城。那麼你們接下來有什麼打算呢？」

「我們已經耽擱了一天，得趕路回木骨都束去了，」謝里夫說，「你呢？你要和我們一道嗎？我們可以送你回阿丹。」

宋慕想了想，連忙編了個理由說：「不用了，我還想到耶路撒冷去朝聖。」

葛卜樂晃了晃他巨大的腦袋，接著有點爲難的說：「我們沒辦法帶你到那麼遙遠的地方，一方面我們貨物已經都賣完了，一方面我們對麥加以北的地方完全不熟悉，這個忙我們幫不上了，只希望你能蒙眞主賜福，得到更多的幫助。我們就在此與你告別了，宋慕。」

「嗯，珍重，後會有期。」宋慕向黑人們一個個握手道別，當他們要轉身離去的時候，阿迪蘇突然說：「謝里夫。」

「啊？」

「把我寄放在你那的那個拿出來吧！」阿迪蘇說，「當作是給宋慕的謝禮。」

「你眞的捨得嗎？」謝里夫咧嘴笑道。

「要不是宋慕，反正它也會被沒收，這是他應得的。」

「你可不要後悔喔！」謝里夫笑道，接著他走向宋慕，從懷裡取出了一把匕首，「你都聽到了，這是阿迪蘇的心意，請收下吧！」

宋慕知道伊斯蘭世界的規矩，拒絕別人的禮物是十分不禮貌的行爲，連忙稱謝收下。

「那麼，宋慕，再會了，」葛卜樂說，「有機會到木骨都束來的話，再讓我們招待吧！」

「再見了，願全能的安拉保佑你們。」

「我可是基督徒啊！」葛卜樂大笑道。他們掉轉駱駝，駝鈴響著響著，聲音越來越遙遠，直到消失在夜色之中。

＊　＊　＊

木骨都束還有頗具規模的港口，雖然一樣容不下寶船全體艦隊，但總聊勝於無，而痲林地就連像樣的碼頭都沒有了，寶船艦隊在近海定錨，由小船來來回回的接應岸船之間。由於往來之間麻煩，大多數的人員都到岸上去了，只輪班留著少數人看著糧船水船。偌大的寶船上，現在空無一人，靜悄悄的，只有兩個人一輕一重踩在木造甲板上發出的些微嘎吱聲，遠方璧玉似的明月，在波浪緩緩起伏的海面上映出一片片的白紋。

馬歡雙手扶住船舷邊，看著月色下的平靜海面，左手卻摸到了一個凹刻，他突然想起：這正是他和宋慕第一次見面之處，當時有個下級錦衣衛一刀砍在這處船舷上。他還來不及細想，鄭和的腳步從後頭跟了上來，說：「異國的月亮，不知怎的，總是比較動人，不是嗎？」

「嗯，是啊。」馬歡應道。

「不過啊！汝欽，咱們走得還不夠遠，這飄啊飄的，都只是在這一邊的海。」鄭和說。

「這一邊的海？」

「沒錯，這一邊的海，」鄭和說，「從阿丹再往北去，到麥加，再過去，到耶路撒冷，往西，就會到另一邊的海，異國人管它叫『地中之海』，因爲這片海被一大圈陸地給圍著，周圍的各地可以經由這片海互相通達。離耶路撒冷最近的港口叫雅法，從那邊搭船，可以到威尼斯國，然後從威尼斯國可以搭船到熱那亞國、兩個西西里國、法蘭西國、英格蘭國……我知道的就這些了，我沒有親自去過，都只是聽說的而已。」

馬歡回過頭來，愣愣的看著鄭和。他這些倒是都從哪聽說的呢？

鄭和瞇起了眼微微一笑，彷彿看穿了馬歡的心思似的說：「我很小的時候，聽長輩們說故事，蒙古人在的時候，威尼斯國有商人千里迢迢的來到中原做生意，不過他們走的是陸路，那條路是在更久遠以前，就有商旅綿延不絕的行走於其上，管叫絲綢之路。」

「嗯，我有聽說過。」馬歡點點頭。

「這絲綢之路繫著整個世界，另一頭是那些諸國所在的『歐羅巴』，『絲國』只是世界邊緣的一頭而已，那些蠻子們自古以來就以爲自己就是天下，還說『普天之下，莫非王土』，眞是井底之蛙。我們的祖先是從這絲綢之路上的地方來的，我們的見識可比那些夜郎自大的蠻子們廣多了——虧這『夜郎自大』四個字還是他們發明的呢——馬歡，這點你要記得啊！」

「是的，大哥。」

「汝欽，你是個聰明人，講到這裡，你應該知道我下西洋的眞正原因是什麼了吧。」鄭和望著他詭異的笑道。

是什麼？馬歡從上船前就一直百思不解，的確，鄭和如此老謀深算的人物，不大可能只是爲了苟活於世上而如此賣命，那麼，到底會是什麼呢？他沈默不語，回想著鄭和一直以來，蠻子長蠻子短的發言，充滿了……鄙視，不，那比鄙視或偏見更深沈，更黑暗，那是恨意！

馬歡看了看鄭和月光下僵白的臉。

鄭和倒先開了口，「汝欽，你有個兄弟，叫馬喜，對吧？」

馬歡一聽到「馬喜」兩個字，不禁倒抽了一口涼氣。好在他正背對著月光，微低著頭，鄭和看不清他臉上表情的變化。馬歡只覺得心臟噗通噗通的跳，他想說些什麼，卻一個字也想不起來……

所以，鄭和從一開始就知道自己的身分了？那麼，爲什麼還要把自己放在身邊呢，又或是，鄭和其實是在利用他、試探他？那麼爲什麼現在又直接揭穿這件事呢？

馬歡一時間想到這船上現在只有兩個人，不過，他馬上打消了是否可能把鄭和推落海中的念頭，首先，站在船舷邊的是他，不是鄭和，再者，鄭和戎馬半生，而馬歡只是個手無縛雞之力的書生，若是兩人鬥力，被推下海的絕無可能是鄭和，只會是馬歡。再說，就算僥倖成功，他也很難開脫罪嫌。他一時心中千頭萬緒，卻沒有半個主意。或許是讓鄭和等上太久了，他的目光往馬歡看了過來，馬歡只好低著頭說：「是的，大哥，他是我的親生長兄。」

「你不必驚訝，」鄭和說，「早在你第一次來見我那天，我就派人把你的身家背景給查得一清二楚了。」

馬歡不曉得鄭和是打什麼主意，只好附和著說：「大哥行事算無遺策，深謀遠慮，這點事汝欽應該要猜得到才是，讓大哥見笑了。」

「哈哈，」鄭和說，「汝欽，這只是最基本的『防人之心不可無』罷了。可惜，你的長兄不幸在南京城破時亡故了，不然我也必定提拔他，在我身邊行走。」

南京城破時亡故了？馬歡突然愣了半晌，不過他馬上反應過來，原來，鄭和並不曉得……馬歡頓覺鬆了一口氣，方才的擔憂都是多餘的了。

「汝欽，我曾和你說過我入宮的經過，你的親生兄長也是遭到同樣的待遇，你一定深感痛心吧？」鄭和說，「所以，你應該早就猜出我真正的目的，我知道你這個人說話一向小心，不敢明說出來——這點也是我欣賞你的原因——那就由我來說吧，我下西洋的眞正目的，就是爲了報仇。」

「但是大哥要報的，並非自身之仇，也不僅是家族之仇，而是要爲所有的色目人，討回公理與正義。」馬歡心情放鬆，頭腦也清醒了，他飛快的應著鄭和的話頭說。

「說得好，果然知我者汝欽也。」鄭和露出欣慰的表情。

看來是沒有性命之憂了，不必再跟鄭和虛與委蛇下去，不過，馬歡卻被鄭和引起了好奇心，「大哥，但是您的報仇，又是怎麼報法呢？」

「呵呵，」鄭和臉上露出了十分得意的表情，似乎是對於連馬歡都看不出他的計謀，感到非常自滿，他笑了好一會兒，接著緩緩的說：「汝欽，我們今天談太多了，瞧，這麻林地的月亮可是分外的圓，李太白曾寫道：『舉杯邀明月，對影成三人』，但是李太白不如我們身處海上，那一輪圓月在海面還有倒影，咱弟兄倆，對影就成六人。」

「嗯嗯？」馬歡實在猜不透鄭和的心思，只能應和著。

「花好月圓之夜，不宜談些殺伐之事，」鄭和說，「汝欽啊，我看你備個酒，咱們六人就在這月下小酌一番吧！」說罷就笑了笑。

「是的，大哥。」馬歡依言，往船艙走去。鄭和對他擺了擺手，然後轉身，雙手扶在船舷上，靜靜的看著海。天上的明月在他身後投下一道影子，而海中的明月則隨著波浪起伏，閃閃發著光芒。

第八章 隻影雙駝走聖城

這天晚上，宋慕身上的瘀傷處仍然疼痛難當，搶羊大賽前的比武，和搶羊的激烈過程，更爲宋慕全身的筋骨添上了一層痠痛，他翻來覆去，不論怎麼躺、仰，總是會有地方難受，輾轉了大半夜，痠疼到沒知覺了，這才矇矇矓矓的有點睡意。

迷迷糊糊的，半夢半醒間，倒很清楚自己正在作夢，於是他想著要夢見母親，果然出現了一雙手，撫摩著他全身痛楚之處，但是那雙手卻不像漢人女子的手，骨骼大了些，皮膚白皙得像要看到血肉，但是卻粗糙了些，而且手臂上的袖子，也不像是漢人的衣服，而是一種沒見過的樣式，他無法形容，當他往上看去，只看見一對藍色的眼睛，然後是潤紅的雙唇，從她身上微微飄來熟悉的體香，宋慕訝異的睜大了眼睛，試著想爬起來，但是葉華把手放在他胸膛上，阻止了他，她說：「我在耶路撒冷等你。」然後她的身影突然消失得無影無蹤，宋慕起身大叫道：「別走！」

右下臂壓著了什麼，讓宋慕從夢境中驚醒，他轉頭看了看，原來那是昨夜阿迪蘇贈予他的禮物。他看了看窗外，天邊微微有點發亮，再不用多久，穆辛就會來領著他去吃開齋飯。

於是宋慕站起身來，想了想，把那匕首別在腰間。

一如前一日，他在開齋飯後和眾人一起做禮拜，禮拜完，後頭有人喊住他。

「呦，宋慕。」是薩達姆，「跟我來，我父王要見你。」

兩人穿過一樣的迴廊，進入同樣的房間，淸晨的這間廣室，和傍晚來時的感覺有點不同，晨光從庭院的方向，打在迴廊間，漫射過來，讓房間裡彷彿蒙著一片薄紗似的。艾・哈桑仍然坐在面前的方桌之後，看到兩人來了，微微抬起頭，薩達姆站到他身邊。

「宋慕，你表現得很好，」艾・哈桑說，「我會讓薩達姆把你的黑人朋友都給放了，照之前的約定。」

「父王，這事我已經辦妥了。」薩達姆說。

「哦？」艾・哈桑轉頭看了看薩達姆，「你挺勤勉的，不錯。」接著又看向宋慕，說，「你可是幫了他們一個大忙，他們應該給你一些回禮才對。」

「喔！有的。」宋慕連忙說，一邊把腰間的匕首解下，遞給艾・哈桑。

「唔？」艾・哈桑接過，緩緩從刀鞘內取出匕首，當他看到匕首表面時，臉上出現詫異的神色，「『大馬士革』。」

「『大馬士革』？」宋慕問，他先前聽葛卜樂他們提過「大馬士革」鋼刀，「大馬士革」在天方話就是「水」的意思。

「你從絲國來的，所以不曉得，這水鋼可是我們這邊的極品，你瞧瞧！」艾・哈桑示意宋慕靠近觀看，那把匕首的刀面上，有著一圈圈大大小小的漣漪狀波紋，一圈套著一圈，就彷彿是水波蕩漾似的，怪不得稱作水鋼，宋慕不禁大感驚奇，這到底是怎麼鍾鍊出來的呢？

「這水鋼可不只是好看而已，」艾・哈桑說，他轉頭向薩達姆，「拿塊木頭來。」

薩達姆取了塊方木塊，艾・哈桑接過，拿起匕首直往下削，有如切豆腐般的，直把木塊切成兩段，宋慕看得瞪直了眼，艾・哈桑看到他的樣子，微笑了笑：「這還不是最讓人驚訝的呢！」說完拿起一張桌上的公文紙，一手扶著匕首，讓它刀刃垂直向上，一手把紙往下拋，當紙飄向那匕首的刀刃上時，就無聲無息的被劃開。

「切過木頭之後，刀刃完全無損，」艾・哈桑說明道，「這把匕首足以刺穿一般的鎖甲護喉或是薄的板甲。這些黑人還挺夠意思的，不枉你這樣爲他們賣命。」他把匕首收入鞘內，遞給宋慕，「你收著吧，這把水鋼，正配合你的身分。」

「我的身分？」宋慕疑惑道。

艾・哈桑不答，只對著薩達姆彈了彈手指，薩達姆點點頭，從後頭的櫃子裡，取出了一項物事，遞到宋慕面前，那正是宋慕的那把倭刀。

「這把刀，也還給你。」艾・哈桑說。

「感謝。」宋慕收下，將倭刀和匕首都繫上腰間。這個時候，艾・哈桑才告訴他：「我決定任命你為新的總教頭。」

「總教頭，這……」

「你身懷異國的絕技，刀劍拳腳和馬上功夫都了得，更兼行事謙和謹慎，不像扎依德那樣莽撞，擔任總教頭再適合不過了。你身為一個穆斯林，能為聖城的守護者服務，是無上的榮譽，我想你不可能會拒絕吧？」艾・哈桑直視著他，看到他表情閃爍，便說：「你不用擔心行政問題，薩達姆是副總教頭，他會幫你打理一切。」

「感謝大人，但是……」

「你還有什麼請求嗎？」艾・哈桑問。

「大人，我還想到耶路撒冷去朝聖，不知是否……」

「那是不行的，」艾・哈桑魯莽的打斷他，「我不是跟你說過了嗎？耶路撒冷現在是那些埃及奴隸軍的地盤，而他們是我的死對頭，你身為我的總教頭，我絕對不許你到耶路撒冷去，再說，埃及奴隸軍要是知道了你的身分，也一定會逮捕你，所以你還是打消這個念頭吧！」

可是……宋慕把還想爭辯的話嚥入喉中。和艾・哈桑起衝突，絕對不是個好主意。難道自己得被困在這個聖城，無法脫身了嗎？

才這麼想，艾・哈桑又說，「你行囊準備準備，今天，我們就要動身出發了。」

「出發？到哪？」宋慕疑惑道。

「我可是漢志的統治者，你以爲我呆坐在麥加就能統治整個漢志嗎？那是不可能的，身爲統治者，我得巡迴各大城市之間。朝聖期間，爲了監督聖地的準備工作，我來到此地，現在我得動身往其他領地去。統治者是要勤奮不息的。」艾・哈桑以銳利的眼神看著他。

「……是。」

「那好，剩下的事，讓薩達姆跟你交代，你們可以先退下了。」

兩人行禮，退出廣間。薩達姆看到宋慕愁眉不展的樣子，就笑著說：「你眞的那麼想去耶路撒冷啊？」

「是啊！」宋慕編了個理由，「我從絲國千里迢迢來到天方，自然是想朝拜所有的聖地。」

「這也是人之常情，不過現在耶路撒冷雖然穆斯林居多，卻也有基督徒朝聖者，基督教教會林立，還有許多猶太人和猶太教會混雜其間，你不會喜歡那個地方的，」薩達姆說，「再說，父王很重視人才，他不希望你被埃及奴隸軍招攬去了，所以絕不會答應你前往耶路撒冷的。」

「唉。」宋慕聞言，不禁嘆了口氣。葉華說她從海路前往，可能早已經在耶路撒冷了，他就這樣讓她空等下去嗎？該如何完成與她之間的約定呢？

薩達姆拍了拍他的背，「你也別這麼心事重重的，放輕鬆點吧！接下來我們有好一陣子都得在沙漠中紮營，你還是好好享受在麥加的時光吧！」

「嗯。」

「我才厤煩呢！」換薩達姆嘆了口氣，「馬哈德已經拔營回庫德去了，但是，他卻把妹妹留給了我們，說是等齋戒月完要與父王完婚，那女孩子叫法蒂瑪，年齡都可以當我的女兒了，跟父王完婚實在是……我看，不如跟你完婚還差不多，你還是個光棍吧？」他笑道。

「豈敢，」宋慕苦笑道，「你這話被你父親聽到可不好啊！」

「哼哼！就是要給他聽到，」薩達姆說，「不過爲那女孩準備一應事物，還眞是折騰死我了，庫德女子原本聽說都是拋頭露面，到了咱們手上卻裝起矜持來，戴上面紗，足不出帳，也不許男子與她交談，這八成是要討好父王……不提了，對了，宋慕，父王特許你，可以到他的個人澡間洗個熱水澡，這可是天大的享受啊！」

「啊！這就不用了。」宋慕連忙說。

「你這絲國人，該不會不曉得不可以拒絕別人的好意吧？」薩達姆板起臉，「要是你沒去洗，父王可是會怪罪我的，我叫穆辛去準備準備，你午禱之後就去好好的洗澡吧！」

「眞是多謝了。」

「那我先去處理拔營的事了，晚點見。」薩達姆揮揮手向他告別。

宋慕在庭院內四下閒晃，又到各處迴廊轉悠，到了午禱前後，穆辛不再端來食物要他吃了，宋慕這下子反而覺得肚子有點空。午禱完畢，穆辛便領著宋慕，到艾・哈桑的個人澡間，裡頭已經燒好熱水等著他，蒸氣充滿了整個房間，宋慕一走進去，不禁嚇了一跳，裡頭有兩個戴著面紗，身穿薄紗的妙齡女郎在裡頭。

「穆辛！」宋慕連忙把他叫了回來。

「大人，有什麼事嗎？」

「裡頭那兩個……」

「喔！那是服侍您洗澡的侍女，請……」穆辛講到一半，宋慕就打斷他。

「我們絲國人洗澡不習慣有人在旁，」宋慕說，雖然他知道很多大明的高官貴人，都會讓侍女服侍，但是他從小受母親教誨「男女授受不親」，可沒有這樣的嗜好，要他身旁站兩個女孩子洗澡，恐怕只會讓他全身更僵硬，「麻煩遣走她們吧！」

「喔，好，」穆辛愣了愣，之後才說，「如大人的吩咐。」然後他請走了兩個侍女。

宋慕總算能放鬆的走進澡間，卸下衣物，把倭刀和匕首都置在牆邊的小台上。從離開阿丹以來，一直在沙漠中趕路，其間若是要「洗澡」，頂多也只是用沙子摩擦身體，謝里夫說這叫「沙浴」，到了麥加之後，朝拜要先「大淨」，這才好好的洗了洗，不過也是和眾多的回回們一起爲之，像今天這樣，一個人舒坦的享受著燒熱的水和蒸氣，可是頭一回。

宋慕把自己泡進熱水之中，那些痠疼瘀青之處，在熱水和蒸氣的熱力之下，似乎也和他身上的汙垢一樣一點一點的融化了。他閉起了眼睛，享受著淤塞的血脈又恢復通暢的感覺。

他忍不住又想起了葉華，她那特別的腔調，迷濛的海一樣的藍色雙眼，她的臨危不亂，對阿丹與回回的了解，她拉他進巷子裡的時候，手上的觸感，還有他抱著她越過屋頂時，她身體的感覺……或許是熱水的關係吧，他覺得自己臉上似乎紅熱了起來。

然而，耶路撒冷……艾・哈桑並不願意讓自己前往耶路撒冷，他手下眾多，自己絲國人的外貌又很容易辨認，宋慕想不告而別，很可能反而被逮住，成爲階下囚；就算能逃出艾・哈桑的掌握，宋慕也沒有把握能到得了耶路撒冷，他缺乏嚮導，也不識道路，更不知沿途以及到了耶路撒冷後，會有何種不知名的規定與限制。

外頭突然嘈雜起來，持續了許久，宋慕原本以爲只是薩達姆所說的準備拔營，但是又覺得不大對勁，於是起身，披上衣物，探出澡間門口張望。

他看到以迪斯行色匆匆，連忙叫住他，問道：「發生什麼事了嗎？」

「喔，你有看到一個小女孩嗎？」以迪斯反問。

「沒有，怎麼了嗎？」宋慕疑惑道。

「喔，沒什麼！」以迪斯說，「你別被我打擾了，繼續享受泡澡吧，很難得的。」說完他又匆匆離去。

宋慕滿腹狐疑，不過也只能回到澡間裡，把衣物又卸下，然後浸到滿滿的熱水中，緩緩閉上雙眼，他想，就這樣歇一會兒吧。

宋慕想起太倉的豔陽、阿丹的酷熱，汪總旗和黃總旗，還有奸險的馬歡，那五個猶太人，還有趙御醫，他覺得一切都離自己好遠好遠，突然間，他有個念頭：不如就在艾・哈桑手下當個總教頭吧！對於他這樣一個人來說，這已經是一生所可能有的最好的待遇了。

莫名的，他聞到一陣香味，然後這一切又突然被拉近，他想起了葉華，接著，他聽到「鏗」的一聲。

濛濛的蒸氣中，他第一時間只看到有個小小的人影，定睛一看，原來是一個覆著面紗的小女孩，打著赤腳，從澡間的通氣口翻了進來，她落到小台上時，一腳踩中他的水鋼匕首，匕首掀起來甩脫刀鞘，發出了那聲鏗響。

「哎呦。」女孩子也輕呼了一聲，聲音明亮高亢，好像風鈴聲響。她動作像貓一樣敏捷，很快又從小台上跳了下來，屈膝落地，幾乎不發出一點聲音。

宋慕正要質問她是誰，她搶先一步右手一揮，亮出一把匕首直指宋慕，那匕首上有著漣漪一樣的波紋。

「別動，別出聲，否則我就切掉你的那話兒。」

啊？「那話兒？」宋慕一時會不過意來。

「對，那話……等等，」那女孩頭上蒙著罩紗，底下還戴著一層面紗，看不清楚臉龐，「你就是那個絲國鄉巴佬吧？我告訴你，那話兒就是……」她探頭往宋慕的下半身看去，然後驚訝的說：「你不是穆斯林！」

宋慕覺得胸口驟然緊了一下，他假作回教徒已經一段時間，連他自己都以爲自己是個回教徒了，卻沒想到會在這個時候被拆穿，他驚道：「妳怎麼知道我不是穆斯林？」

「穆斯林是要行割禮的。」女孩斬釘截鐵的說。

「割禮？」

「對，男生的話，就是把包皮割掉，」女孩得意的說，「我偷看過族裡的男孩子行割禮，不過，其實就我所知，也有的教派不行割禮，但是，你既然連割禮都不知道，又自己承認不是穆斯林，那可給我料中了，你不是穆斯林，你是個假扮的穆斯林，你還攜帶武器闖入聖地，你可麻煩大了。」

宋慕一時間被她唬得一愣一愣的，他既被女孩張狂的氣焰惹得有點惱怒，又氣自己竟然那麼輕易被她套出話來，但是看到女孩一邊虛張聲勢，卻其實緊張兮兮的樣子，突然又覺得有些好笑，這也讓他冷靜了下來。他想了想，笑笑說：「這不代表什麼，我只要說絲國的穆斯林不行割禮，你們可沒人到過絲國，這奈不了我何啊。」

「唔！」女孩被搶了一頓白，又伸長了拿著匕首的右手，「那信不信我把你一刀切了，讓你永遠不必行割禮，鄉巴佬，你一定沒看過這個吧！這叫水鋼，只要輕輕沾到一下，就足你讓你的那話兒跟你分家，你好好看著這上頭的水紋……」

「等等，」宋慕打斷她，「妳瞧瞧妳身邊的小台，看看上頭有些什麼？」

女孩一邊舉著匕首一邊往後退，「你想分散我的注意力，我可不會上這種當。」

「我身上什麼都沒有，離妳又這麼遠，分散妳的注意力能幹嘛？」宋慕攤開兩手說。

女孩狐疑的看著他，退到牆邊，然後往小台上看，那把水鋼匕首給她踩得脫出了刀鞘，女孩一眼就看到刀面上的漣漪紋，然後又馬上回過頭來，「你怎麼會有……」

「這不過是一個普通的絲國鄉巴佬都會有的東西。」宋慕說。

女孩又被搶白了一頓，但被罩住的臉上看不出表情，她左手摸向小台上，一把抓起宋慕的水鋼匕首，套回刀鞘，然後塞到身上，右手上的匕首繼續指著宋慕緩緩往前走，接著她把罩紗一揭，面紗也一把拆了下來。

她的臉龐讓宋慕覺得似曾相識……他很快就想起來：那張臉跟馬哈德很像，有如雕刻大理石一般的輪廓鮮明，又完美無瑕，不同的是，女孩的臉龐圓潤了點，下巴小巧許多，眉宇也不像馬哈德那般高聳，女孩的肌膚不像馬哈德的略白，而是像小麥一樣的顏色，頭髮黑中透著一點紅，就有如那庫德錦繡的顏色映了些許在髮上似的，髮絲柔柔的捲繞著，她的兩道細眉就像匕首似的倒豎，眉毛細密而打著旋，就好像她手上的水鋼匕首一樣，而最引人注目的是她的眼瞳，有一邊是碧綠色，另一邊卻是黃澄澄的金色，她雖然眼神銳利，臉龐卻十分稚嫩，約莫只有十三、四歲。

「妳就是法蒂瑪？」宋慕問道。

「對，」女孩說，「我就是艾・哈桑的未婚妻，雖然我們庫德人不時興面紗這套，但是艾・哈桑可是個老古板，你曉得你看到了他的未婚妻的臉，會怎麼樣嗎？」

「我是看到了，會怎樣？」

「哼哼，」法蒂瑪冷笑道，「要是讓他知道你看了我的臉，你只會有兩種下場。」

「哪兩種？」

「一種是要你的命。」

「這顯然不好，那另一種呢？」

「另一種就是把你給閹了！」女孩子說，「所以你怕了吧！要是怕了的話，就照我的話去做！」

「那，妳打算要我做什麼？」宋慕問。

「帶我到耶路撒冷。」

耶路撒冷！宋慕一聽到這個地名，頓覺好笑，他方才還在煩惱著該如何前往耶路撒冷呢。宋慕心想：這個女孩子年齡雖小，見識卻挺廣，人也十分機靈，既然指定要去耶路撒冷，應該在耶路撒冷有人接應吧？如果能帶著她一起行動，成功的機會或許會增加許多。他點點頭說：「好！我帶妳到耶路撒冷。」

法蒂瑪明顯的鬆了一口氣，騰騰的殺氣卸了下來，顯得有些楚楚可憐。她呼口氣，說：「我就知道，只要威脅要切掉男人的那話兒，他們就會乖乖聽話了。」

宋慕一聽心頭又無明火起，正要說：我才不是因爲……突然，門外傳來腳步聲，宋慕立刻一個箭步躍到法蒂瑪身前，右手抓住女孩纖細的右腕一轉，左手順勢接過匕首，往地上放，在女孩還沒叫出聲前摀住她的雙唇，然後把她整個人按在地上，順手拉過疊在澡盆邊的那堆大浴巾，把法蒂瑪整個人塞進裡頭。女孩發出嗚嗚聲，他貼到她耳邊說：「別出聲，別動。」

「宋慕。」門外是薩達姆的聲音。

宋慕從地上撿起匕首，拉了一條浴巾圍住腰間，然後說：「請進。」

薩達姆探進頭來，看到宋慕手裡拿著匕首，連忙說：「你對水鋼這麼愛不釋手啊，連洗澡都拿出來把玩，不過這水鋼雖然叫水鋼，但可不能沾水啊！可是會鏽掉的，那就可惜了。」

「喔！」宋慕裝作惶恐狀，連忙把匕首放到小台上，「晚點我給它好好上油。」

「這就對了，」薩達姆笑道，不過接著表情又轉而嚴肅，「宋慕，出了大事了，我派侍女去請馬哈德的妹妹上轎，才發現她的帳篷早就空無一人，她都在帳內朝拜，估計她可能是早上開齋飯之後就溜了，這下可搞得天翻地覆，我們找遍了全麥加，都不見她的人影。」

「眞是太糟糕了，」宋慕說，「那麼現在你打算怎麼辦？她可能會上哪兒去呢？」

「我想，她可能往耶路撒冷去了，因爲耶路撒冷與麥加之間有許多商旅，她很容易混進去跟著到耶路撒冷。耶路撒冷的埃及奴隸軍與我們敵對，他們之中不少人是庫德人的後裔，法蒂瑪一定會想到去那裡尋求庇護。如果她一早就出發的話，現在已經不曉得在哪了。」

「那該怎麼辦呢？」宋慕問。

「這就是我來找你的原因了，很抱歉打斷你的熱水澡。」

「無妨的，找我是有什麼吩咐呢？」

「我們的人是去不了耶路撒冷的。你說過你想到耶路撒冷，我向父王提議，先不要任命你為總教頭，請你以自由之身，前往耶路撒冷，為我們尋回法蒂瑪。這件事事關重大，牽涉到我們與馬哈德的邦交，請務必幫忙啊！」薩達姆說。

「我知道了，我一定會為你們捉回那個庫德女孩。」宋慕一邊說，感覺到後頭的法蒂瑪動了動，原本按住她的左手輕捏了她一把。

「那眞是太感謝了，我已經要穆辛備好駱駝，也吩咐過下人，你需要什麼就告訴他們……事關緊急，你可以馬上就出發嗎？」薩達姆問。

「沒問題。」宋慕一口答應。

「那眞是太好了！」薩達姆說，「穆辛已經幫你備了一些必需品，我就直接放在門口。我還得跟父王報告，就先告辭了，還有什麼需要請盡量吩咐穆辛。」

「嗯，我知道了，慢走。」宋慕回道。薩達姆掩上門，行色匆匆的離開。

宋慕穿上衣物，繫上倭刀，然後對那堆浴巾小聲說：「別出來，刀鞘給我。」浴巾下無聲無息的遞出了一把刀鞘，他撿起來，收刀入鞘，然後也別在腰上。

推開門，穆辛正牽著兩隻駱駝在門廊邊，門口則有一些椰棗和大小囊袋。

「抱歉，大人，原本是不能把駱駝牽進來的，不過薩達姆大人說……」穆辛對宋慕說。

「沒關係，」宋慕打斷他，他把大囊袋拿起來摸了摸，還挺厚實堅固的，接著抬頭對穆辛說：「我想吃飽點上路，你可以先把駱駝繫著，給我弄點吃的嗎？」

「好。」

宋慕趁著穆辛往廚房的方向去，拿起大囊袋，走回澡間，把法蒂瑪連同浴巾整個抱起來，她原本屈著的腿從浴巾中掉了出來，露出小巧的腳踝，踢了兩下，宋慕抓住她的小腿，一個奇妙的觸感傳到手心，她的皮膚就像是上頭塗著奶油似的，宋慕沒多細想，把她帶著浴巾從腳往囊袋裡塞，法蒂瑪身形嬌小，剛好整個人裝了進去，她嗚嗚叫了兩聲，宋慕說：「別出聲，別動，在我們出麥加戒關之前，妳就是一袋麥子。」

法蒂瑪聽了低聲抗議了兩句，接著就不出聲，也不動了，任由宋慕把囊袋紮起，扛到肩上，然後放到駱駝背上。

穆辛沒多久就帶著大魚大肉回來，宋慕連忙狼吞虎嚥一番，接著跟著穆辛一起準備糧食飲水，以及所有必需品，把它們一一裝袋，疊到駱駝背上，或繫到駱駝腹部底下，穆辛沒有注意到宋慕把那袋「麥子」挪到了最上頭，當他們兩人牽著駱駝準備往戒關去時，薩達姆叫住他們。

「呦，宋慕，你準備的東西還真不少！」薩達姆笑道。

「畢竟不是去朝聖，而是去找人，要花上多少時間不清楚，還是有備無患啊。」宋慕答道。

「你就是你，做事就是這麼謹慎，」薩達姆說，「對了，我派個嚮導給你吧？」

「不了，」宋慕連忙說，「我一個人就好了，要是被埃及奴隸軍查出那是你們的人，任務或許就要失敗了。」

「也對，」薩達姆點點頭，「不過你一個人沒有問題嗎？你是第一次去耶路撒冷吧？」

「放心，知道路的，」宋慕撒謊道，「而且我沿途也可以問商旅們。」

「那些商旅們？不大可靠吧，萬一碰到歹人，怎麼辦呢？」薩達姆擔心的說。

宋慕笑了笑，接著拍了拍腰上的倭刀和匕首，「我還怕歹人嗎？」

「哈哈，說的也是，」換薩達姆笑出聲來，「你可是萬人敵啊。來，我送你到戒關吧！」

「嗯。」

薩達姆送宋慕出戒關後，停住駱駝，說：「我就送你到這裡了，父王他們拔營之後，我仍會一直待在麥加，如果你找到人，就帶回麥加來找我，希望及早聽到你的好消息。」

「嗯，」宋慕點了點頭，他看了看眼前的這個面孔，和艾‧哈桑十分不同，曬黑了的臉、粗糙的鬚眉、帶著熱情而非冷峻的眼神，「後會有期。」

他一勒駱駝，兩隻駱駝開始邁步踏上沙地。宋慕心想，如果能留下來的話，或許能和薩達姆成為知己好友。

然而眼前是滾滾的黃沙，駱駝背上的「麥子」，將指引他找到葉華的所在。

他已經無法回頭了。

第九章　四十日山逢白衣

天邊開始出現幾點暮星，這個時間，回回們正席地而坐，向麥加的方向禮拜，不過宋慕身邊並沒有叫拜聲，也沒有禮拜著的人們。他特意避開其他商旅，現在四周只有即將消失的餘暉、遠方山脈的陰影、一彎新月，以及在餘暉緩緩褪去的同時，露出臉來的滿天星辰。

他確定目光所及的距離內都沒有旁人，這才下了駱駝，取下一張毯子鋪在還微溫的沙地上，然後才把「麥子」給扛了下來，打開袋口抓著袋底把她連同浴巾倒到毯子上。

浴巾中的女孩臉色在月光下顯得蒼白，她一動也不動，連胸口都沒有起伏，宋慕一時間只覺得呼吸急促，心跳也猛然加速：她該不會悶死了吧？

他急忙彎下腰去查探，冷不防女孩卻在他耳邊大吼：「嘩啊！」宋慕整個人往後一彈，差點跌個四腳朝天。

「嚇到了吧！鄉巴佬！」法蒂瑪大笑道，宋慕正要發怒，「唉啊啊！」法蒂瑪露出痛苦的表情，她的裙子在被倒出囊袋時翻到身上，整條右腿屈著膝，裸著從浴巾堆中露了出來，「我腿痲了，好痲。」

宋慕不禁笑了出來。

「笑什麼。」法蒂瑪怒瞪他一眼，同時右腿還抽動著，好一會兒才能動彈，她一骨碌坐了起來，揉了揉腿。

宋慕從包袱裡取出一套男裝，抛到法蒂瑪身邊，「換上吧！」

女孩沒有吭聲，拿起男裝放到腳邊，站起身來就要脫衣服，宋慕正要轉過頭去，法蒂瑪叫道：「幹什麼，看著這邊。」

他轉過頭來，女孩衣服褪到一半，在朦朧的月色下，女孩已經發育成熟的身材還是一覽無遺，宋慕不禁臉紅了起來，迎面卻是法蒂瑪一聲大罵：「誰叫你看我了，看地上！你這鄉巴佬，不曉得沙漠晚上會有蠍子毒蛇出沒嗎？」

宋慕連忙羞愧的低下頭去。法蒂瑪換完裝，收拾衣物和浴巾，折騰了好一陣子，宋慕正要生起火，紮起營帳，法蒂瑪又阻止了他：「收起來，穆斯林們白天要禱告五次，因此晚上睡覺白天行動，你又不是穆斯林，我們晚上行動，白天休息，剛好避開別人，再說，晚上清涼，這樣也比較節省飲水。我們一路若是避開商旅要道抄小路，可能會錯過幾個綠洲。」

她設想得倒是挺周到，宋慕心想，不過他嘴上還是反駁道：「妳可是穆斯林，難道妳不用禮拜嗎？」

「眞主的教誨是很有彈性，因時因地制宜的，」法蒂瑪微微一笑，「在杳無人煙的沙漠中，我沒有聽到阿訇叫拜，哪知道禮拜的時間呢？」

「眞是強詞奪理，妳這樣還算是個穆斯林嗎？」

「這句話輪不到你這個假穆斯林來說吧！」法蒂瑪做個鬼臉，熟練的翻上比她高上很多的駱駝背，這讓宋慕微感詫異，他輕輕搖搖頭，收拾一下物品，也上了駱駝。

「妳知道要往哪走嗎？」

「嗯。」女孩不答，只看著天空，然後問：「鄉巴佬，我在袋子裡的時候，你往哪個方向走了多遠？」

宋慕皺起了眉頭，「別再叫我鄉巴佬了，我有名字的，我叫宋慕，宋是姓，慕是名。」

「鄉巴佬。」

宋慕這下眞的有點發火了，「妳要我管妳叫麥子嗎？」

「鄉巴佬。」

「麥子！」

「破布。」

「破布？」

「對啊，破布，」法蒂瑪說，「你是絲國來的，但是是鄉巴佬，所以不是絲，是破布，以後就管你叫破布。」

「好好，」宋慕無奈的說，眞是說不贏她，「隨妳便。」

「駱駝從出了麥加到這時間，大約走上了十里吧。」法蒂瑪說，「你一定沒注意自己往哪個方向走，看星象只能知道南北方向的位置，東西方向要靠計算路程，不過無妨，反正只要到時不要差距太遠，我還認得山脈和河川。」

「嗯，妳到過耶路撒冷？」

「到過一次。從小，只要我去過的地方，我都會把地形牢牢記住。總之，我們到得了耶路撒冷。」

「妳記不得也無妨，眞的有必要，我們也可以找人問路的。」

「噢，眞是個好主意啊！破布，」騎在前頭的法蒂瑪回頭說，「的確，我在艾•哈桑那邊，刻意足不出戶，又整天戴著罩紗和面紗，所以那些貝多因人不曉得我長什麼樣子，他們大概以爲我和哥哥一樣的膚色，還帶著一對褐色的眼睛。不過我哥和他的部下們對我的長相可清楚得很，一旦消息傳到我哥耳裡，然後他又聽商旅說起：有個絲國人跟金綠雙瞳的小孩走在一道，還要往耶路撒冷去……嗯嗯，眞是個同時惹火艾•哈桑和我哥的好辦法，對吧？」

宋慕的話全給堵了回來，他覺得一肚子火，但是又不得不承認法蒂瑪說得對，好一會兒都說不出話來。沈默許久後，他問：「法蒂瑪，妳爲什麼要逃出來呢？」

「叫我麥子，」女孩說，「破布啊，如果路上有艾•哈桑的部下，聽到有人叫我『法蒂瑪』，那他們可是中了大獎了，你說是不是啊？」

「麥子。」宋慕改口道，「我知道艾‧哈桑的年齡足以當妳的祖父，不過，妳這樣逃出來，不怕影響到妳哥哥的威信，還有妳的族人嗎？」

「哈，我哥，你別說笑了，他都可以不顧我的死活，逼我嫁給妻妾成群的色老頭，我幹嘛在乎他的威信，」她扮了個鬼臉說，「至於我的族人，你放心，艾‧哈桑急著要跟庫德結盟，不會因爲我逃走就反目成仇的。這只關乎我自己的命運，所以，由我自己決定。」

「妻妾成群？」宋慕疑惑道，的確，在搶羊大會上，是看到艾‧哈桑有許多女眷，但是……「穆斯林不是可以娶四個妻子嗎？」

「噢，所以說你眞的是個門外漢，」法蒂瑪停下駱駝，「《古蘭經》裡記載，先知穆罕默德說：如果你能把愛平均的分配給兩個妻子，就可以娶兩個妻子，如果你能把愛平均分配給四個妻子，就可以娶四個妻子。先知說明到此，但是引申下去，如果可以平均分配愛的話，八個、十六個、三十二個妻子都是可以的。不過，後世的人解釋爲，一般人頂多只能把愛平均分配給四個妻子，所以只能娶四個妻子，至於艾‧哈桑那樣的大人物，當然沒有人會質疑他能把愛平均分配給幾個妻子啦！」

「是這樣啊？」

「但是，只有那些野蠻的貝多因人才會這麼不尊重女性，隨意決定自己要幾個妻子。我們庫德人信奉的是遜尼派之中的沙斐儀派，女性也要接受割禮，雖然只是象徵性的切掉一點點皮肉啦，不過這也代表我們與男性有比較平等的地位，在結婚以前，我有權利先訂下規矩，限制未來的丈夫只能再娶一兩個妻妾，若是不經我同意，我可以馬上離婚。當然，艾・哈桑是不可能接受這樣的條件的，與其要被人糟蹋，當然是一走了之囉，他會丟臉，那是他家的事。」法蒂瑪聳聳肩。

「但是，妳哥哥他……」

「破布，他才不是我哥哥，」法蒂瑪轉回頭，催駱駝繼續前進，一邊說：「我跟他不是同一個媽媽生的……甚至他的父親跟我的父親都可能不是同一個。」

「母親不同我可以理解，怎麼可能父親不同一個？」難不成有什麼不爲人知的內情嗎？

「噢！果然是絲國來的，你們這些野蠻民族不曉得弟弟要爲過世的哥哥照顧嫂嫂的傳統，不奇怪，不奇怪，」法蒂瑪背對著宋慕，擺了擺手，「他可能是我伯父的遺腹子。」

「噢。」

「我母親，才是道道地地的庫德人，馬哈德的母親，卻是個貝多因人，」法蒂瑪說，「我父親雖然是庫德人，卻十分篤信貝多因人的教義，也因此比較寵愛馬哈德的母親，就算她不是庫德人，就算馬哈德可能不是他的親生子，他還是最寵愛他，立他爲繼承人。至於我，又是個女孩子，自然就只有哪天被嫁掉的份了。」

「不過妳卻不認命，所以每到一處地方，就把地形記熟，爲的就是以後逃婚？」

「哈，破布，原來你不是獃子嘛！」法蒂瑪回頭一笑。

「還有，莫非庫德人都像妳一樣兩眼一金一綠嗎？」

「當然不是，」法蒂瑪說，「傳說我母親的家族，有偉大君主撒拉丁的血統，所以才會有這樣不同顏色的眼睛。」

「撒拉丁是庫德人嗎？」

「他當然是庫德人。」

「就算如此，妳也不能說妳母親就是道道地地的庫德人，」宋慕只覺得和這小女孩說話，莫名的很容易動氣，「妳父親也不能說是道道地地的庫德人！因爲照妳這樣說起來，妳父母親的祖先，不曉得和多少外族的顯貴聯姻過。」

「說得好，破布，所以是不是道道地地的庫德人，看的不是血統，」法蒂瑪說，「看的是這裡。」說著，她往胸口比了比。

「啊？胸……胸部？怎麼會？」宋慕一時臉紅了起來。

「笨蛋，色鬼！」法蒂瑪罵道，「是『心』。」

宋慕這次可真的羞愧不已，好一會兒都不敢開口。

法蒂瑪的駱駝踩在鬆軟的沙上，留下一帶凌亂腳印，而宋慕的駱駝又踏了上去，低懸的一彎新月微微照亮兩人雙駝的身影。

「破布，」又是法蒂瑪打破了沈默，「你的薩達姆好朋友，我未來的繼子，好像眞的很討厭我。」

「啊？」

法蒂瑪噗嗤一聲笑了出來，「你眞是個獃子耶，我在浴巾下頭的時候，從地磚的反射盯著他瞧，他早就發現我了，一直往我這邊打量，所以我才動了動要提醒你，結果你這獃子竟然捏了我兩下——算了，不跟你這種蠢蛋計較——我未來的繼子竟然沒有揭穿我，根本是故意放我們去耶路撒冷，你說他是不是很討厭我當他的後母，所以才千方百計要把我弄走啊？哈哈。」

「啊？」宋慕這下眞的是張大了嘴說不出話來，「薩達姆故意放我們走？這是眞的嗎？」

「你瞎了眼睛，我可看得淸楚。」法蒂瑪哼了一聲，接著說，「破布，你又是爲什麼要去耶路撒冷？」

宋慕沈吟了半晌，只「嗯」了一聲。

「破布，我們現在只能互相依靠，所以最好彼此信任，不要有事情隱瞞對方，」法蒂瑪正色說，「我已經把我的事說得差不多了，該輪到你說了。」

「嗯，」宋慕先是為法蒂瑪彷彿突然間變了個人似的而呆了半晌，接著不得不承認她說得很有道理，「這說來話長。」

「沒關係，我們去耶路撒冷的路也很長。」法蒂瑪笑道，「對了，你不會累吧？我可是事先睡了好幾天，一晚不睡不成問題，你一早就起來了，還行吧？」

「妳也太小看我了。告訴妳，我可是當過職業軍人，三天不睡也不成問題。」

「噢！我怕了你了。」法蒂瑪說，接著又大笑了好幾聲，「那麼我就洗耳恭聽絲國的職業軍人，為什麼要假扮穆斯林到聖地來的故事吧！」

宋慕搖了搖頭，眞是說不過她。於是，宋慕就開始從靖難之變說起，到了太陽升起，法蒂瑪仍然說繼續趕路，途中只停下來吃了點口糧，一直到淸晨過去，地面在日曬下開始熱了起來，她才說要紮營休息。這一天，宋慕講到他如何混進寶船艦隊。

「呵呵，破布，簡直是在聽『一千零一個晚上』呢！」法蒂瑪微笑著說，這次她的笑容不像之前總帶著點譏刺，顯得十分可愛。

「什麼是『一千零一個晚上』？」宋慕想起黑人們也提起過這「一千零一個晚上」。

「是一本故事書，故事的內容是有個女孩子一晚說一個睡前故事，說了一千零一晚，」法蒂瑪說完，鑽進宋慕搭好的帳篷裡，「所以我也要睡了。」

宋慕這才想到穆辛只幫他準備了一頂帳篷，他站在原地想了許久，想著駱駝背上的材料有沒有辦法搭成另一個，這時法蒂瑪鑽出帳篷：「破布！」

「啊？」

「大白天的，你不用守夜好嗎？蟲蛇在酷熱下不會出沒的，頂多要擔心我們自己會不會睡到中暑，還好現在是冬天。」法蒂瑪說，「再說我們只有兩個人，你打算跟我輪流守夜嗎？你也知道我的武功是三腳貓，有守跟沒守一樣，你還是快進來睡吧！晚上還要趕路呢。」

「我只是在想要不要另搭一頂帳篷。」

「你是白癡嗎？」法蒂瑪瞪著眼睛說，「嗯嗯，很好，要是有艾・哈桑的人路過，進了你的帳篷，『啊，宋慕是你啊！咦！另外一頂帳篷是幹嘛用的？』噢，那他們真是走運了，不是嗎？還有，要是有強盜，進了我的帳篷，把我都擄走了，你正好在你的帳篷呼呼大睡，不用管我的死活，真是樂得輕鬆啊！不是嗎？」

「我……」

「快給我滾進來！」

宋慕只好照辦，一進帳篷，只見法蒂瑪用毯子把自己從頭到腳一層層的裹了起來，只留了一些暗縫呼吸，她的聲音在裡頭聽起來十分滑稽：「要是有人進來，你就說我是一捆毯子。」

這下宋慕笑了出來，「是是，毯子！」

法蒂瑪在裡頭用聽不懂的話抱怨了幾聲，不過接下來就沒聲音了，宋慕也躺了下來，趕了整夜路的疲勞，讓他很快就睡熟了。

第二晚，宋慕又從上了寶船說起，一路說到阿丹。法蒂瑪笑了出來：「破布，你一個大男人，竟然會暈船，眞是遜到了極點啊。」

「妳有搭過船嗎？」宋慕回嘴道，「誰曉得妳是不是也會暈船。」

「我沒搭過船，不過，這駱駝管叫『沙漠之舟』，搖起來不比船少，我可是坐得多了。」法蒂瑪拍了拍她的座騎。

「我現在也坐在駱駝上，也沒暈駱駝啊！」宋慕說。

「說的也是，這倒怪了。」法蒂瑪閉上眼，沈默了許久。

第三晚，宋慕講起了阿丹城、馬歡的陰謀、回回醫者、兩個總旗、錦衣衛的圍捕、猶太人、建文帝的逃走，還有趙御醫的死，當他正要講到葉華的時候，法蒂瑪打斷他：

「糟糕，我眞是選錯夥伴了，這下子在後頭追殺我的，不只我哥、我老公，還多了絲國的錦衣衛。」

「是啊！」宋慕沒好氣的說，「妳要是怕了的話，可以現在就離開。」

「我才不會半路捨棄夥伴呢，」法蒂瑪說，「你以爲我是誰？絲國人嗎？」

「絲國人也不會捨棄夥伴，」宋慕回嘴，「我正要說到，我之所以要去耶路撒冷，就是爲了跟夥伴會合。」

「哦？」

宋慕說起了葉華，把兩人分頭尋找建文帝，再到耶路撒冷會合的計畫講了出來。

「這就是你要假扮穆斯林，來到聖城，又非得到耶路撒冷去不可的原因？」

「是啊！」

法蒂瑪只點點頭說：「我懂了。」

接下來幾晚，法蒂瑪靠著山脈和植被，以及駱駝的本能，找到一處綠洲補充飲水。宋慕接著說他如何跟著黑人從阿丹到麥加，又怎麼參加了搶羊大會。

「喔，我有看到你，你只是撿了便宜而已嘛！」法蒂瑪說。

「話都是妳說的，妳可不曉得我技巧有多高超，」宋慕有種感覺，跟這個古靈精怪的小鬼講話，自己也快變成小鬼了，不過他突然想到：「對了！艾・哈桑一直提到埃及奴隸軍，那是什麼？」

「噢！馬穆魯克人啊！」

「馬穆魯克人？」

「就是你說的埃及奴隸軍。這說來話長囉！」法蒂瑪鬆開雙手，在空中擺了擺。「沒關係，我們去耶路撒冷的路也很長。」

「唔，你抄我的話，」女孩嘟起了嘴，過了好一會兒，才心不甘情不願的說：「他們又叫白奴。爲什麼說他們是『奴隸』呢？……你知道阿拔斯王朝嗎？」

「那又是什麼？」一路上法蒂瑪總是說些風涼話，突然說起正經話題，似乎整個人嚴肅了起來，讓宋慕有些不習慣。

「它是個曾經統治廣大領土的大帝國，我聽說，你們絲國人稱它爲『黑衣大食』。」

「這我倒有聽過，」宋慕的父親曾經向他提過有這樣一個國家，他詫異道：「妳怎麼連絲國的事都曉得？」

法蒂瑪不答，逕自往下說：「阿拔斯王朝強盛的時候，向各個貧窮的遊牧部落購買奴隸從軍，裡頭最多的就是來自小土耳其部落的土耳其人，其他還包括了我們庫德族、一些蒙古人、韃靼、車臣人、哈薩克人、烏茲別克人，還有亞美尼亞人、阿爾巴尼亞人、保加利亞人。」

宋慕一口氣聽到這麼多聞所未聞的民族和人種，不禁傻了眼。法蒂瑪又繼續說道：「長久下來，阿拔斯王朝的軍事反而被這些異族給把持了，後來阿拔斯王朝衰落，各族軍閥就起兵割據，互相爭戰，最後，塞爾柱土耳其人攻陷了王朝的首都巴格達，想挾哈里發以令諸侯。」

「有用嗎？」

「當然是沒用啦！」法蒂瑪回頭伸伸舌頭，「就在這個時候，歐羅巴的基督徒組成了十字軍，趁虛而入攻占巴勒斯坦。我偉大的祖先撒拉丁起兵抗暴，從十字軍手上奪回聖地，並且開疆拓土，從埃及擴展到阿丹，他把阿拔斯王朝的徵兵辦法進一步制度化：從各族購買奴隸以後，將他們統一送往埃及的開羅學習武藝，學成以後，就解放他們的奴隸地位，但是這些人遠離家鄉，無法返回原來的部落，只好留下來繼續當兵，這就是埃及奴隸軍。在撒拉丁過世以後，埃及奴隸軍擊敗了他的後人，取而代之，也把基督教徒的十字軍給趕出了巴勒斯坦。」

宋慕越聽越覺得頭疼了起來，「那阿拔斯王朝又怎麼了呢？」

「東邊的花剌子模人興起，想取代塞爾柱土耳其人控制哈里發，卻沒料到更東邊的蒙古人興起了，不但一舉消滅花剌子模，還攻陷了巴格達，殺死了哈里發。」

「那王朝不就滅亡了嗎？」

「是啊，不過，當蒙古人摧毀巴格達之後，駐在埃及的馬穆魯克軍閥，就擁立阿拔斯王朝的後裔作爲傀儡，他們在巴勒斯坦擊敗蒙古人，之後就一直統治著耶路撒冷直到現在。」法蒂瑪說。

「我眞不該問的。」宋慕喃喃自語——越問反而越搞不清楚了。

「你說得一點也沒錯。」

宋慕不理會她的譏刺：「馬穆魯克人應該是回教徒吧？爲什麼薩達姆說耶路撒冷充滿基

督徒和猶太人呢？」

「從我的祖先撒拉丁統治的時候，就讓穆斯林、基督徒和猶太人和平共存啦！」法蒂瑪說，「馬穆魯克人也允許所有人待在耶路撒冷，你以為信奉不同宗教就一定要殺個你死我活嗎？」

「當然不是，不然我應該把妳給殺了。」宋慕沒好氣的說。

「我好害怕喔！」

宋慕長吐了一口氣，告訴自己別跟小孩子計較，然後說：「妳有辦法進城嗎？」

法蒂瑪笑了出來，「破布，你以為耶路撒冷是像麥加一樣的地方，對吧？嗯，它的確曾經是全世界最美麗的城市之一，但是幾百年的戰亂下來，現在連城牆都沒有，我們又是穆斯林——雖然有一個是假的——要混進去太容易了。當然，我不會這麼大意，我從我哥那裡偷了兩張通行證，我，自然不會有人懷疑我是庫德人，你嘛？嗯，就說你是我的絲國奴隸就好了。」

「到耶路撒冷以後，妳打算怎麼辦？」

「馬穆魯克人不會把我當一回事的，」法蒂瑪原本輕盈的音調沈了下去，「也只能走一步算一步，原本，我想找個辦法到土耳其去，土耳其人可能會認為我有點政治價值，然後可能安排我嫁給哪個土耳其貴族。」

「那跟嫁給艾．哈桑有什麼兩樣？」宋慕哼了一聲說道。

「不然我還能怎樣？我只是一個小女孩，可不像你武功高強，我一個人能怎麼辦？」法蒂瑪瞪著宋慕，那一雙金碧眼睛好像快哭出來似的。

「……是不能怎麼辦。」

「那你呢？」法蒂瑪問，「你到耶路撒冷以後，有什麼打算？」

「我和妳說過了，我得先找到我的同伴，和她會合，」宋慕說，但是，在一個龍蛇雜處的城市裡找人，談何容易？他心想，對了，這個小鬼頭十分機靈，不如問問她，「妳有什麼好建議？」

「嗯。」法蒂瑪沒有回答，只搓了搓鼻子，「我會幫你想辦法的。」

接下來的一路上，宋慕向法蒂瑪說日本與大明的風光與民情，還有以前從軍的經歷，法蒂瑪則和他說「一千零一個晚上」的故事，和庫德族的種種，就這樣又過了不曉得多少個日子。

這一天，破曉之後，原本只是一片片黑影的遠山顯出了顏色，近處的草木沙石也現出了形狀，但是那也只是一片黃、褐，黃褐色的沙、黃褐色的礫石，乾枯的短草，光禿的枝幹，一片相同的顏色一直連到遠處的山頭，山頂也是黃褐一片的岩石峭壁，只山坡上偶爾點綴著幾株孤獨的灌木，白晝竟比黑夜還更顯寂寥。

法蒂瑪領路到了一處山下的小澗，溪水兩旁微有綠意，但是樹木仍然是光者身子，一根根枯黃的枝幹往上指向天邊，連溪水也帶著黃濁，倒是遠方的高山頂上，出現了一道道皚皚白雪，成了黃色大地和藍色天空的交界。穿過山地後，往下望去，前頭出現了一片大海。

「我們已經接近巴勒斯坦了，從今天開始，我們白天行動吧。」法蒂瑪說。

「怎麼已經到了海邊了，莫非我們走過頭了？」

法蒂瑪大笑，「破布，那是死海，你說的是地中海。我們沒有走過頭，繞過死海，耶路撒冷就到了。」

「繞過海？」

「死海是個內陸海，你怎麼連這都不知道啊！」法蒂瑪噘了噘嘴說。

到了死海邊，兩個人都沒什麼新鮮話題可說了，就如同死海這名字一樣，陷入了一片沈靜。

這次是宋慕打破了沈默。

「麥子，妳說，薩達姆爲什麼要放我們兩個走呢？我一直想不透。」

「我又不是他，你想知道的話，幹嘛不回麥加去問他？」法蒂瑪沒好氣的說。

「妳想要我回麥加去嗎？」宋慕開玩笑的威脅道，接著說，「我知道妳腦袋靈光，幫我想想嘛！」

「好啦！」法蒂瑪拗不過，想了想，說：「我記得他是我老公的次子，也是副總教頭嘛！次子沒有繼承權，副總教頭也沒什麼搞頭，跟在我老公身邊，也只是被我老公當奴才使喚，你一走，他就成了總教頭，又長期駐在麥加，這下可威風了，是我，我也要放人。」

「妳又不嫁他爹，幹嘛老公老公的叫啊。」宋慕說。

「婚沒結成，婚約還是在，你有什麼意見嗎？」法蒂瑪說，「不然，你要當我老公嗎？」

宋慕一時語塞，女孩也突然沈默了下來，兩人這天都沒再說上話。

接下來的幾天也沒說上話。

一直到他們來到死海的北濱，走近一處古城牆的遺跡，女孩才突然轉過頭說：

「我想到了。」

「妳想到了什麼？」

「你不是要我幫你想怎麼跟同伴會合的方法嗎？」

「妳想到啦！」

法蒂瑪瞪著他哼了一聲，搖搖頭，然後才說：「你說那個葉華是英格蘭人對吧？」

「是啊。」

「英格蘭人是信基督教的。」

「……所以？」

「你看到了嗎？前頭那個古城的遺跡，叫耶利哥城，就是傳說中，約書亞和子民繞行七天後，城牆自行倒塌的那個城池，城外有一片荒地，就是耶穌受魔鬼試煉的山丘『四十日山』，傳說耶穌在山上的岩洞裡面住了四十日夜。」

宋慕只覺摸不著頭腦，「這些基督教的故事和我們有什麼關係？」

法蒂瑪不理睬他，接著說：「英格蘭人每年這個時節會組織朝聖團來耶路撒冷朝聖，耶穌在基督徒的教義中是『神子』，他受試煉之處，是朝聖團必到的朝聖地點之一。」

「那和葉華有什麼關係，她又不朝聖。」

「你眞是獃子耶！」法蒂瑪噗嗤一聲笑出來，似乎早就預期要這樣罵他，「葉華一個女孩子，又一臉英格蘭人的長相，她在耶路撒冷還能怎麼辦？不就是當英格蘭朝聖者的通譯，或是隨從嗎？英格蘭朝聖者受到管制都是一起行動，會去的地方、住所，也都大同小異，跟著英格蘭朝聖團，不就可以找到你說的葉華了嗎？」

「啊？」宋慕想了兩回才反應過來，「對喔！妳眞是天才。」

「你現在才知道啊。那就照我的話做吧！」法蒂瑪一拍駱駝。

兩人走向試煉山附近，遠遠的，聽到一個聲音又高又尖的老女人大呼小叫，他們拴好駱駝，走近一瞧，只見一群皮膚像葉華一樣白，有著各種不同顏色頭髮和眼睛的人，穿著沒見過式樣的衣服，周圍還有幾個人頭頂都剃光，四周卻留下一圈短髮——看起來就像是日本畫裡頭河童的模樣——這幾個人都身穿破舊的灰色長袍，腰間繫著草繩，掛著好像是念珠的珠子，法蒂瑪悄聲說：「那些是基督教的修士。」

他們看起來應該就是英格蘭的朝聖者。有個約四十幾歲的中年女子，全身只穿白衣，正和同伴們爭執，方才的聲音就是她發出的。在他們後頭，有一隊看起來像是士兵的回回，懶洋洋的跟著他們，法蒂瑪說：「那些是埃及奴隸軍的士兵們。」

宋慕讓法蒂瑪走在身後，走到那群英格蘭人附近，白衣女子突然放聲大哭了起來，哭得十分淒厲，還跌坐在地上猛搥猛打，四周的人卻露出厭惡的表情，而灰衣修士們則一臉束手無策的樣子，其中一個灰衣修士看到宋慕，就用不流利的天方話和他說：「你……幫忙……可？」

「要我幫什麼忙？」

經過一陣雞同鴨講，宋慕才搞清楚，原來是這個白衣女子想要和大夥兒一起登上試煉山朝聖，但是她卻沒有體力上山，她想請同伴背她上山，但是同伴們既不願意，也沒有體力背人上山，於是就發生了剛才的鬧劇。

宋慕和修士正講話間，白衣女子突然站了起來，她似乎以爲修士和宋慕已經談妥了，就塞了一個銀幣到宋慕手裡，然後說了一大串聽不懂的話。

「背她。」法蒂瑪在宋慕身後說。

「為什……」宋慕講到一半，法蒂瑪用力捏了他一把，「你不是想跟葉華會合嗎？」

宋慕只好照辦。到了山上，那白衣女子看起來想跟同伴要水，但是沒有人肯給她，只有那個灰衣修士走過來關心了幾句，於是她又在宋慕背上大哭大鬧起來，法蒂瑪噗嗤一聲笑了，這回換宋慕瞪她一眼。

好不容易背她下山，但是事情還沒完，那名白衣女子已經走不動了，結果宋慕得一路背她回耶路撒冷，法蒂瑪牽著兩頭駱駝跟在朝聖團之後，這倒省下了法蒂瑪的那兩張通行證，在關卡處，那個叫「瑪格麗」的白衣女子，幫宋慕和法蒂瑪兩人付了通行費，灰衣修士比手畫腳的幫瑪格麗告訴宋慕：她要先回住處稍歇，然後再繼續往城內外進行朝聖之旅。

宋慕點點頭。背著瑪格麗讓他只能低頭看著地上和近處，無法看見全城風光，只覺得城內十分擁擠、臭味四溢，地上到處都是雜物和穢物，各色人等不斷擦肩而過，狹小的巷道間擠滿攤販。他正納悶著「這也叫聖城嗎？」的時候，法蒂瑪叫住了他，要他站在她身後，原來她找了個商販討價還價，把兩隻駱駝和所有的器物都賣了。

「妳想幹什麼？」

「反正我們接下來幾天都靠這英格蘭老女人供吃供住就行了。」法蒂瑪說。

背上的瑪格麗又開始胡言亂語起來，宋慕只好放棄追問。背著瑪格麗到了她的下榻處，那是一個基督教的修道院。

他在門前把她放下，瑪格麗大力敲著門，裡頭她的女僕應了聲，腳步聲往門邊移動。

宋慕只覺得那聲音十分熟悉，等到門一開，迎面而來的，是一個穿著有許多奇怪花邊的衣物的女子，黃澄澄的波浪般髮絲纏在頭上，有著白裡透紅的姣好肌膚……和一對海一樣蔚藍的眼眸。

「葉華！」宋慕叫出聲來。

「宋慕。」葉華原本冰封似的臉上突然躍上一抹喜色。

「原來她就是葉華。」宋慕身後的法蒂瑪說。

葉華臉上的笑意淡了下來，然後消失，她微微蹙起眉，藍色的眼睛對上了金碧雙瞳，瑪格麗喋喋不休了起來，但是葉華和法蒂瑪卻相視無言，過了半晌，葉華才微微張開雙唇。

「妳是誰？」

第十章　帆槳共渡地中海

瑪格麗的行程很匆忙，從試煉山回來才休息沒多久，就又嚷著要出發，這回朝聖團要前往耶路撒冷城外西邊不遠處的小鎮，去看「施洗者約翰」的出生地。瑪格麗又要宋慕背她過去，她把葉華也帶上，當作她和宋慕之間的通譯，換成法蒂瑪被丟在修道院裡。但是宋慕和葉華也沒什麼空說上話。到了朝聖地點，瑪格麗才發現施洗者約翰的出生地，現在已經成了一座教堂裡頭鑲嵌瓷磚的墓穴，結果大失所望。

接著瑪格麗又回到耶路撒冷城內，穿過雜亂狹窄的巷道，走馬看花似的拜訪了好幾處地方，有的是與耶穌相關的人所住過的地方，有的是耶穌顯現神蹟之處，最後瑪格麗說要去「顯靈禮拜堂」，那是天主在復活節現身聖母面前之處，在「聖墓教堂」內，這座教堂位於城內最高處，所以宋慕又得背著她爬上去，進入教堂之前，瑪格麗下來自己走路，宋慕這才站直身子，抬頭看看四周。

聖墓教堂與耶路撒冷的其他建築物相比頗爲雄偉，但外型卻十分單調，方方正正結構有如積木似的，砌石牆面上的石頭斑駁、發青，高聳的方樓側面有著拱頂窗格，裝著木格子窗戶，方樓之後是一個十分壯觀的圓頂。教堂裡卻十分陰暗，薰香煙霧繚繞，不同的吟誦聲此起彼落，這讓宋慕頭腦發脹，而教堂裡似乎有許多耶穌受難的聖跡，瑪格麗每經過一處，就會大聲哭喊起來，甚至哭倒在地，四周的人們都看了過來，讓宋慕覺得非常不自在，但是葉華卻神色若定，好像已經很習慣了。瑪格麗終於拜訪完她所要拜訪的地點，要回下榻的修道院去時，夜晚的紫色罩紗已經籠罩在這座聖城之上，宋慕仍然得背著瑪格麗，但是這趟路是他覺得最輕鬆的一段。

瑪格麗才一回房，就往床上一趴，馬上就倦得睡熟了，還發出陣陣鼾聲。宋慕看了看被關在修道院裡一整個下午的法蒂瑪，問：「麥子，妳沒悶著吧？」

「你以爲我會就這樣無所事事啊？」法蒂瑪對他嗤之以鼻，「我學了一下午的拉丁話。」

「拉丁話？」宋慕正要問下去，法蒂瑪突然笑了起來，「妳笑什麼？」

「我笑你啊，」女孩說，「瞧瞧你，身邊有兩個如花似玉的美女，可是你卻背著一個瘋老太婆背一整天，怎麼不讓人發笑呢！」她咯咯笑個不停。

宋慕這一聽，才意識到葉華也在房間裡，現在不再是像沙漠中，只有他和法蒂瑪兩人了，他有點尷尬的往葉華的方向看去，法蒂瑪也跟著他的目光看了過去，葉華倚在窗邊，窗外微明的月光照在她的臉龐，原本已經有如霜雪般的面容更像是冰封了似的，法蒂瑪的笑聲停了下來。

「我還在想，」葉華過了好一會兒才開口，用漢話向宋慕說，「宋參軍的兒子是上哪去了，瑪格麗的行程都已經到了最後一天，他怎麼還不出現，原來是見色忘義，樂不思蜀。」

「我沒有……」

一旁法蒂瑪一頭霧水，連忙用天方話說：「宋慕，她在說什麼？」

「我看明天我自己一個人跟瑪格麗到威尼斯，自己尋找皇上。你這麼喜歡回回，就留在這個回回的地方好了，不勞你到歐羅巴去。」葉華繼續用漢話，以平淡的口吻說，那語氣跟他們初次相遇時，她在他身後說的話語一樣陌生、冰冷，帶著譏刺。

「她到底在說什麼？」法蒂瑪氣急敗壞的問道。三個人的身後，瑪格麗一翻身，發出牛鳴般的鼾聲。

「葉華……」宋慕伸手過去，葉華用力的把他的手推開，他不禁一陣怒氣上湧，「夠了！妳到底是哪裡不對勁，妳知道我是多麼千辛萬苦才到耶路撒冷來的嗎？妳只撂下一句可以混進商旅到麥加，妳以爲我就這麼輕鬆的到了麥加，又可以像先知穆罕默德一樣從麥加騎著天馬直接飛來這裡嗎？」

葉華嚇住了，冰封的臉龐似乎瞬間融化，法蒂瑪也噤了聲，連瑪格麗的鼾聲都似乎停了下來。

然後葉華微微低頭，說：「……我不知道。」

有一瞬間宋慕突然覺得葉華十分可愛，但是正當他這麼想的時候，法蒂瑪小小聲的說：「眞過分。」

宋慕和葉華這才回頭看向她，女孩往兩人各望了一眼，然後說：「你們不想讓我聽懂的話，我也不屑聽。」然後就轉頭大步走向葉華的僕人床，宋慕一把拉住她。

「葉華，」宋慕接下來用天方話說，「跟法蒂瑪道歉，要不是她，我根本到不了耶路撒冷，也找不到妳。」

葉華扭捏了一下，先是別過頭去，然後才低下頭，小小聲的說：「法蒂瑪，對不起。」

「好了！」法蒂瑪甩開宋慕的手，「我一個小女孩孤零零的，你們不要拋棄我，我就感謝眞主在上了。還有，叫我麥子就好，有人在後頭追著跑的時候，最好養成好習慣，更何況朝聖團永遠有一群馬穆魯克士兵跟著，」她看了看兩個人，然後略歪了歪脖子，仰著下巴說，「可別像有人引來一批錦衣衛剛好去抓人，又有人把人帶到駱駝市場去給錦衣衛抓。好啦！你們不是要找你們的絲國皇帝嗎？現在要上哪找，有消息嗎？」

葉華「嗯」了一聲低下頭。葉華對阿丹駱駝集市所發生的事一定非常自責，但是法蒂瑪就這樣說了出來，宋慕一時也不知該如何回應。

還是法蒂瑪打破了沈默，她說：「破布，你愣在那邊幹嘛？快問啊。」

「破布？」葉華疑惑道。

「對，我都管他叫破布，因爲他是絲國鄉巴佬，所以不是絲，是破布。」法蒂瑪說。

葉華噗嗤一聲笑了出來，「破布？」她又重複了一次，然後笑個不停，這讓宋慕看傻了，她笑起來的樣子和平常是完全不同的風情。

「我們是同伴，最好彼此信任，如果彼此不能信任的話，三個人都會陷入危險。」法蒂瑪口氣十分嚴峻的說，這讓宋慕微微訝異，感覺就好像法蒂瑪和葉華互換了似的。

葉華也停住了笑，她臉上又恢復沒有任何表情的樣子，然後說：「妳說得沒錯。」她微微嘆了一口氣，似乎也覺得法蒂瑪所說的話原本是該由她來說，「我來到耶路撒冷之後，向城內各處猶太聚會所和猶太商旅處打聽，並沒有找到皇上和那五位猶太人，不過，一個月後，我打聽到他們的消息：他們是來自威尼斯的猶太人，可能已經返回威尼斯了。」

葉華看了看床上的瑪格麗，接著說：「這段時間，我身上雖然有盤纏，不過還是得找工作機會，我的外貌，只能到基督教會或是朝聖團碰碰運氣。瑪格麗她從英國來，自稱能和天主直接對話，又常常說感受到了天主的神恩而大哭起來，結果，同團的人都很厭惡她，還把她視爲異端，怕她原本的女僕會被她誤導而信奉異端，把她的女僕也趕走，於是她只好在耶路撒冷找新的女僕，那就是我。」

宋慕聽了微笑了笑，「跟麥子說得一模一樣，」葉華轉頭有點詫異的看著宋慕，但沒有作聲，宋慕沒有察覺到，繼續道，「不過也眞是巧合。」

「這不是巧合，」法蒂瑪打斷他，「我爲什麼叫你去背那個老太婆？一般朝聖者要不自己帶女僕，要不就用不起女僕，我看她的個性十分古怪，又出手闊綽，這樣的人才有可能把女僕弄跑了，然後再請一個，也就是說，葉華很可能就是在幫她工作。」

「原來是這樣啊！」宋慕恍然大悟貌，然後得意的向葉華用漢語說：「瞧瞧，她簡直是女諸葛。」

「你在說什麼？」法蒂瑪兩道劍眉豎了起來。

「我說，妳跟妳的祖先撒拉丁真是一樣的睿智。」宋慕說。

「他說的是眞的嗎？葉華？」

葉華只「嗯」了一聲。法蒂瑪察覺到她臉上表情看起來更暗淡了些，於是低下頭，往後退了一步。

「有她跟著，要找到皇上一定事半功倍。」宋慕笑著說。

「是啊，」葉華笑了一下，笑容中帶著點勉強，她接著說，「瑪格麗在耶路撒冷行程已經是最後一天，明天她就會出城，循原路回英格蘭，也就是說，她會前往雅法，然後搭船到威尼斯。我們可以和她同船到威尼斯。」

「嗯，」宋慕說，「那到了威尼斯以後，該怎麼辦呢？」

葉華搖了搖頭，說：「我對威尼斯也一無所知，只能到時看著辦了。不早了，明天還得趕路，我們都先睡吧！」

法蒂瑪也點了點頭，不過當她看到女僕床只有一張，還十分狹窄，不禁面露遲疑，她抿著嘴沒有說話。倒是宋慕看了看，心想讓葉華睡舒適點，於是說：「葉華，妳睡床吧，妳睡慣了，我們一路都是露營過來，我和麥子打地鋪就好。」

葉華「噢」了一聲，法蒂瑪也「噢」了一聲，兩個人都沒說什麼，就這樣照著宋慕的安排就寢。

瑪格麗的鼾聲讓宋慕和法蒂瑪都睡不大著，當葉華睡了之後，法蒂瑪靠過來，小小聲的說：「破布，我好冷喔！」

「活該，」宋慕捏了她的鼻子一把，「誰叫妳把毯子都賣掉了，」然後看著她身上單薄的衣物，一副可憐兮兮的樣子，只好說，「眞拿妳沒辦法，諾，靠過來取暖。」

法蒂瑪靠了過來抱著宋慕，過了不久，她突然說了一句：「十字軍敗給了撒拉丁，所以庫德人不會輸的……」

「什麼？」宋慕問，但是女孩沒有任何反應。

那只是一句夢話。

＊　＊　＊

天邊才剛露出最初幾道晨曦，瑪格麗又好像疲倦全消似的爬了起來，她嚷嚷著在最後一天，要再到髑髏山上去，做最後一趟留念。雖然她講話的樣子十分堅定，但是一出了城，她又要宋慕背她上山了。這座山又叫作橄欖山，但是山上一株橄欖也沒有，法蒂瑪解釋道：那是因爲古遠以前，統治歐羅巴的「羅馬帝國」攻打耶路撒冷的時候，爲了製作攻城器具，把樹給砍光了，從此以後山上就樹木稀少，遍布礫石。沿途到處都是墓地和亂葬崗，讓宋慕心裡老大不舒服，然而，當他放下瑪格麗，回頭一望，一道耀眼的金光直射入眼簾。

整個耶路撒冷都還沈浸在晨間的霧氣之中，大大小小的建築隨著地勢高低起伏，無數的叫拜塔像一根根孤木似的聳立其中，有些已經傾頹，遠望有如方形堡壘一般的聖墓教堂矗立於地勢高高隆起之處，而那道金光，卻是來自於城面對著這座山的這一面，那是一個立在寬闊廣場中間的金色圓頂！晨光從東方照射，正反射在那圓頂之上。

瑪格麗又大聲哭泣了起來，她哭坐在地，不可自拔，她說她感受到了髑髏山的神聖。而宋慕卻是爲那個金色圓頂而目眩，他問法蒂瑪那是什麼。

「那是艾克撒拉淸眞寺的聖石圓頂，」法蒂瑪說，「裡頭有『信心聖石』，是傳說中先知

10550

台北市南京東路四段25號11樓

大塊文化出版股份有限公司　收

廣告回信
台灣北區郵政管理局登記證
北台字第10227號

地址：　　市　鄉／鎮　　路　段　巷　弄　號　樓

縣　市／區　　街

（請寫郵遞區號）

大塊 LOCUS 文化

讀者服務卡

謝謝您購買本書！

如果您願意收到大塊最新書訊及特惠電子報：

- 請直接上大塊網站 **locus**publishing.com 加入會員，免去郵寄的麻煩！
- 如果您不方便上網，請填寫下表，亦可不定期收到大塊書訊及特價優惠！
  請郵寄或傳真 +886-2-2545-3927。
- 如果您已是大塊會員，除了變更會員資料外，即不需回函。
- 讀者服務專線：0800-322220；email: locus@locuspublishing.com

姓名：________________ **性別**：□男　□女

出生日期：____年____月____日　**聯絡電話**：________________

E-mail：________________

您所購買的書名：________________

從何處得知本書：1.□書店 2.□網路 3.□大塊電子報 4.□報紙 5.□雜誌
6.□電視 7.□他人推薦 8.□廣播 9.□其他

您對本書的評價：
(請填代號 1.非常滿意 2.滿意 3.普通 4.不滿意 5.非常不滿意)
書名____ 內容____ 封面設計____ 版面編排____ 紙張質感____

對我們的建議：________________

亞伯拉罕要犧牲以撒向上帝獻祭的地方。先知穆罕默德死後，就是騎著天馬一路從麥加飛奔到此升天。」

宋慕點點頭，他又得背瑪格麗下山了，朝聖團很快就要出發前往雅法。

＊　＊　＊

雅法港口雖然有著與阿丹一樣的熱鬧，卻十分零亂，所有的外地商人都被限制在一整排貨棧碼頭以及少數特許街道上，碼頭上擠滿了各種貨品、形形色色的商人，要前往耶路撒冷的、要從耶路撒冷回程的旅人，全在碼頭上團團轉。瑪格麗一行人也被堵在碼頭上，等著穿過這一片混亂上船，身後還是跟著那一大隊士兵。

法蒂瑪指著一處山丘說：「雅法城原本是蓋在那的，十字軍戰爭以後，馬穆魯克人怕十字軍又反覆來奪取，把它夷爲平地，後來因爲跟威尼斯貿易有利可圖，港口又建了起來。」

但是宋慕沒有心情聽這些，他一看到滿港口的船，就不禁吞了吞口水。

葉華看到宋慕臉色發白，露出關心的神色，但是法蒂瑪先開了口：「破布，你怕你又會暈船嗎？」

宋慕點了點頭。

「你會暈船？」葉華問道，「你從來沒告訴過我……」

「啊！」宋慕別過臉說，「別提了。」

葉華一語不發，望向海上，但是宋慕沒有察覺到她的沈默，只望著海面上一艘艘的船發怔。

「放心，」法蒂瑪說，「你不會暈駱駝，所以，我看你只會暈大船，不會暈小船，沒問題的。」

「希望如此。」宋慕轉頭，看了看身旁那群交頭接耳聊著天的埃及奴隸軍士兵，「他們爲什麼老跟著我們？」

「噢，你眞是個鄉巴佬，」法蒂瑪搖頭說，「這裡畢竟是穆斯林的地盤，雖然允許基督徒前來朝聖，但是也怕他們又搞起十字軍來，所以，一年只允許一團而已，還規定全程都要重兵戒備……當然士兵們知道這些朝聖客根本不會怎樣，所以都皮了，只是在場虛應故事而已。」

「原來是這樣啊。」宋慕有點驚訝。

「就是這樣，」法蒂瑪看了一眼葉華，她正往海邊看，「所以你以爲葉華爲什麼會生氣？要是我們再晚一天到耶路撒冷的話，她就眞的得自己一個人隨朝聖團到威尼斯啦。」

「啊？」宋慕頓時可以體會葉華一個人在耶路撒冷的焦急，對前一天自己向她大吼，不禁有點後悔。

碼頭空了些，朝聖團擠了進去，那是一艘兩桅上懸著三角帆，兩側列滿了船槳的中等船隻，宋慕覺得光只是看著船，頭就似乎微微的暈了起來。

＊　＊　＊

威尼斯的帆槳船若是和寶船相比，眞是小之又小，槳手、貨物擠滿了船上的艙間、甲板，人們摩肩接踵的擠在一起。在船上幾天之後，宋慕很快察覺到那些帶隊的修士們，所說的語言和瑪格麗說的英格蘭話是不同的。

他的暈船症完全沒有因爲船隻較小而減輕。法蒂瑪要他整天盡量睡覺，這讓他稍微好了些，但是，瑪格麗原本就受到朝聖團排擠，宋慕又看似生病，這下子朝聖團的成員們就更有理由把他們全趕到船的角落去，隔絕了起來。

一開始瑪格麗還只是獨自禱告，但隨著日子過去，她就越來越不滿，最後整天在又溼又悶的小艙間裡頭不停的嘟囔著，這讓躺在小吊床上的宋慕覺得頭更痛了，他閉起眼睛，眼前浮現的是沙漠的曠野，一盆小火，一頂小帳，他躺在帳外看著天上的星星，而「毯子」在帳內呼呼大睡。一個小女孩根本禁不起長途跋涉，但是她卻十分逞強。

然後宋慕想起在天寬地闊之中，麥子被一隻蠍子嚇得撲到他身上，蠍子很快就讓宋慕給一腳踩死了，然後麥子用力推開宋慕猛咳，大叫說：「你怎麼這麼臭啊！」

兩個人在沙漠裡都只能勉強用沙子洗洗身體，宋慕是汗臭滿身，麥子卻是身上越來越散發出濃郁的香氣，或許不該叫她麥子，該叫她鬱金香才對，她說過土耳其有一種花叫鬱金香，是他們的國寶，從這一點看，或許她想嫁去土耳其的決定也不算是太唐突。

宋慕笑了起來，然後身旁傳來淡淡的幽香，讓他睜眼轉過頭去，「麥子？」

但是那是葉華，她的臉色十分蒼白，而且更沈了些，她說：「那個小回回自從我們被趕來這裡以後就不見人影了，你很想念她嗎？」

宋慕怔怔的看著葉華，她還是一樣的又像雲、又像霧、又像雪、又像霜、又像海、又像雨，讓人迷惘，雖然自耶路撒冷以來，和她相處的時間多了，還是一樣摸不著、看不清，這段時間以來，感覺和她在阿丹的時候又有所不同了，不像初見面時淡淡的冷、微微的溫，情緒變動多了些，時常看到她莫名的蹙著眉頭，也時常吐出冰冷的譏刺，但是宋慕不曉得是什麼原因，也無法猜透她的心思。

「你看我幹什麼，我長得不像庫德公主。」

「啊，沒有。」宋慕一時不知該說什麼，他很想咬自己的舌頭，爲什麼跟法蒂瑪在一起的時候，就可以跟著胡言亂語，和葉華就一句話也說不出來呢？他苦苦思索，最後只想出一句話，「這陣子都是妳在照顧我。」

「嗯。」葉華偏過頭，幽幽的說，「但是有什麼用呢？你比較喜歡和小回回打打鬧鬧，說心裡話。」

「啊？」

「沒什麼。」

「沒什麼？」

「嗯。」

宋慕實在猜不透葉華在想什麼，他曾經覺得馬歡老謀深算，法蒂瑪詭計多端，不過他們都不像葉華這樣難以理解，或許她才是最高深莫測的？當他這樣想的時候，葉華站起身來，背對著他說：「你暈船的事，我就不知道。」

宋慕臉紅了起來，「這麼丟臉的事，我哪敢跟妳說……」

「她知道。」

「喔，是啊，那是因爲麥子老是說『同伴之間不可以有祕密』之類的，聽多了好像也還滿有道理的。」宋慕笑了，「妳說是不……嗯？」

葉華靠在艙間的木頭隔間上，面容落寞，「我只丟了一句話就要你到耶路撒冷來，所以我不是你的同伴吧。」

「妳當然是我的同伴，」宋慕連忙說，「我讓妳一個人在耶路撒冷等待，音信全無的，妳一定很焦急吧！我還對妳那麼凶，眞是很對不起妳。」

「所以我只是同伴吧。」

「啊？」宋慕困惑的看著葉華。

「沒什麼，」葉華微微笑了笑，笑容有些勉強，「同伴間不要有祕密，對吧？宋慕，你是怎麼要來找皇上的呢？」

「噢，」宋慕想說些什麼打破彼此間的尷尬，但一時也不知該說什麼好，只好先回答葉華的問題，「因爲我父親。」

「宋參軍？」

「嗯。」接著，宋慕把他從日本到大明以來的經歷，簡略說了一遍，「那妳呢？還有，妳怎麼會認識我父親？」

「我其實不認識你父親，你父親的事，我都是從馬公公那邊聽說的，」葉華坐到床邊，遞給宋慕一杯水。「謝謝。」宋慕說，然後葉華轉述了當年南京城破的時候，宋參軍如何救出建文帝一行人的故事。

「原來我父親幹過這樣轟轟烈烈的事，」宋慕嘆道，「連我自己都不曉得……但是，妳不是英格蘭人嗎？又怎麼會到南洋去遇上皇上他們呢？」

「我並沒有到南洋去，我是在阿丹遇見他們的，」葉華說，「當年，我本來和親生父母親一起，從英格蘭搭船往地中海航行，我不曉得當時是要去哪裡，或許是要去威尼斯，也可能是熱那亞，只記得途中碰上風暴，船沈了，我和母親飄流海上，被埃及的回回商船救起，上岸後當作奴隸，輾轉賣到阿丹。爹看我們母女倆可憐，就爲我們贖身，和我母親結婚。」

「喔。」宋慕聽了葉華的遭遇，也不曉得該如何回應。

「我母親之後不久就去世了，」葉華低著頭說，「爹很懷念中土，每天借酒澆愁，所以，都是馬公公一手撫養我長大。」

宋慕應了聲，兩人又陷入了沈默，倒是瑪格麗的禱告聲聽得十分清楚，宋慕直愣愣的瞧著葉華，葉華臉上冰霜似乎退了些，然後偏過頭去。

突來的敲門聲打斷了瑪格麗的禱告，她站了起來說了一大串話。

「我來應門。」葉華說，她正要走過去，門外的人大聲說，「不用開門。」那高昂的話語正是法蒂瑪的聲音。

「朝聖團起了傳染病，你們被隔絕剛好躲過一劫，除了你們以外，所有人都病倒了，千萬不要讓宋慕接觸到病人。」

「妳說什麼傳染病，法蒂瑪？」葉華對門外叫道，但是門外已經沒有聲音了。

瑪格麗問了問，葉華轉述法蒂瑪的話，她立刻又跪禱在地，拚命祈禱，而葉華面露憂色的照顧著宋慕，瑪格麗一下子哭倒在地，一下子又坐了起來祈禱。她突然走了過來，和葉華說了一大段話，然後才離開。

「她說什麼？」宋慕問。

葉華笑了，「她要我別擔心你，因爲天主不斷的告訴她：『女兒，別怕，沒有人會在妳搭乘的船上死亡。』」

「那麼希望她眞的是能通靈，你們的上帝也眞的靈驗，而不是只是普通的瘋老太婆，發生了幻聽。」宋慕道。

* * *

瑪格麗的瘋話竟然眞的應驗了，朝聖團的成員們都安然無恙，而宋慕也好了起來，當帆槳船即將到達威尼斯時，他已經有力氣走到甲板上。

帆飽漲著，船長大聲吆喝，水手們扯著索具，划槳手齊一的划起兩排槳，前、後、前、後。甲板傾斜向一邊，浪拍了過來，打得宋慕嘴裡嘗到了一點泡沫的苦味。然後船首緩緩轉向，前頭一成片的海岸中，有一條水道，帆槳船正往那個方向而去，前後左右的船隻越來越多、越來越密，從水道駛出無數艘帆槳船迎面而來，每當接近時，兩方的船長就會彼此吆喝一番，就這樣經過不曉得幾艘船之後，海面由灰藍轉爲灰綠，船駛進水道之中。

宋慕這才發現方才的海岸只是一列長條形的半島，一進了水道，眼前是一片開闊的大湖海，海中散布著大小「島」，上頭都擠滿了建築物，船繞行最大的那個「島」，宋慕這才發現那並不是一個島嶼，而是一群群的建築物就立在海中，中間隔成了寬寬窄窄有如蛛網般的水道，水道上有一座座大大小小的橋梁，宋慕看到水道之中有無數小船，撐著竿前進，聯想起了江南風光。

那些建築物大都有如聖墓教堂般，方方正正，有著拱頂窗，略顯古樸，但是有無數處建築物正拆除重建成更華美的形式。船繞過了一處看似大教堂的建築物，很奇異的是，有大部分的外觀是雕刻極爲華麗的大理石，但卻隱有一小部分露出質樸的磚造部分，這教堂旁有一座高聳的大鐘樓。

宋慕又看到一處大型船塢，似乎是一座巨大的造船廠，數以千計的工人在裡頭忙進忙出，數不清的船隻正在裡頭組裝，有的則正在上漆。整個「島」上還有更多小型的船塢和碼頭，而帆槳船正駛向其中一個碼頭。

「破布！」好一陣子不見蹤影的法蒂瑪不知何時到了後頭，「你不暈船啦？」

「現在倒出現了，」葉華說，「好個見風轉舵的小回回。」

「照顧病人這種事，交給女僕就好了，」法蒂瑪說，「難道妳沒想到有什麼更重要的事嗎？」

「什麼更重要的事？」

法蒂瑪沒有說什麼，只「嘿」了一聲。帆槳船慢慢減速，列著隊，等待前頭的其他船魚貫入港。威尼斯的碼頭比雅法的更繁忙，也更混亂，而這個潟湖中的城市似乎四面八方都是碼頭，隨時都有船隻啓航和靠泊。一行人所搭乘的帆槳船等了好一陣子，才終於靠岸。一上岸，瑪格麗就與朝聖團的人爭執起來，她怒氣沖沖的跑回來，和葉華抱怨連連。

「她說什麼？」宋慕打斷了她們問道。

「她說朝聖團的人排擠她，說再也不願意和她同行了，不過她才不怕，因爲主已經和她保證過，只要她一如往常的身穿白衣，祂就會供應她一切所需，讓她安全的抵達羅馬與英格蘭，不受到玷汙。」

「羅馬與英格蘭？」宋慕遲疑道，「難道她要我們跟著去嗎？」

「正是如此，」葉華苦笑道，「我正要和她說明我們不能跟著去。」

她和瑪格麗又說了許久，瑪格麗掏出了許多錢幣，葉華猛搖手，最後瑪格麗大聲說了幾句話，然後氣呼呼的走了。

「怎麼了？」宋慕問。

「她要加錢給我們，我說眞的不行，就算給我們一百英鎊，我們也沒辦法跟她同行啊！」葉華說，「畢竟我們得留在此地尋找皇上。」

「呀！眞好，」法蒂瑪插嘴，「這下可成功的把她趕走了，妳眞行，葉華。不過妳聽得懂那些修士們說的話嗎？他們說的應該是義大利話，瑪格麗會一點點義大利話，所以能和修士們溝通，在這威尼斯國，瑪格麗也大概不成問題。葉華妳會義大利話嗎？我想妳不會，妳會的是英格蘭話，瑪格麗又要回英格蘭國去，那麼我們該如何尋找建文帝？別說找人了，連吃住可能都是問題。」

葉華一開始似乎生起氣來了，但是聽到後頭，她的頭就垂了下去，然後沈默了一陣子，低聲說：「……我不會。」

宋慕一時頭昏腦脹，等他想清楚事情的嚴重性，他連忙問法蒂瑪：「那妳會義大利話嗎？」

「我當然不會。」女孩說。

「那可不行，」宋慕急道，「我們得去把瑪格麗追回來。」瑪格麗還沒走遠，正在廣場附近，和一個駝背老頭說話。

「別追了，」葉華說，「她要往羅馬去，不可能和我們一起留在威尼斯的，追了也沒用啊。」

「可是……」

「天無絕人之路，總會有辦法的。」葉華說。

宋慕正躊躇間，遠遠的看見瑪格麗給了那個老頭兩枚金幣，那老頭推託了一下，還是接受了，又剛好來了兩名灰衣修士與一名婦人，瑪格麗和他們攀談了一番，四人便同行往城外的方向而去。宋慕心底沒了主意，不曉得該如何是好，正當他焦急的望著瑪格麗遠去的背影，有一名沒見過的灰衣修士走近他們，他打量了三個人的打扮老半天，才斷斷續續的用天方話問他們：「瑪格麗……你們……嗎？」

宋慕回答他：「你要找瑪格麗嗎？眞抱歉，她已經離開了。」

法蒂瑪卻把宋慕往後一推，然後不是很流利的說出了一大串聽不懂的話。

那名修士聽了她的話以後，面露喜色，然後又說了一大串聽不懂的話，偶爾法蒂瑪不知該如何說的時候，就會夾雜天方話，宋慕看他們兩人有說有笑，不禁看傻了眼，然後終於忍不住打斷她。

「法蒂瑪，」宋慕問，「你們在說什麼？他是誰？你們說的是什麼話啊？」

那名修士聽完宋慕的話就問了問法蒂瑪，然後法蒂瑪用天方話跟怪話夾雜著跟他說，看樣子是轉述宋慕的問題。

修士聽了笑著說了許多話，然後，法蒂瑪回頭說：

「他叫『本衲定諾』修士，是聖方濟會的修士，他說你們可能會奇怪他沒有姓氏，所以他多解釋了一下，他說他本來叫『本衲定諾・奧必知悉』⑲，不過當成爲修士之後，就會放棄俗世的姓，所以叫他『本衲定諾』即可。他不是要來找瑪格麗的，他是聽同船的修士說，瑪格麗帶了『撒拉遜人』回來，他很想認識這些『撒拉遜人』——也就是我們啦——所以問我們是不是和瑪格麗一起回來的那些人。」

然後，小女孩對宋慕笑了笑，「我們說的是拉丁話，」又看了看葉華，「就是我在船上一路都在學的話。」

---

⑲本衲定諾・奧必知悉（Bernardino Albizeschi）：聖方濟會教士，一四〇四年起於北義大利巡遊傳道，曾在席耶那為妓女驅魔，因而成名，日後受教廷封聖。

第十一章　方濟會灰衣修士

「怎麼了？難道修士不能去找猶太人嗎？」法蒂瑪質問道。

本衲定諾一聽到法蒂瑪想請他帶他們去找猶太人，就連連搖頭，他聽到了這句質問，頭還是不停的搖，「當然不是不能，實在是猶太人……哎！」

「猶太人有什麼不好？因爲他們不信教嗎？」法蒂瑪說，「我們也是異教徒，你就來找我們。」

「這是因爲猶太人專放高利貸，做賤買貴賣的黑心生意。想當初十字軍，志士們傾家蕩產，以籌軍費，猶太人卻乘機貸放高利貸，日後志士們無力還款，就侵占他們的財產，」本衲定諾說，「天主是禁止高利貸的。於是許多善人們就質疑：如果在我們的家鄉就有天主的敵人，那麼何必遠赴異地和天主的敵人戰鬥呢？」

「話不能這麼說吧！」法蒂瑪瞪著眼睛說，「是你們不做高利貸，所以只好猶太人來做，怎麼能怪他們？再說，你們那些十字軍，專門燒殺擄掠，也不是什麼好東西。」

「嗯，」修士聽了女孩的反駁，一時回應不了，只好說，「姑娘說的，也不是沒有道理。」

「而且說到賤買貴賣，你們威尼斯人不是最擅長了嗎？還敢怪猶太人？」

「唉，姑娘妳眞是明理，這威尼斯驕奢淫逸，的確是腐敗的根源啊！威尼斯人不耕地、不播種、不採摘葡萄，別說耕種了，威尼斯根本連地都沒有，它是一座建在海上的城市，用木梁木棍在淤泥上撐架起來的，別奢求有半塊葡萄園和耕地了，所有的居民都不事生產，生活的一切都經由那可恥的貿易取得，啊！我寧願赤著腳，在純樸清新的鄉野間漫遊，也不願意在這威尼斯多待上一時片刻啊！」

「啊？」法蒂瑪愣了愣，「那其他的城市也是這樣嗎？」

「別說威尼斯，全義大利都如此，哎！」本衲定諾長嘆了一口氣，然後吟道：「哦，義大利，你比其他地方都還要汙穢不堪！去問那些日耳曼人吧，聽聽他們是怎麼稱讚義大利人的！他們說義大利人是全世界最愛肛交的人！」

一旁的宋慕聽不懂兩人在談論什麼，插嘴道：「麥子，我們至少得在這威尼斯待上幾天，可是我們沒錢住店，妳說該怎麼辦？」

法蒂瑪笑了起來，然後說：「喔！你這鄉巴佬終於想起錢啦？別擔心，我有的是錢。」

「妳哪來的錢？」宋慕奇道。

「我的嫁妝，」法蒂瑪說，「還有賣駱駝的所得，你瞧！」她先從內袋拿出了一袋寶石，然後解開外套，腰上綁滿了一大包一大包的物事，她解開其中一個，裡頭都是胡椒。

「這不是胡椒嗎？」

「不是，」法蒂瑪說，「在東方，它只是胡椒，在這邊，它跟錢一樣好用。」說完就轉頭向修士說，「你剛說到日耳曼，日耳曼貨棧在哪？」

「喔，就那對面。妳要去那邊做什麼？」

「如你所見，賣胡椒啊！我知道日耳曼人都被限制在日耳曼貨棧，被迫高價買貨，去跟他們做筆小生意，他們一定很高興。」

「這可不成，我們修士豈可……」

「囉唆！」法蒂瑪把本衲定諾直往前拖去，宋慕跟葉華看得直愣愣的，不曉得發生了什麼事。

當他們回來之後，本衲定諾嘆口氣道：「唉！上帝給人一張嘴巴和兩隻耳朵，就是要你多聽少說。今日我就是說得太多了，才遭此劫難，慎之，慎之。」

「你說我是劫難？」

「不是的，姑娘，聖方濟會的會規第八條明言：勿接受金錢。我們弟兄們無論如何不得親自或通過他人接受或乞求金錢；也不得和乞求金錢的人同行。對於金錢，我們弟兄們總是十分小心，更別說去參與買賣，牽涉到可恥的利潤了，啊……」

「那難道你們都不用生活嗎？」法蒂瑪追問道。

「我們會從事服務和工作啊，會工作的弟兄要按自己熟悉的手藝工作，只要不妨礙救靈的大事，並能誠實無欺地工作即可。因爲《詩篇》第一百二十七章第二節說：『你若吃你手賺來的，你便有福，且事事順遂。』《彼得後書》第十章第三節也說：『誰若不願工作，就不應吃飯。』每人工作的代價可能是一切必需品，但金錢除外。」

「這樣的話，你就當作在爲我工作就好了嘛！你擔任通譯的工作，代價是我供應你的食宿，這不妨礙你救靈的大事吧？」

「啊？嗯，」本衲定諾想了想，「姑娘說的倒也有理。」

「怎麼樣？」宋慕問，「他答應要帶我們去找人了嗎？」

「別急，跟我們走吧！」法蒂瑪信心滿滿的微笑著說。

宋慕看著本衲定諾心不甘情不願的領路，心想：麥子到底是怎麼說服他的？他和葉華一起跟在他們身後，穿過水道和街道，有的城區有著高聳、方正的建築物，法蒂瑪轉述說那些叫「羅馬斯克」，一路上四處都在施工，街道鋪上了石板，木橋改建成石橋，有船在清除水道內的汙泥，但是也有的街區是混著磚造和木造低矮建築物，有著古老的夯土街道，又臭又髒，無論如何整個城市似乎正經歷翻天覆地的大改造，尤其是大運河沿岸，許多建築物都被夷平了，正蓋起更華麗樣式的別墅。

「這是怎麼回事？」宋慕好奇道。

法蒂瑪問了修士之後，轉述道：「他說三十四年前，威尼斯跟熱那亞打了一場大仗，得了勝利，奪下了整個地中海地區的主導權，之後財富累積的速度倍增，所以到處都在大興土木，蓋一些豪宅和公共設施。」

當他們走過一個小廣場，有個人正在對一小群群眾演說，法蒂瑪停下來聽了一陣子，然後問本衲定諾他在說什麼。

「喔，他在轉述總督的演說，老總督說：不要讓好戰的人上台，如果打起仗來，有一萬金杜加收入的就會只剩一千，有十棟房子的會只剩一棟，有十件衣服的會只剩一件，但是如果維持和平的話，不用靠武力，就可以讓基督徒的黃金都歸你們所有。」

「你一定反對這種說法吧，」法蒂瑪笑道，「你這個反對賺錢的修士。」

「我支持這種說法喔，」修士說，「和平是最大的利益！沒有比和平更寶貴、更值得交換的！相對的，最無利可圖的就是戰爭！」

法蒂瑪「喔」了一聲，然後又繼續在威尼斯裡頭繞，他們走到一處岸邊，看到海的對面有一片島嶼。

「我們是不是也該過去那邊看看？」女孩問。

「如果你們想找的是猶太人，那就不用，」修士笑道，「那是慕拉諾島，島上都是玻璃工廠，以前，威尼斯還都是木造建築的時候，為了怕失火，所以把玻璃工廠都遷到那個島上去。」

宋慕和葉華則是一頭霧水的看著兩人交談，在城市內各處走了一整天，最後才到一家客店歇息，宋慕問：「怎樣？有問到建文帝的消息嗎？」

法蒂瑪搖搖頭：「大部分的猶太人都不大願意和我們透露弟兄的事，有幾個證實他們是威尼斯的猶太人，但是說他們已經又外出經商去了，也沒有人有看到他們身邊帶著外地人。」

「喔。」

「我說我是不是學錯話了，因為要跟猶太人打交道，搞不好應該學猶太話才對，不過本衲定諾說：猶太話也是有很多種，光是歐羅巴就分北意第緒話，和南意第緒話，其中小方言也是天差地別，有的根本無法互通，所以我學拉丁話還是對的，」法蒂瑪苦笑了一下，「他還補充說，拉丁話是最適合讚頌天主的語言之一。」

「噗。」宋慕笑了出來，「妳跟他打了一整天交道，真是難為妳了。」

法蒂瑪卻往後瞧，宋慕跟著她的眼光看過去，只見葉華正落寞的鋪著床。

「那我們接下來該怎麼辦？」宋慕問。

「本衲定諾說，他原本就要在各城市間巡迴，為鄉民們服務，」法蒂瑪看了看正在禱告的修士，「我想我們可以跟著他，到各處去打探，或許會有那些猶太人或絲國皇帝的消息。」

「也只能這樣了。」

連續幾天，本衲定諾都在鄉野間穿梭，離開威尼斯越遠，市鎮就越少，也越樸實，而修士看起來也越開心，他赤著的腳連日來走在土壤上、泥巴裡，早成了一雙土腳，他也不以為意，每到一處鄉鎮，他就會講道，祈福，為鎮民們處理婚喪喜慶、為小孩命名、受洗，傾聽他們的告解。鎮民或村民們會給予他回禮，如果是金錢，他一概婉謝，但禮物則會收下，之後到下一個村子時，布施給其中的窮人，所以他經常是兩袖清風。

「修士，您不就是席耶那的本衲定諾修士嗎？」在土埂路上，迎面而來的一小隊旅人喊住他。

「是的，小兄弟就是本衲定諾，請問有什麼指教嗎？」修士說。

「噢！您真的是那位大名鼎鼎的席耶那的本衲定諾！您施展的神蹟我們都聽說了！」旅人興奮了起來，他把馬車內的夥伴和女眷喚醒，所有人都圍上前來和修士聊天、握手。

「這是怎麼回事啊？」法蒂瑪在他們離去後問。

「噢，小事一樁，」本衲定諾說，「年中的時候，我在席耶那為一名妓女驅魔，大概事情傳了出去吧，」修士不以為意的說，「我們修道人只求為人服務，不講求這些虛名……啊！日課的時間又到了。」

「天啊！」法蒂瑪抱怨道，「你們基督教修士怎麼比我們穆斯林還麻煩啊！」

修士不理會她的抱怨，開始誦起經文、禱文和讚詞來，「……我主，願您因萬物而受讚頌，尤其是因太陽哥哥，它使白天出現，以它的光照耀我們。它是美麗的，光輝燦爛，並向我們談及，至高的上主。我主，願您因水妹妹而受讚頌，它很有用、謙虛、寶貴，和純潔……我主，願您因我們的母親大地而受讚頌，她負載我們，滋養我們，出產許多果實及色彩繽紛的花草……請你們歌頌和讚美我的天主，並謙虛地稱謝和事奉祂……」修士直到念完了讚頌詞之後，才起身說，「姑娘，對一個修士來說，每天的日課是必需的。」

「是是，」法蒂瑪說，接著又疑問道，「那你這個虔誠的好修士，爲什麼會想和我們這些異教徒混在一起？」

「姑娘，《馬太福音》第十章第十六節，主說：看，我派遣你們好像羊進入狼群，所以你們要機警如蛇，純樸如鴿。弟兄們如得天主的感召，願意到回教以及教外地區去時，他們可以去，但要有會長的准許。所以能跟教外的人們宣揚天主的眞理，是無上的光榮啊！」修士說，「再說，我也想多得知一點來自阿拉伯的知識。」

「你想知道什麼阿拉伯的知識？」法蒂瑪好奇道。

「譬如說：數學。」

「數學？」

「對，數學，」本衲定諾說，「上帝是可以用數學來證明的，這表示了：信仰是一種理智的行爲，在意志受到天主恩寵的推動下，對天主的眞理表示同意。所以，妳說數學是不是很重要呢？雖然最早提出這個看法的諾斯底派被視爲異端，不過，對這方面的研究，從來沒有停止過。」

「數學怎麼可能證明有沒有上帝，你在說笑嗎？」法蒂瑪嗤之以鼻。

「姑娘，妳這樣就太不敬了。妳得先懂得古猶太人所用的古希伯來文，因爲《舊約聖經》是以古希伯來文寫成的原典，」修士說，「而古希伯來文的字母，也是他們的數字符號，因此，每一個字，都會有一個相應的數字。譬如說上帝『耶和華』，就是十、五、六、五，加起來等於二十六。」

「然後呢？」

「『愛』則是一、五、二、五，加起來等於十三，而『唯一』是一、八、四，加起來也等於十三。十三加十三正是二十六，」修士露出微笑，「所以，妳說，這是不是就證明了：『上帝是慈愛且唯一』的呢？」

「啊？」法蒂瑪嘟起嘴，不知道要怎麼回答。

「還有，姑娘妳應該知道上帝造人的故事吧？」

「這我知道。」

「上帝創造的第一個男人，叫作亞當。亞當的數字是四十五。第一個女人是夏娃，正好這個名字的數字就是十九。四十五減二十六等於十九，上帝的數字既然正是二十六，這不就證明了《創世記》上面寫的：上帝從亞當身上取下肋骨做成了夏娃？」

「不對吧！」法蒂瑪抗議道，「減掉的應該是肋骨才對，肋骨的數字是多少？」

「呃……是九十、三十、七十、六、四百，加起來五百九十六，」修士停頓了一下，「不，妳不能這樣看，妳要曉得這是上帝施行的奇蹟，必須減去的應該是上帝，而不是肋骨。不，不對，這樣講好像又……」

「所以就是說不通嘛！」法蒂瑪高聲說，「眞是的，不過，你說第一個女人是夏娃，這跟葉華的名字聽起來好像啊……」

「喔！沒錯啊，」修士說，「葉華就是夏娃的音轉，她的父母親一定是很虔誠的基督徒。」

「你們在說些什麼啊？」宋慕問道。

「法蒂瑪，妳爲什麼提到我的名字？」葉華則質問道。

「噢，沒有啊，我們在討論數學問題。」接著法蒂瑪就把方才的話都轉述了一遍，「所以葉華妳是基督徒？」

「不用妳管，」葉華冰冷的說，「倒是妳認眞點好嗎？只顧著談天說地，妳到底有沒有在認眞找皇上啊！」

「什麼啊！」法蒂瑪被這話激怒了，「妳以爲妳是誰啊！認眞學拉丁話的是誰，只能在旁邊像擺飾一樣的是誰，妳有什麼資格跟我這樣說話！」

「我當然有資格，我和宋慕是同一個皇上，妳又是誰？有什麼資格？」葉華臉上紅了起來。

「呦！」法蒂瑪抬高了下巴說，「我可是看過宋慕全身，每一寸都看過了，連那話兒也是。」

葉華先是僵住了，然後轉頭，用漢話向宋慕說：「她說的是眞的嗎？」

「啊？」宋慕先是滿臉通紅，被漢話一問，也用漢話答，「是有這件事，不過跟妳想像的不一樣，那是在我洗澡的時候，她拿著刀闖進來。」

「所以是眞的囉？」葉華問。

「是眞的。」

「那你呢？」葉華追問道，「你有沒有看過她的身體？」

「啊……這，」宋慕臉紅到了脖子根，他只好承認，「我也看過，那是在沙漠裡……」

法蒂瑪突然打斷他：「你們在說什麼？」

宋慕這才連忙用天方話說：「我們沒有在說什麼。」

葉華又用漢話問：「你看過她身體？」

「你們爲什麼要故意用絲國話讓我聽不懂？別以爲我不曉得那是絲國話！」法蒂瑪脹紅著臉說。

「對啊？葉華，妳爲什麼要……」

「我就是要讓她聽不懂。」葉華唐突的說。

「過分！」法蒂瑪急得哭了，「妳以爲我喜歡在船上辛苦的學拉丁話，跟這糟老頭子纏著聊，好讓你們兩個在後頭獨處嗎？」

「麥子……」宋慕拉住她的手，但是女孩甩脫了他，然後回過頭來，給了他清脆的一個巴掌，宋慕只覺臉頰一陣火熱，女孩已經頭也不回的跑遠了。宋慕想追上去，但他回頭看到葉華眼裡也帶著一點淚光，躊躇了起來。

修士講了一串話，好像是說：讓我來吧。他正打算往法蒂瑪跑走的方向追過去，卻聽到一聲尖叫：「啊！」

「法蒂瑪！」宋慕、修士都往女孩的方向奔去，葉華也跟在後頭，法蒂瑪循著原路飛奔回來，一頭撞在宋慕身上，她後頭傳來兩個義大利男人的喊叫聲，宋慕連忙把她和葉華掩在身後，示意修士照顧她們，然後往前走去。

一個約三十出頭的男子拿著一把鐵劍追了過來，他一頭亂髮，身上穿著皮製護喉和鎖子甲背心，他一看到宋慕，就停下腳步，然後吐出一連串的義大利話。

「修士，他說什麼？」宋慕用天方話問。

「他叫你別想輕舉妄動。」法蒂瑪轉述修士的話道。

「他們要什麼？」

修士沒有轉述，而是說了一長串話，法蒂瑪說：「修士說：『我們不要抵抗惡人，有人打我們的臉，把另一邊也轉給他；有人拿走我們的東西，就別再要回來。我們沒帶什麼，如果有需要的話，請向我們索取即可，不要動武傷人。』」

「真是豈有此理。」宋慕正想回話，卻看到第二個人氣喘噓噓的跑過來。他手裡拿著一把上了弦的弩，型式和宋慕在北邊從軍時使用過的足張弩很像，只是前頭多了一個方便施力的踏環，那名男子也約三十幾，微胖，一臉鬍碴，身上沒穿護甲，倒是戴了頂皮盔，他一看到宋慕一行人，就高聲大喊，然後吐出了一連串義大利話，持劍男子聽了以後也突然緊張起來，然後對著宋慕吼了幾句。

「他對同伴說：『修士！他們是跟那些法蘭西人一黨的！』他同伴要你放下武器馬上投降，不然就要我們全部人的命！」法蒂瑪轉述。

宋慕擔心弩手向女孩們射擊，連忙把倭刀解了下來，雙手平持，作勢要把刀交出去。持劍男子講了幾聲，宋慕不需要翻譯也知道對方是要他別耍花樣、慢慢來。他平舉倭刀緩緩前行，當他看起來即將把刀遞給對方的前一刻，趁對方戒心放鬆了些，宋慕立即右手往刀柄一握，連刀帶鞘猛推，重擊持劍男子的下巴，同時倭刀以落雷般的去勢奔騰出鞘，鮮血從男子的右腕噴出，鐵劍打了兩個轉落向一旁。

宋慕的動作絲毫沒有停滯，提著刀往那名弩手急奔，弩手心慌之下朝他扣下扳機，宋慕看準來向一格，「噹」，倭刀發出清脆的聲響，把弩箭格向一旁，弩手眼看宋慕就要來到眼前，來不及再引箭上弦，把箭袋和弩一拋，就沒命的往後跑。

宋慕正要追，後頭傳來女孩的尖叫聲，連忙回頭，只見第三個男子不知何時潛到修士和女孩們附近，猛然竄出，把修士撞倒在地，推倒葉華，擄住法蒂瑪，高叫著一大串義大利話。不需翻譯，宋慕也看得出他在威脅：如果不投降就殺了女孩。修士似乎要和對方解釋宋慕聽不懂義大利話，還一面勸說對方放下武器，但是對方轉頭向他破口大罵，就在這一刻，葉華從地上撿起一塊石頭，往他頭上猛砸，男子一怒之下甩開法蒂瑪，改勒住葉華的頸子，一面向宋慕和修士大叫著些什麼。

他沒料到法蒂瑪撲了上來，手上還多了一把匕首，水鋼在陽光下耀眼的閃了一下，不費吹灰之力就切進男子的護頸和脖子，連法蒂瑪自己都被嚇了一跳，她往後退縮，男子的鮮血立刻從那一長道傷口噴了出來，灑得法蒂瑪半張臉都是，鮮血從她的頭髮上、臉上往下滴，男子痛苦的握住頸子，直到他倒地之後，女孩才「啊！」的尖叫了起來。

葉華看到法蒂瑪腳步顛了一顛，她遲疑了一下，然後馬上趨前扶住她，修士起身，到死者的身邊，爲他祈禱。宋慕趕了過來，只見法蒂瑪的半張臉染著鮮紅，另一半卻蒼白得像紙一樣，顯然是嚇壞了，「沒事了，麥子，別怕，」宋慕安慰她，「沒事了。」

正當他這麼說，遠方連續傳來男子的高叫聲，那是方才的弩手，他喊叫後，緊接著又傳來一大片喊叫聲，接著是刀劍相擊聲、馬嘶聲，和此起彼落的叫喊聲。

「這是怎麼回事？」宋慕訝異道，他看了看地上昏過去的劍士，「難道他們不是普通的強盜嗎？」

「不是！」法蒂瑪還躺在葉華懷裡，發著抖，她又接著說，「普通的強盜不會有這麼好的裝備。」

「嗯？」

女孩用手背把臉上的血擦掉一些，然後繼續說：「他們剛才說了『跟法蘭西人一黨』。他們一定是要在路上伏擊法蘭西國的要人，這三個人只是攔路把風的。」

宋慕點點頭，「那我們快避開吧！」

「不！」法蒂瑪剛擦掉的血又流了下來，看起來有些可怖，「你不是要找皇帝嗎？我們現在這樣漫無目的的找，永遠也找不到，何況誰知道那些猶太人是到哪一國做生意？要是能結交上法蘭西國的要人，請對方幫忙搜尋，那就事半功倍了。」

「不要去，宋慕，」葉華卻說，「太危險了。」

「可是……」

「別去了，我求你，」葉華說，「找不到皇上就算了，真的，別去了。」

法蒂瑪驚訝的轉頭看向葉華，宋慕也是。

他自己也好幾次想過，「就這樣過日子下去吧！」別管遠在天邊、渺茫不可知的皇上了。他可以理解葉華的心情，但是不能理解葉華的決定——不是在此時，在此刻。他看了看法蒂瑪，這個無辜捲入這一切的小女孩，如果是爲了她，或許應該放棄這一切，不過他又看了看葉華……這是他們兩人之間共同的羈絆，他不會就此放棄。他捏了捏手中的倭刀：「我去。」

「宋慕……」葉華苦苦的說，但宋慕打斷她。

「你們在這附近找地方躲起來，我會回來找你們。」

然後宋慕就回頭，他路過昏厥在地的那名男子，轉頭看到葉華正扶著法蒂瑪，和修士一起往草叢裡去，葉華向他看了一眼。這不是婦人之仁的時候，要是留這個男子一命，可能反而會害了葉華和法蒂瑪，他確定兩個女孩沒在看這邊，就一刀捅進對方的心窩。

他又走到弩手丟棄弩和箭的地方，心想也許會派上用場，於是撿起弩，踏住踏環上了一箭，便往喊殺聲而去。

當他走上林木錯落的小緩丘，喊殺聲已經停了下來，下方的道路上，停著一列車隊，有幾輛車已經翻覆，車上釘著幾支箭，車隊旁有一些受傷或死去的人，有人中箭在地上哀嚎，分不清是哪一方的，幾個衣著金碧輝煌、頭上戴著華麗冠冕的人正在祈禱，看樣子他們也是修士，不過他們的衣著和神色都因方才的襲擊顯得十分狼狽。幾個騎在馬上、看樣子是貴族階級的人，正繞著圈子巡視還有沒有漏網之魚，而攻擊方要不是已經倒在地上，就是已經逃之夭夭。

有一位身穿染血長衣的騎士似乎正在發號施令，他頭上戴著頭盔，手上握著一把看起來像是戟，但是戈部卻是一把斧頭的長武器，騎士身上並沒有穿上重甲，或許是突然遭到攻擊，來不及披甲。另一名騎士的穿著更爲華貴，身披錦繡長袍，但他沒有戴上頭盔，兩人帶著一小隊人掃蕩攻擊者的殘黨，往林子邊騎了過來。

宋慕卻看到有一名弩手躲在樹上，正瞄準他們，宋慕衝出林子，對他們大叫：「危險！」又用天方話大叫：「危險！」

但是他們聽不懂漢話，也聽不懂天方話，或是因爲距離太遠聽不清楚。對方以爲宋慕是攻擊者的殘黨，分成兩路包抄了過來，這反而讓那名衣著最華貴的騎士離樹上的弩手更近，宋慕往那名弩手衝了過去，對方一時拿不定主意要射向宋慕還是那名騎士，等他下定決心要瞄準騎士，宋慕已經搶先出手，「颼」的一聲，弩箭直貫穿弩手的頸子，他丟了弩，兩手抓住箭痛苦的掙扎了一會兒，然後從樹上掉了下來。

而那名身穿染血長衣的騎士也同時衝到了宋慕身前，宋慕一時以爲他要用戟刺向自己，結果對方是猛力的把戟往地上一插，然後勒馬在宋慕前頭打旋，接著大聲說了一長串沒聽過的話。

宋慕聽不懂。於是，對方重複了一次，又用義大利話重複了一次，最後似乎是用拉丁話重複了一次。但是宋慕還是只能搖搖頭。

那名身披錦繡長袍的騎士騎了過來，他的頭上除了頭頂之外的頭髮都剃光，看來就像是頂著一個褐色的大碗在頭上似的，十分滑稽，宋慕想起本衲定諾的頭髮也剃成類似的樣子，只不過修士頭頂中心也剃光，騎士則沒有，這位騎士看來上了年紀，但兩眼之中透露出威嚴堅毅的神情，似乎身經百戰，他拍拍另一個騎士，然後開口，那是天方話：

「我是法蘭西元帥，金・黎・曼葛・卜錫考，這位是洛林公爵，『勇猛的』查理，」他說，「他剛問你的是：你知道你救了誰嗎？」

第十二章　勁弩馳赴法蘭西

當本衲定諾聽說宋慕一行人要改與法蘭西人同行，他表示祝福，然後說：「天下無不散的筵席，雖然我還想多聽一些撒拉遜人的事，不過看來我們得就此分別了。」

「你不跟我們一起嗎？」宋慕問。

修士笑著搖搖頭，「不，我還要繼續為義大利人民服務，渡化腐敗的義大利人心，而且我只效忠於宗徒彼得一脈相承下來的教會，亞維農⑳不是我效忠的對象，再說……你看看他們。」他指了指法蘭西車隊裡的修士們。

的確，簡直是天差地別，本衲定諾的衣物磨到看起來好像隨時都會破掉，事實上上頭已經有無數補丁，他不穿鞋，兩腳已經成了兩條泥棍，而那些法蘭西修士們則是衣著華美，尊貴不凡。宋慕雖然不曉得「亞維農」指的是什麼，不過也好像有點理解修士的意思，他點了點頭。

方才為兩人翻譯的法蒂瑪問：「你就這樣離開，你身上什麼都沒有耶！需不需要帶點吃的用的啊！」說著就要從口袋中掏出值錢的東西。

「好心的姑娘，妳的善心會獲得天主的回報的，但我心領了，」修士阻止了她，「《路加福音》有云：外出的弟兄們，在旅途中什麼都不要帶，不帶棍杖、不帶口袋、不帶食物，也不帶錢。無論走進哪一家，先說：願這家平安；應留居在那一家裡，人們供給他們什麼，他們就吃什麼。我們有吃有穿，便當知足，我們不需要世間任何事物。」說完他就瀟灑的轉身：「那麼就別過了，願天主保佑你們。」

「我可是穆斯林啊，」法蒂瑪用天方話說，她想了想，又不甘示弱的說，「願全能的眞主保佑你。」

本衲定諾大笑了幾聲，然後就走遠了。宋慕覺得這一幕似曾相識，不禁笑了起來，之後才想起他和葛卜樂道別時，也有過類似的對話。

元帥帶著扈從走了過來，他對宋慕說：「車隊已經整頓妥當了，不過有幾輛車已經無法修復，馬伕也逃跑了不少，所以大多數人得步行或騎馬。我想讓你的兩位女眷與我的女眷同車，你則乘馬與我們並行，如何？」

宋慕看了看法蒂瑪與葉華。法蒂瑪半張臉上的血早已擦拭乾淨，她裝作一派若無其事，但宋慕很輕易的看出她方才親手以水鋼匕首殺人的驚懼還留在眉宇之間，原本小麥色的皮膚現在顯得蒼白，看起來有點不像是法蒂瑪，倒有點像是她的哥哥馬哈德，法蒂瑪聳了聳肩表示沒有意見；葉華則默不作聲，她別過頭去，迴避宋慕的眼神。

葉華是怎麼了呢？

宋慕回想方才，他確定已經安全，到她們與修士的藏身處喚他們出來時，葉華一撥頭髮、飛奔而前，滿臉擔憂，和宋慕抱個滿懷，「你怎麼去了那麼久，」葉華當時一邊緊抱著他，一邊埋怨似的說，「不是叫你不要去的嗎？」

他從來沒有和葉華這麼親近過，也從來沒有見過這麼慌亂的葉華。一直以來，她總是若即若離的，與他之間總像是有一層薄霜，也總是很冷靜，不論遇上什麼變故，都總能很鎮定，怎麼會突然間失了分寸呢？

「葉華，」宋慕當時沒有回答她，反而是很興奮的說，「麥子說的一點都沒錯，我們碰上法蘭西國的要人了，是法蘭西國的元帥和公爵。」

「噢！」葉華低下了頭，讓宋慕看不見她的表情，然後緩緩放開了抱住宋慕的手，似乎是自覺有些失態，或是在生氣呢？宋慕完全搞不清楚，從那時開始，葉華就一句話也不說了。

扈從牽來一匹好馬。「請上馬吧，你的女眷，我的扈從會安排她們上車。」元帥道。

「噢，好的。」宋慕也不便向元帥說明她們並不是他的女眷，只好將錯就錯，他向她們點頭示意，看著扈從安排她們上車，然後上馬，跟著元帥騎至車隊前端，與洛林公爵碰頭。

「原來你是瓷國來的，」元帥道，他剛才已經問過宋慕來自何方，「拜占庭能生產絲綢已經很久了，但是整個歐羅巴至今仍然沒有人能造出瓷器來，都得遠從瓷國進口，沒想到我今天會被一個瓷國來的人所救啊！」

「對了，那些攻擊你們的暴徒是什麼來歷？你們都不調查嗎？」宋慕問。

「唉，這也是一團爛帳，」元帥說，「說太詳細你也不明白，總之，這跟『黑白黨爭』脫不了干係。」

元帥向宋慕解釋，義大利的許多城邦中，尤其以佛羅倫斯爲最，比較富裕的新興階級希望城市獨立，不願意受制於教皇，他們支持神聖羅馬帝國皇帝的統治，稱爲『白黨』，而沒落戶卻希望借助教皇的勢力翻身，稱爲『黑黨』，兩方爭執不休，演變成世仇，稱爲「黑白黨爭」。

「我剛前往西西里，調停兩西西里王國的爭端回來，有可能是那些個反教會的以爲法蘭西要介入他們的爭端，所以想暗殺我，也可能是那些個反皇帝的想生事，引來法蘭西介入他們的爭端，無論如何，我們法蘭西現在可是自顧不暇，最好當作沒發生過這件事。」元帥說完嘆了一口長氣，「對了，瓷國人，你又是爲什麼千里迢迢的到義大利來呢？」

宋慕遲疑了一下，然後就決定如實把他遠赴西方的原因從頭述說了一遍，當元帥聽完之後，不禁驚愕道：「我以爲我的見識已經夠廣了，沒想到你年紀輕輕，就走遍了這麼多地方，眞是了不起啊！看來我的確遇到難得一見的人才了，法蘭西最欠缺的就是這樣歷練過的人啊。你要找人的事，簡單，只要我們到了熱那亞，我出個賞金請人幫忙打聽，很快就會有消息了。」

宋慕連忙稱謝，一件難如登天的事突然變成輕而易舉，他越來越佩服法蒂瑪的神機妙算了。

晚上，車隊停下紮營，他繫好馬兒後，就奔向葉華與法蒂瑪所在的篷車，想告訴她們這個好消息，「妳們乘車還習慣吧？」宋慕問。

法蒂瑪做了個「沒什麼問題」的表情，但葉華還是沒有回應，宋慕覺得原本雀躍的心情好像蒙上一層灰影，他繼續說：「元帥答應要出賞金幫我們打聽皇上的下落，相信很快就會找到了。」

葉華聞言，也只微微「嗯」了一聲。

「那眞是太好了，破布。」法蒂嗎則開心的說，她還有些病厭厭的，而且宋慕看到她把水鋼七首放得老遠，大概是驚魂未定。宋慕回想起自己第一次殺人時，也覺得雙手沾滿血腥味，怎麼洗都洗不掉，直到一個月後才釋懷。

「法蒂瑪，妳是救了葉華，不要在意，」宋慕安慰她，「那個匪徒已經死了，別怕，好嗎？」

「我才不害怕呢！」法蒂瑪倔強的說，「我又不是沒……沒有。」說完法蒂瑪也別過頭去，和葉華一樣不說話了。

宋慕皺起眉頭，他實在不曉得自己說錯了什麼話，也不知道該和兩個女孩說些什麼，三個人就這樣一夜無語。

第二天，元帥又是親自來找他，元帥曾見到葉華和法蒂瑪，側過頭說：「聽說你的女眷一位是撒拉遜人，一位是英格蘭人，瓷國人，你還眞有辦法，我們法蘭西人交手過的敵手都被你征服啦，哈哈。」

宋慕本來想解釋說她們並不是他的女眷，不過想想還是算了，倒是……「你們和英格蘭敵對嗎？」

「別緊張，我們不會對你的女眷不利的，」元帥爽朗笑道，「我們是和英格蘭打了幾十年的戰爭了，打打停停的，我想恐怕很快又要開打了。這就是我想請你同行的原因之一。我們正要前往熱那亞，聘用十字弓傭兵，我看你技巧不凡，如果不嫌棄的話，不如請你來擔任傭兵隊的指揮？」

「但是我語言不通啊！」宋慕說。

「放心，熱那亞人講的是義大利話，都可以跟我們溝通了，我沿路教你一些簡單的句子，不難的，反正戰場上會用到的不過就是那幾句話。」

宋慕聞言有些著慌，他原本還想找理由推辭，礙於還需要元帥幫忙尋找建文帝，似乎應該暫且爲他效命。

該推辭還是答應？推辭的話，有可能錯失找到皇上的機會，答應的話，又可能連累葉華和法蒂瑪捲入戰爭，該怎麼做？宋慕不自覺的左顧右盼，這時候如果能讓葉華或法蒂瑪拿主意就好了，但是她們遠在後頭的車隊裡。這次他得自己下決定。

「嗯，」宋慕回道，「說得也是，那我就恭敬不如從命了。」就這麼簡單的一句話，可能就改變了三個人日後的命運，他很惶恐，也很自責，宋慕轉過頭去，假裝在看鄉間風景，不讓元帥瞧見自己臉上陰晴不定。雖然他很關心葉華，不想讓她捲入英格蘭與法蘭西的衝突之中，也不希望法蒂瑪涉險，不過如果為了自身的安危，違背父命，不顧皇上流落何方，那豈不就是母親念茲在茲絕不可為之的「無父無君」了嗎？雖然一路上好幾次因前途茫茫想放棄，過自己的生活，可是現在眼看就要找到皇上，就沒有理由放棄了，他只能這樣選擇，但是，他也馬上就後悔了，覺得千千萬萬個對不起葉華，更對無端被牽扯的法蒂瑪感到抱歉。

元帥聽到宋慕一口答應，十分開心，完全沒有察覺到他心中矛盾，他大笑道：「我就知道你一定會慨然相助！」然後他轉頭用法蘭西話與洛林公爵交談，大概是告訴他這個好消息，洛林公爵也向宋慕微笑點頭致意。

「最重要的是戰術，」元帥說，「自從十八年前我被俘之後，我才痛定思痛，了解了戰術的重要性。前太保蓋可蘭為什麼要主張避實擊虛，以至於被當成懦夫，實在是受限於我國戰士對戰術幾乎完全沒有體認的關係。我想請你照著我的辦法訓練十字弓兵，原本，十字弓要以腳踏上箭，射箭的速度遠不及英格蘭長弓，所以十字弓手會帶著木盾立在前頭擋箭，等上了箭再射擊，只要他們分成好幾排，輪番射擊，那麼箭就能連續發射啦！」

「這倒是好主意，我在瓷國的時候也用過弩，但是沒有想到這樣的用法。」宋慕點了點頭，隨即疑問道，「元帥，您是爲何被俘的呢？」

「這說來話長了，」老元帥說，「我們一路上有空慢慢說吧！」

當天晚上，換宋慕難以啓齒了，他不曉得該怎麼向兩人說自己沒有徵詢她們意見，就擅自決定爲元帥效命的事，當葉華低下頭，他也只能轉過頭看著營火，倒是法蒂瑪打破了沉默。

「葉華，」她問，「你們不是要找你們的皇帝嗎，爲什麼妳那時要阻止宋慕？」

宋慕聞言轉過頭來，他也早想問這個問題很久了，「是啊，葉華，爲什麼呢？」

「我……」葉華突然有點受驚似的猛然抬起頭，臉上一陣紅暈，她欲言又止，然後突然臉上又覆上一層白霜，「我爲什麼要告訴妳這個小回回。」她沒好氣的說。

「妳不想說的話，那就算了！」法蒂瑪不甘示弱。於是兩個人都別過臉去，三人又是一夜無語。

這天，元帥又是一早就親自過來，但帶著的不只他的扈從，還領著公爵及其他人的女眷，「宋慕，」他揮揮手，「你的那位英格蘭女眷，怎麼稱呼？」

「她叫葉華，」宋慕答道，「葉華．格林。」

「噢，是這樣的，」元帥道，「我想請葉華教她們英格蘭話，不知方不方便呢？」

宋慕看向葉華，她和法蒂瑪成天在車內，教教英格蘭話也可以打發點時間，不過，「她和你們語言不通吧，怎麼教呢？」

元帥突然哈哈大笑，「宋慕，該不會只有你自己不曉得吧？這兩天你的兩位女眷和我的女眷們聊得可開心，英格蘭的上流階級，都會說一些法蘭西話，而所有歐羅巴的貴族，都會說一些拉丁話，所以語言不通的只有你呢！」

「噢。」宋慕愣道，「那我去問問葉華的意思。」

葉華倒是很爽快的答應了，不過為什麼元帥要請葉華教所有人英格蘭話？這讓宋慕十分納悶，或許就是所謂「知彼知己，百戰不殆」的想法？

當宋慕又與元帥並行，想起一路上他都只能用天方話和元帥溝通，不禁好奇：「元帥大人，您為什麼天方話說得這麼流利呢？」

「噢，是我被俘虜時學通的……上回我好像有說過要告訴你我以前被俘的故事，」元帥道，「你知道十字軍嗎？」

「我有聽說，」宋慕想起法蒂瑪告訴過他：「十字軍被撒拉丁打敗，最後被馬穆魯克人完全逐出巴勒斯坦了。」

「喔，你說得沒錯，那是一百多年前的事了，」元帥說，「但是之後，還有許多次十字軍，只是不是前往聖地，我有幸參加了其中的幾次，跟這位『勇猛的』洛林公爵一起。」他拍了拍身旁的洛林公爵，然後爲他翻譯方才的話。

「您說的是尼可波利斯之役嗎？」洛林公爵說，「啊，那可眞是個大慘敗。」

「尼可波利斯？」

元帥沒有回答，繼續道：「我十六歲的時候受封爲騎士，十八歲就到普魯士，幫助條頓騎士團作戰，之後到西班牙對抗摩爾人——就是西班牙的回教勢力——又回法蘭西和土魯斯作戰，隨波旁公爵再一次到西班牙作戰之後，遍歷巴爾幹、近東，和聖地。所以多少學了一點天方話。」然後他又跟身旁的洛林公爵簡述了他的意思。

「元帥啊，我也到突尼斯參加過十字軍，怎麼就沒學會多少天方話，是你太好學了。」洛林公爵笑著搖搖頭說。

宋慕聽不懂法蘭西話，只能呆呆的點點頭。元帥又繼續說：「那麼就說到尼可波利斯之役，那是十八年前的事了，當時，我奉命參加十字軍，援助匈牙利王對抗土耳其人，我們包圍尼可波利斯城，想引來土耳其人來救援，進行決戰，他們來了，我們輸了，我被俘了。」

「我看大人們的武藝都十分了得，也很英勇，怎麼會戰敗的呢？」宋慕問。

「我們法蘭西人英勇是天下第一，」元帥說，「我們的裝備也遠遠勝過對手，畢竟，所有的騎士可都是貴族，我們負擔得起昂貴沉重的盔甲，和上好的武器，而土耳其的士兵們連像樣的盾牌都沒有。」

宋慕更好奇了，「那……？」

「但是，我們法蘭西人的頭腦是天下第一笨，只懂得熱血衝鋒，這句話我可不能翻譯給查理聽，」老元帥苦笑道，「當年，我、查理和現在的勃艮地公爵『無畏者』約翰，都在我軍的前鋒，我們自恃裝備和武力遠勝對手，不理會匈牙利王的指示，往前直衝，結果我們發現土耳其陣地前釘下了成排的木樁，馬匹無法通過，於是我們只好下馬，一面拔除木樁一面前進，同時還頂著土耳其人射來的箭雨，幸好他們的弓箭手沒有英格蘭的長弓手那麼厲害，箭射穿不了我們的鐵甲，我們就這樣把馬丟在後頭，衝殺了過去。」

元帥和洛林公爵查理敷衍了幾句，然後繼續道：「那眞是一場痛快的大戰，我們斬殺了可能有上萬人吧！然後我們又發現前頭有對方的騎兵，於是，我們又繼續步行往前衝鋒交戰，打倒了可能有幾千人吧，約翰他『無畏者』的稱號就是在這場戰鬥上獲得的。可是，當我們看到蘇丹的本陣出現在我們面前時，我們已經無力作戰了，馬匹又被我們遠遠的拋在後頭，只好束手就擒。」

「查理脫逃成功，但是我和『無畏者』約翰都被俘了，你說他的稱號是不是很諷刺啊？」元帥搖搖頭，「由於我們在戰前屠殺了許多俘虜，蘇丹為了報復，也屠殺了很多法蘭西的戰士，幸好我會天方話，土耳其人雖然講的是土耳其話，但懂天方話的也不少，加上我還值不少錢，就這樣在土耳其住了一陣子，後來才被家人贖回。當然，經過這一折騰，我天方話就講得更好了。」他再度苦笑了笑。

「您說您値不少錢，這是……？」宋慕問。

「噢，你可能不曉得咱們的規矩，簡單的說，騎士作戰受俘之後，對方要善待他，而家屬得籌一大筆贖金贖他回來，位階越高，贖金就越昂貴，所以我說我還値不少錢。不過，再來一次，我或許就會破產，所以我可不想再被俘了。」元帥笑道。當他向洛林公爵說了這句話之後，對方反而是鐵青著臉，沒有說任何話。

「怎麼了，難道你以爲我會想戰死沙場嗎？我只是想‥要是又那麼不幸，就乾脆別贖了，吃垮對方，」元帥大笑，然後轉頭再對宋慕說。

宋慕看元帥每說一句話就要兩頭翻譯，十分辛苦，「元帥，我看不如我也來學些法蘭西話吧？」

「噢，我正不好意思要求你學呢，你肯學的話那當然是太好，」元帥道，「反正路途也還很長，我就一路教你一些吧。」

從那天以後，每當晚上回到篷車，葉華身旁總是圍繞著許多女士，正和她學英格蘭話，而法蒂瑪則和元帥的女眷學法蘭西話，而白天，宋慕與元帥一邊天南地北的聊兩人過往的經歷，一邊向元帥學習法蘭西話，不知不覺間，一行人已經抵達了熱那亞。

在威尼斯的時候，宋慕記得本衲定諾修士說過，威尼斯和熱那亞爭霸獲勝，成爲地中海的霸主，但是當他一看到熱那亞，不禁懷疑起了這句話。如果說威尼斯是「連半塊葡萄園都沒有」，那麼熱那亞也好不到哪裡去，它位於山勢直接逼近海濱之地，雖然山海交錯的景致十分動人，卻沒有幾尺平地，理當不是適合發展的地方才是啊？

山的那面，熱那亞的建築物爲了多掙一點空間，拚命往空中延伸，建築物逐級上升，塡滿了山坡，一道之字形蜿蜒的城牆圍住了整個城市，中間矗立一座高高的城堡。海的那面，最顯眼的是一座高聳直上的燈塔，位於一處突出的海岬之上，海岬的對面是城牆延伸進入海中築成的城堤，上頭也有一座較矮的高塔，兩方環抱著熱那亞港灣，裡頭和威尼斯一樣，數不清的大小船隻有如螞蟻般的忙進忙出。

他愣愣的看著一艘船出港，然後又是另一艘，大一些的一艘，和第一艘很像的一艘，那船彷彿數之不盡似的。而宋慕則靜靜的出了神。

「怎麼了嗎？」元帥問道。

「噢！沒什麼，」宋慕回過神，不好意思的說，接著問道：「一路上，聽元帥您說起了曾經歷過的各國；而在威尼斯的時候，我聽本衲定諾修士提過，威尼斯和熱那亞爭霸。歐羅巴有這麼多領土廣大的國家，爲什麼會讓這兩個蕞爾小國來爭奪霸權呢？我實在百思不得其解。」

元帥聽到這個問題，笑道：「別說你不能理解了，我原本也不能理解，一直以來，我也很納悶，法蘭西是領土大小數一數二的國家，法蘭西擁有全歐羅巴最多的騎士，但是爲什麼法蘭西樣樣不如人呢？不過在見過這麼多世面之後，多少有點了解了。」

「怎麼說呢？」

「一開始，我把問題怪罪於英格蘭雜種們的破壞，」元帥點點頭，「不過後來我了解了，法蘭西的問題，不是外在的問題，而是出自於自身。」

「我剛說法蘭西領土數一數二，但正是因爲大，所以深受其害，」元帥嘆口氣，「法蘭西國土太遼闊了，現有的交通辦法又不發達，宮廷、地方各自爲政，不管是命令、各種變革，或是新的觀念都難以傳布全國。但是威尼斯和熱那亞就相反，他們靈活多變，令出即行，所以總是占了便宜，威尼斯獨占了貿易的好處，熱那亞則是霸占了金融的利益，就我所知，威尼斯國光威尼斯市本身的收入，就跟法蘭西國相當，你說我們法蘭西人如何不汗顏呢？」

「這是眞的嗎？這樣小的一個國家，竟然和法蘭西相當！」宋慕驚訝道。

「千眞萬確，所以小國總是勝過領土廣大的國家，威尼斯一直飽飲拜占庭帝國的血，而拜占庭現在成了風中殘燭，熱那亞也飽飲法蘭西和西班牙的血。領土廣大的唯一好處是受侵略時有所緩衝，不會馬上滅亡——熱那亞就沒有這個優勢，所以在十八年前被我們法蘭西併吞過——可是這也是唯一的好處了，領土一大，內地和濱海，北部和南部，商業和農業，都引起了巨大的落差，勃艮地人和阿馬涅克人的衝突，其實就是根源於此。廣土眾民更讓王公貴族們有著虛幻的優越感，不思進取，國貧民窮而不自知，唉。」

「勃艮地人和阿馬涅克人？」

「噢，這也是一團爛帳，」元帥搓了搓下巴，「勃艮地公爵『無畏者』約翰的領地在東北部，法蘭德斯就位於其中，靠著和英國貿易而十分富庶，他或許和我一樣，被俘後有了不同的思考，總之他認為應該和英國講和。」

「我聽說過威尼斯總督的演講，他說如果不戰爭，全基督徒的黃金都會歸他們所有。」宋慕說。

「是啊，」元帥搖搖頭，「但是以農業為主、貧困的西南部人士卻都主張：抗戰到底，寧失性命，勿失寸土。於是兩方就成天爭吵、鬥毆、暴動、謀殺。所以你瞧，威尼斯當然會比法蘭西還優越。」

「那麼您是支持那位約翰囉？」

「不，我也並不支持他，騎士道不允許為了私利而損害主君利益的行為。」元帥說，「但是，有時候我會想，法蘭西這麼大的領土就是故障的根源，不如乾脆分成勃艮地國，以安特衛普為首都；和阿馬涅克國，以里昂當首都。雙方都致力於商貿，或許歐羅巴的霸權就會握在我們法蘭西人手上了。如果不是這樣，就算法蘭西把平民都武裝起來，憑著人口優勢淹沒了歐羅巴，那也會無以爲繼，或許會在立陶宛就碰壁，然後落得眾叛親離的慘敗下場，因爲光靠打仗，沒有金錢的背後支持，是無法持久的啊！」

宋慕聽了十分震驚，「從小，我父親講我們瓷國的歷史，他總是說天下合久必分，分久必合，但總是天下歸爲一統的好，從未聽說有分裂比較好的道理。」

「呵呵，是啊，」元帥笑道，「別說你們瓷國，我們法蘭西國也沒有人這樣說的，我也是用天方話和你聊聊，不可能和同僚們講這種大逆不道的話，我所說的，或許要幾百年後，才會有人理解吧！」

宋慕點了點頭。

當他們進入熱那亞城，元帥突然停下馬。眼前的建築物人聲鼎沸，老元帥以充滿感嘆的眼神看著人進人出。

「這棟建築物有什麼特別的嗎？」宋慕問。

「我不是說過法蘭西曾經併吞了熱那亞嗎？那是十八年前的事了，」元帥回頭，向宋慕說：「在那之後五年，我被派任來熱那亞擔任總督，一直到五年前，我奉命籌建銀行，用來幫國王募集戰爭經費，結果熱那亞起了暴動，趕走了我們法蘭西人獨立。但是，今日他們還是大方的讓我進入，甚至只要我出錢，要多少傭兵就有多少，你說，這樣的國家如何能不強呢？」

宋慕卻納悶道：這不就是「見利忘義」的惡行嗎？父親說這會遭到天譴，但是這位元帥卻說這樣會富強？

元帥指著那棟建築物說：「這就是當年我所籌建的聖喬治銀行，你瞧，我人都被他們趕走了，銀行倒還存在呢！」

宋慕想起父親總是感嘆歷朝往往「人亡政息」，但這熱那亞卻是相反，他突然覺得有點能理解元帥的想法了。

＊　＊　＊

訓練十字弓兵的任務十分輕鬆，事實上，他們早就知道元帥所說的辦法了，這些職業傭兵也比大明的兵士們更為有紀律而訓練有素，宋慕拿出當總旗時的本領，很快選出幾個能幹的熱那亞人擔任「小旗」的角色，他挑出三個比較活躍的「小旗」，薩特、提尼和皮耶羅，讓他們當隊長，擔任「總旗」的角色。這麼一來，自己這個宋鐵頭可就從總旗升為百戶了，宋慕不禁啞然失笑。

傭兵將乘著熱那亞的船抵達法國，而宋慕則跟著元帥一行人，順便繼續學習法蘭西話。

當他聽說又要乘船，不禁有點憂心，不過當他知道航程不長，也就寬心了。從熱那亞出發後，經尼斯、馬賽，然後是沿河而上過了亞維農、里昂，一路幾乎是沒有停歇。

到了將近法蘭西的首都巴黎城的時候，元帥並不入城，而是在離城一段距離處，先和傭兵部隊會合，整隊紮營。

法蒂瑪懷疑了起來：「為什麼這麼趕呢？莫非法蘭西有什麼急事嗎？該不會要和英格蘭開戰了吧？……我看這一路上，他們都纏著葉華學英格蘭話。」

宋慕一直不敢啓齒，因此從來沒和女孩說過兩國交惡的事，不禁覺得十分佩服，但也憂心了起來，如果眞的開戰，那……

「那我就害了你們了，本來你們只是要找人，現在卻會被捲入戰爭裡面，」法蒂瑪說，「葉華又是英格蘭人。」

葉華表情沒有什麼改變。宋慕安慰她，「別擔心，元帥說過，歐羅巴人打仗都講究『騎士道』，他們的榮譽心是不允許他們殘害婦孺的。」

「這難說，十字軍就沒講過什麼騎士道，」法蒂瑪說完以後，才連忙改口，「不過那或許是因為我們是異教徒的關係啦！」

「法蒂瑪，妳不用特別安慰我。」葉華說，然後就走出帳外，又有幾個女眷找她學英格蘭話。

「破布，」法蒂瑪抬起頭，「葉華是英格蘭人，到底怎麼會到阿丹去的，她都不肯告訴我，你曉得嗎？」

宋慕笑了出來：「妳的『同件之間不應該有秘密』對她不管用。」

「你告訴我吧！不然不公平，你都已經把我的來歷告訴她了。」女孩抗議道。

「好吧！」宋慕想想也覺得似乎有理，「拿妳沒辦法。」於是他把葉華的身世轉述了一遍。

「原來如此。」女孩說。

「什麼原來如此？」

「我一直百思不解，爲什麼她不要你去救法蘭西人——如果不這樣做的話，你們根本不可能找到絲國皇帝。」

「嗯？那她爲什麼那樣說呢？」宋慕也很想知道。

「她從小就飄流異國，被當奴隸販賣，只跟母親相依爲命，好不容易有個安身處，母親又死了，繼父不成材，靠個閹人養大。所以她一定非常沒有安全感。她應該對那個閹人有非常深厚的感情吧！其實在她心中，那個閹人才是她的父親，所以才會學習那麼多事務，爲的就是跟他看齊，可是，他們卻又因故走散了，天涯海角各一方，也不知對方的生死。她現在身邊能依靠的人，就只有你了，所以，她當然不想你爲了虛無縹緲的目標而冒上眼前的危險。」法蒂瑪說。

「這是眞的嗎？妳爲什麼會知道那麼多？」宋慕追問道。

「因爲我也……」法蒂瑪說到一半，突然停住，往帳門邊看，宋慕也往那邊看去。那是葉華，她正站在門邊，臉上沒有任何表情，眼神冷得好像結凍的冰洋，她嘴角動了動，但是沒說什麼，轉身就走了。

「葉華！」宋慕連忙追了出去，抓住她的手臂。葉華甩脫他，然後繼續往前走。宋慕再度追上她，抱住她的肩膀，把她轉過身來。只見葉華滿臉怒容。

「妳……」

「你爲什麼把我的事跟她說？」葉華兩眉倒豎，冷冷的質問道。

「因爲……沒有啊……只是……」宋慕一時不曉得該如何回答，他也不曉得葉華爲什麼生了這麼大的氣。

「因爲她說『同伴就應該這樣』，」葉華直盯著他說，「因爲，因爲跟她說話，你就很自然的放下戒心，因爲和她在一起很自在，因爲和她說話很開心，因爲，因爲她是你的智囊，你什麼事都只想問她，因爲她是你的引路明燈，沒有她就不知道該往哪個方向去，」她的聲音低了下來，「而和我在一起，你只會不知所措，我只會丟下一句話，要你自己走遍千山萬水，當你需要良策的時候，我什麼忙都幫不上……」說到這裡，葉華的眼淚從眼角流了下來。

宋慕突然打了自己一巴掌，然後又打了另一邊臉一巴掌。

「幹嘛？你有病啊！」

「你們基督教不是這樣說的嗎？要是被打了一邊臉，就要打另一邊臉？」宋慕說。

葉華「噗嗤」一聲破涕爲笑，然後又板起臉，「不是這樣子的，再說，你又不是基督徒。」

「不是，不過漢人也有『唾面自乾』的道理啊！」宋慕說，「我要說的是，眞的很對不起，讓妳有這樣的感覺，我……」

「你不是有意的，」葉華淡淡的說，「只是事實如此，你不用再說了，你也沒有做錯什麼。」

「我……」

接著葉華把宋慕推開，說：「男女授受不親。」

宋慕突然笑道：「這才是漢人的好姑娘。」

「我可不是漢人，」葉華噘起嘴道，不過突然間臉上又布滿冰霜，質問道，「那麼誰不是漢人的好姑娘，不男女授受不親呢，法蒂瑪？」

葉華越說，臉色越是難看，最後索性別過臉去，宋慕一手捧住她的臉頰，把她的臉轉了回來，葉華看起來餘怒未消，不過她靜靜的說：「你不用管我，我只是在無理取鬧而已。」

「我……」宋慕不曉得該說些什麼，然後他想起法蒂瑪說的話，於是問道：「法蒂瑪說的是對的嗎？」

「什麼？」葉華的眉頭又蹙了起來。

「她說妳很沒有安全感……」

「她說，」葉華冷冷的打斷宋慕，「那是她說的，跟我無關。你什麼事都要她說才行嗎？」

「不是……」宋慕不曉得自己哪裡搞砸了，他想了想，連忙轉換話題，「法蒂瑪也會搞砸，法蘭西有可能要跟英格蘭開戰，我們現在該怎麼辦？」

「去問她。」葉華說。

宋慕不知該如何回應，兩人沉默了許久，葉華才又說：「我不是在說氣話。去問她，我是認眞的。」

「啊？」

「去問她吧，」葉華說，「我陪你一起去。」

「喔。」

當兩人回到帳內，法蒂瑪看起來有點不知所措，她囁嚅的問：「沒事吧？」

宋慕看了看她，又看了看葉華，不曉得怎麼啓齒。

「沒什麼事，」葉華說，「法蒂瑪，英格蘭和法蘭西可能會開戰，妳有什麼想法嗎？」

「嗯，」女孩似乎放心了點，說，「歐羅巴的軍隊交戰，捉到騎士可以得到一大筆贖金，捉到平民則無利可圖，所以騎士通常都會被善待，但平民或傭兵則往往被殺害。」

聽到這裡，葉華臉上不禁出現了擔憂的神色。

「不過，」女孩繼續道，「相對的，對方看在贖金的分上，也會先以騎士爲攻擊目標，不理會平民或傭兵部隊。破布領導的又是十字弓部隊，十字弓部隊往往是開戰時射個幾輪，兩方交鋒後就撤到後頭去，就算打了敗仗，也能輕易逃脫。」

葉華似乎明顯的鬆了一口氣。宋慕說：「那就太好了，不過，還是最好不要打敗仗，不，最好是不要有戰爭。」

「嗯。」兩個女孩都點頭同意。

「那麼我們睡吧。」宋慕說。

兩個女孩都沒有再說什麼，各自就寢，宋慕也昏沉沉的睡著了，他似乎做了什麼夢，好像看到了父親，還是母親？他還記不起來夢見了什麼，就被一陣吵鬧聲驚醒。他披上外衣，走出帳外，「皮耶羅，怎麼了？」他抓住傭兵隊長問。

馬蹄聲響起，盔甲在月光下閃閃發光，騎矛的頂端也反射出一點亮白，人馬的影子接近，那是一名元帥手下的家族騎士。

「宋慕！」對方說。

「在！」

「元帥有令，即刻拔營，準備集合，」他大聲說，接著彎下身來，悄聲說，「英格蘭王亨利五世率軍親征，哈福勒城淪陷。」

⑳亞維農：位於法國南部，十四世紀初天主教教宗克里蒙五世將教廷從羅馬遷移至此，這導致後來出現亞維農與羅馬兩地各立教宗的情形。

第十三章　干戈蔽日阿金谷

探子來來去去，情報一日數變，宋慕隨著大軍一下子往西，一下子往東，又停了一兩天，才又再度往北進發。

法蘭西的首府巴黎，坐落在塞納河之上，而哈福勒城扼守塞納河河口，屏衛著巴黎，阻止敵軍沿著塞納河進攻——在巴黎與哈福勒城的中間沒有別的險要之處了——起初，當英格蘭王亨利五世攻陷哈福勒城的消息傳到巴黎，法蘭西宮廷很害怕英格蘭軍會直接往巴黎攻過來，連忙集結大軍前往迎擊，但不久卻發現亨利五世並沒有往巴黎而來，反而是沿著海岸往北移動。

哈福勒城雖名爲城，但其實只不過是個幾百人駐守的小要塞，亨利五世本來帶著一萬兩千人之眾的英格蘭部隊，原以爲能一鼓而下，沒想到卻困在小要塞的深溝高壘之前，一直到動用大砲轟城，才逼降守軍，圍攻的這段期間，英格蘭軍死傷慘重，更加上水土不服，軍中許多人都生了重病。

得到這樣的情報後，法蘭西人判斷英格蘭王已經沒有發動攻擊的力量，只想急行軍回英格蘭的據點：加萊。法蘭西自然不會放過將自己送上門來的大敵一網打盡的機會，他們兵分兩路，分別由元帥，和法蘭西太保查理・德伯領軍，夾擊英格蘭軍。

在哈福勒城被包圍的一個月中，太保已經召集了大量部隊，堵死英格蘭軍可能會前往的重要路口和渡口，使得英格蘭軍只得往索穆河上游兜個大圈子。元帥雖然一時追丟了英格蘭軍，但是也因此能抄直線，先抵達英格蘭軍前往加萊的必經之路，以逸待勞，他在一處名為阿金谷的村莊附近集攏部隊，太保也前來會合。那法蘭西的軍隊與中國不同，所有的戰鬥人員都是貴族，稱之爲「騎士」，有的甚至是皇親國戚，譬如說奧爾良公爵，而地位最低下的也是一莊園之主。騎士們身旁帶著僕從，爲他打點一切，扛背裝備，幫他著裝，協助他上馬——騎士們全身鐵甲，要是沒有僕從在旁協助，是沒辦法自己爬上馬背的。

在阿金谷聚集的騎士們，總共有兩三萬人之譜，再加上騎士的僕從們，大約有五萬人之多，晚上紮營時，有如一片繁星，好不熱鬧。

英格蘭部隊也抵達附近，但是歐羅巴的「騎士交戰法規」明定不可夜襲，加上法蘭西還有一些增援部隊尚未抵達，所以這個夜晚倒是一片和平。

「宋慕！」元帥向他招了招手，他身旁站著幾個衣著顯貴的騎士，有幾個在途中他已經認識，有幾個則沒見過。雖然元帥對他親切有加，但是其他爵爺們，或許是基於身分地位的差別，對他大都不理不睬。

宋慕走上前，最先向他致意的是才剛認識的阿金谷爵士，他是這個戰場的地主。旁邊幾位騎士的衣著光鮮，全副武裝閃閃懾人，但阿金谷爵士身上的盔甲卻顯得破舊不堪，而且缺了好幾塊部件。

阿金谷爵士身旁的是亞蘭松公爵約翰。這個約翰，與元帥曾提到的勃艮地公爵「無畏者」約翰同名。

在這段時間，宋慕很快就發現法蘭西人很喜歡取同一些名字，這也給他帶來了很多困擾，譬如說，除了「約翰」以外，「查理」也是氾濫成災，那洛林公爵就叫查理，而法蘭西的太保查理・德伯也是查理，奧爾良公爵也叫查理。怪不得法蘭西人要為每個人取上不同的綽號，好比洛林公爵是「勇猛的」查理，而奧爾良公爵是「詩人」查理，用這樣子來區分不同的查理，不過，這只是讓宋慕更加頭昏腦脹。

亞蘭松公爵體型壯碩，看起來武藝不凡，身上的棉布卻有些破舊。他身旁的是洛林公爵的弟弟，雖然洛林公爵對宋慕還算友好，但是他弟弟卻似乎不怎麼想和他來往。宋慕還是向他致意，卻突然注意到後頭的那位爵爺很眼熟，定睛一看：

「洛林公爵大人，」宋慕驚訝的說，「您不是不參戰的嗎？」

「噓，」洛林公爵小聲說，「我的領地就夾在『無畏者』的地盤裡頭，他不願出兵，擺明了站在英格蘭那邊，我也只好做做樣子。同時我還是放心不下我弟弟，所以就自己偷偷來了。」

「不愧是『勇猛的』查理，倒是『無畏者』應該改叫無膽者才對。」亞蘭松公爵說。

「約翰，我才剛被說是無膽者呢。」元帥說。

「在下失言了。」亞蘭松公爵欠了欠身說。

「元帥大人，您爲什麼會被那麼說呢？」宋慕問。

「唉，還不是因爲意見不合，」洛林公爵代元帥回答，「元帥認爲，這些英格蘭雜種，頂多只帶了七日份的口糧行軍，到現在應該早就吃完了，根本沒有與他們交戰的必要性，只要守在這裡按兵不動，過個三五天，亨利和他的那些死老百姓雜兵們——噢！我沒有在說你的意思——要不就餓死，要不就只能爬過來投降。」

「元帥不是總指揮嗎？」宋慕疑問道。

「哈，你戳到痛處了，」洛林公爵搖頭道，「現在這個軍營裡，可是冠蓋雲集，像我這樣的公爵就已經多到數不清，而還有布拉本公爵、安茹公爵，和不列塔尼公爵正領軍來加入我們——這『無畏者』首鼠兩端，他老弟布拉本公爵倒還挺公忠體國的——而有指揮權的就有三個人，一個就是你眼前的元帥大人，另一個是太保，兩位都是老將了，可是眞正擁有統帥權的，卻是奧爾良公爵『詩人』查理那個小兔崽子，你聽他的綽號就知道他有多會帶兵了。」

「太保和元帥的意見不大相同，不過也類似，」亞蘭松公爵說，「他認爲應該守著陣地不動，讓英格蘭人被迫發動攻擊，英格蘭人的騎士很少，部隊中大都是長弓手，短兵相接以後，弓箭會誤傷自己人而不能再使用，這樣我們就能發揮人數較多的優勢，包圍殲滅他們。」

宋慕聽了點點頭，「這樣一來，我們瓷國有個兵法叫『圍魏救趙』，我軍的兵力較多，到時分兵襲擊英格蘭大營，他們首尾不能相顧，就一定會崩潰啦。」

「噢，這倒是不行的，」亞蘭松公爵否決了這個主意，「如果攻擊對方大營的非戰鬥人員，那是違反騎士道的。」

「可是這樣可以得到不少戰利品耶……」阿金谷爵士才說完，就被亞蘭松公爵瞪得不敢開口。

「總之，『詩人』被一票子公爵伯爵搞得拿不定主意，那些傢伙只想抓俘虜好賺贖金，異口同聲的說要主動攻擊。」洛林公爵搖搖頭。

「方才的會議不了了之了，」元帥接口道，「所以，我想請你出個任務。」

「什麼樣的任務？」

「我想請你到英軍的營地去走一遭，查看他們的狀況，」元帥說，「你不是騎士身分，若是被捉到，只有死路一條，你可以拒絕這個任務。」

「謝謝大人，」宋慕說，「我接受這個任務。」

「很好。」元帥拍了拍他的肩膀，然後轉身離去。

宋慕想找幾個熱那亞傭兵同行，不過他很快決定人多反而礙事，於是向副官交代了一下，就輕裝出發。

法軍的營地十分熱鬧，騎士們或多或少聽到情報了，他們正飲酒作樂，有的從那些隨營的「洗衣女工」——事實上就是妓女——裡頭拉了幾個女子來，有的正在賭博，還有幾個騎士正亂畫一輛馬車，說明天亨利五世成擒之後，要他坐在這輛馬車上遊街示眾。

宋慕一腳踏進鬆軟的地面，這塊雙方對峙著的空曠地才剛犁過，宋慕有個不好的預感，但是卻不曉得是什麼，他想了想，彎身抓了一把土，把臉抹黑。兩旁的密林左右夾著這片空地，越往中央越窄，宋慕走進樹林裡，悄悄往英軍營地的方向接近，他看不到半點火光，英格蘭軍也沒有發出半點聲音，要不是接近查看，他可能會以爲英格蘭的營地是廢棄的營地。

他小心的躲在被砍下的樹幹後頭。英格蘭軍似乎砍伐了不少樹木。然後，他聽到有人接近，發出痛苦的聲音，原來是一個英格蘭士兵正在拉肚子，過沒多久又來了一個，看來軍中起痢疾的傳聞是真的了，他約略估計了一下英格蘭軍的人數，然後悄悄的轉身回去。回程的路上他仍然十分警覺，以免碰上英格蘭的巡邏隊或是斥候。法蘭西軍營地仍然是燈火通明、吵鬧不休，而且已經有許多人喝得爛醉，宋慕穿過有如夜市般的營地來到元帥大帳前，帳口站哨的扈從直接請他進去。

「如何？」老元帥問。

「就我看，」宋慕說，「英格蘭部隊最多不出五六千人，而且情報沒錯，軍中的確流行痢疾。」

「這麼說來，明天我們可以輕鬆獲勝囉？」亞蘭松公爵說。

「可是，有句話不知該不該說。」

「請說。」

「在下有點擔心，」宋慕說，「因爲英格蘭的營地人人銜枚，一片肅穆，都到了這個地步，軍紀還如此森嚴。反觀我軍卻是自認爲必勝，喧嘩作樂，我們瓷國有句話：『驕兵必敗』……還請元帥和諸位爵爺小心啊。」

「你說的是什麼話！」亞蘭松公爵作勢要打他，元帥連忙阻止。

「約翰，」洛林公爵說，「你別發那麼大脾氣，他說的也沒錯。明早在布拉本公爵他們抵達前還有點時間，還會再開一次作戰會議，我們到時還是堅持我們的主張吧！」

「嗯，」元帥說，「避戰爲上，能不戰而勝是最好的。唉，才過沒多久，蓋可蘭大人的教誨就被忘得一乾二淨，他們以爲法蘭西是靠什麼奪回大部分的地盤的啊！」他重重的嘆息，然後示意所有人離開。

接著就下起了雨來，一直下到次日清晨。

日出時分，宋慕看到昨天他走過的鬆軟土壤，已經成了一片爛泥地，兩軍都已經起床，開始布陣。英格蘭部隊在空曠地的另一頭排成了一橫列，輕裝的長弓手擺在兩翼，遠遠看去總共約有五千人之數，而重裝騎士絕大多數沒有馬，排列在陣中央，大約僅有九百人。

法蘭西的騎士和爵爺們知道對手的軍力如此單薄，更加瞧不起對方，整個早上，他們都忙著彼此卡位，爭執著誰該占前列——好搶先抓到俘虜。其他人則對著英格蘭軍高聲叫囂，問候他們的祖宗十八代。法蘭西大帳裡頭也是爭執不休，大聲吵鬧的聲音連外頭都聽得到，元帥和幾位公爵，以及太保，仍然堅持不准攻擊的意見，而其他顯赫的爵爺則越罵越難聽，雙方一直持續到三位遲來的公爵與大隊會合了，仍然僵持不下。

然而法蘭西軍也已經擺開陣勢，排成三道粗橫列，第一列的左右兩翼有著騎兵，中央則是下馬作戰的騎士步兵，第二列也由下馬作戰的騎士步兵組成，第三列則乘馬。宋慕的十字弓手原本被排列在第一列和第二列之間，不過當騎士們知道對手兵力如此貧弱，就對他們叫囂，要他們滾到後頭去，不要妨礙他們去贏得「騎士的榮耀」。

宋慕別無選擇，只好先照辦，然後連忙馳赴大帳，要討元帥的口信，一到大帳，卻聽到裡頭還在爭執不休——不過總算是沒有人下令衝鋒。

外頭的騎士們有如將沸騰的水，躁動不已，搶占位置的爭執越來越激烈了，原本平均分配的第一列，因為越來越多人越列加入而膨脹了起來，他們不但想爭奪可能的俘虜，也要爭奪把家族旗幟高高展現出來的空間，在彼此爭奪之下，列已經不成列，整個隊伍都散亂了開來。

太保從大帳中走了出來，他簡直不敢相信眼前的狀況，於是匆匆趕到第一列的步兵中間去，大聲喝斥，想恢復秩序。

元帥等人也從大帳中走了出來，奧爾良公爵「詩人」查理在一干顯貴親戚的簇擁下到第二列去，元帥看到宋慕就走了過來，「發生了什麼事？」

「如您所見，爵爺們正為了排列順序而亂成一團，」宋慕苦笑道，「還有，他們把十字弓手都趕走了，我正是為了此事來請元帥您的口令的。」

「等等。」元帥說，他比了比手勢要所有人上馬，然後到第一列的左翼處，只見英格蘭部隊已經等不及，先一步向前推進。

「元帥，」洛林公爵說，「我認為應該下令後退，把他們引得更過來一點，這邊樹林離得比較遠，我們有比較寬廣的空間包圍消滅他們。」

「你說的沒錯，但是光是要他們停著不動就已經亂成這樣了，還要他們往後退怎麼可能呢？」元帥正說到一半，突然遠方傳來「咻咻」連聲，然後聲響越來越大。

抬頭一看，只見英格蘭部隊已經前進到空曠地最窄之處，一齊向法蘭西軍放箭，一時數千支的羽箭飛上空中，好像一片烏雲，又有如成群的蝗蟲，然後像大雨似的落在騎士們的鐵甲上，發出持續不斷此起彼落的乒乒乓乓聲響，法蘭西軍在長弓射程的極限處，這些箭射過來時已經沒有殺傷力，只是嚇到了幾匹馬，但是對方射了一波，又射一波，原本已經毛躁不堪的法蘭西騎士們，被這樣一挑撥，馬上有人喊出：「狗雜種！」「給他們教訓！」然後就衝了出去。

「等等！你們給我回來！」元帥大吼道，但是在一片咻咻聲、乒乓聲，和人馬叫喊聲之中，沒有人聽得到他的命令。一個騎士策馬衝了出去，後頭就跟著兩個、三個，最後兩翼的騎兵都往前衝鋒，但是隊形卻是散亂不堪，數千匹馬的亂蹄在泥濘地上濺起無數土黃色的水花，然後騎士們才發現底下的地面積水嚴重，馬腿一踩下去就沒入腳踝，有些地方甚至深到小腿，這讓許多騎士們的速度被拖慢下來，原本就不成形的隊列，更是成了三三兩兩，當騎士們頂著箭雨衝到將近英格蘭軍的隊列前，對方長弓手往後退，他們才發現原來陣地上已經被插滿了往前傾斜、頂端削尖的木樁，間隔的距離可以容輕裝的長弓手進出，但是馬匹卻無法通過，木樁從兩旁的樹林處一直安插到中間，排成「八」字形，頂端的開口處列著一排少得可憐的英格蘭騎士。

當馬兒看到木樁的尖端時，就嚇得急停，或是掉轉馬頭，結果幾個騎士被摔了下來，後頭的騎士們為了閃躲突然掉頭或停住的友軍，也不得不急停或掉頭，於是整批騎士就極為愚蠢的在離弓箭手十分接近之處團團轉，英格蘭人當然不會放過這個機會，在這樣的距離內，特製的弓箭要射穿鐵甲是輕而易舉，密密麻麻的箭羽立刻招呼在這些亂竄著的騎士們身上，頃刻間就有無數人落馬。

有個騎士「砰」的一大聲，面朝下的在爛泥地上砸出一個大水花，沈重的盔甲和他的體重在溼地上壓出一個深坑，泥水很快灌了進來，他被鐵甲拖著往下沈，掙扎了幾次要爬起來，又跌進坑裡去，最後竟然就在那坑裡溺死了。其他落馬的騎士想爬起來作戰，但是沒有扈從在旁幫助，他們根本上不了馬，而即使想步行戰鬥，鐵甲鞋也讓他們在泥地上一步一滑跤的，眼看精銳的騎兵部隊就要全軍覆沒。

「衝啊！聖丹尼斯萬歲！」太保再也忍不住了，他指揮第一列步兵向前衝鋒，想解救呈現潰滅之勢的騎兵部隊。然而，步兵才走到一半就發現他們麻煩大了，方才的馬蹄亂踏，讓軟地上布滿了大大小小的凹坑，他們很快發現身上穿著的重甲讓自己寸步難行，鐵甲靴也讓他們一步一滑跤，而長弓手的羽箭更是毫不留情，好不容易闖過了泥地，眼前卻出現了第二道障礙，那就是先前倒在地上的友軍和馬匹，法蘭西騎士們依然不顧一切的奮勇前進，終於抵達最後的幾尺之前，組織起之前第一波被打亂的戰友，太保大吼一聲，發動了最後幾尺的衝刺，八字形排列的木樁讓他們很自然的往中間衝去，而他們也對長弓手不屑一顧，只想找騎士交手，有個人發現：「英格蘭狗王就在那裡！」於是所有人全往最中央擠去，等他們衝到英格蘭陣線之前，突然發現自己被隊友們擠得不能動彈了，不過他們還是奮力衝撞上英格蘭單薄的隊列，一時就要撞穿他們的隊伍了。

不過那只是假象而已，是英格蘭人故意騰出位置來讓他們鑽進去。法蘭西騎士們很快發現自己被團團包圍，而且被自己人擠得連揮劍都沒辦法，當前頭的戰友被擊倒在地，又成了障礙物，讓其他人進退不得，而兩翼的長弓手把事先插在地上的箭全都射上了他們身上。

正當元帥等人張口結舌，對這樣的狀況驚駭莫名時，第二列的奧爾良公爵「詩人」查理發出了喊聲：「眞是太難看了！」年輕的公爵叫道，「上！恢復我們法蘭西的榮譽！聖丹尼斯萬歲！」

「等等！」元帥來不及阻止，第二列的騎士們又已經衝了出去，很自然的，他們遭到了和之前戰友相同的遭遇，而且他們和第一列好不容易撤退下來的人撞成一團，結果全擠在泥灘地上。英格蘭的長弓手已經連箭都射完了，於是拔出短刀、匕首，或是拿著伐木的短斧就加入戰鬥，他們身上什麼盔甲都沒有，原本，在這樣的裝備和武器落差之下，理當是長弓手遭到單方面的屠殺，但是現在重甲騎士們困在泥地上動彈不得，長弓手三兩個對付一個，從後頭把笨重的騎士扳倒，騎士一旦倒地，他們就用短刀刺入盔甲的隙縫，讓他們一刀斃命，或是遭受重傷。

「天啊！」元帥大叫，「怎麼會有這麼愚蠢的事！難道偉大的法蘭西部隊竟然要這樣慘敗而全軍覆沒了嗎？」

「元帥，我們還有第三列原封未動啊！」亞蘭松公爵說。

「他們上去也只會碰上一樣的下場，」洛林公爵提醒道，「該死，我弟在第二列裡頭啊！」他們束手無策，眼睜睜看著布拉本公爵又帶著一小批人衝鋒上前，然後死於非命。這時候，阿金谷爵士突然掉轉馬頭就跑。

「爵士，你要上哪去？」宋慕問道。

「『圍魏救趙』！」阿金谷爵士說。

元帥有一絲不好的預感，「宋慕，你快追上去，看他要幹什麼。」

宋慕騎上馬，一路尾隨他到了阿金谷村莊，只見他召集扈從，然後對村民們大聲喊道：「鄉民們！你們報效國家的時候到了，這是你們為偉大的法蘭西爭取榮譽的一刻，隨我來，我們打倒英軍的大營！」

或許阿金谷爵士平時待下有恩，百姓們紛紛響應，然後他領路往一條林間小道疾奔。宋慕火速掉頭，通知元帥。

「糟了，」元帥說，「現在我們有許多騎士被俘，要是他幹出這樣違反騎士道的事來，不曉得會發生什麼樣的慘劇，我們快去阻止他。」

元帥、兩位公爵，以及他們的幾個家族騎士和扈從們跟著宋慕，騎向那條小道，當他們衝出密林，只見不遠處的英格蘭大營已經起火冒煙，數百個鄉民正瘋狂的劫掠。

「噢！天啊！」元帥掩住了臉，不過當他看到遠處有一隊英格蘭騎士往回奔，又冷靜了下來，「事到如今，只有將錯就錯，亨利看到大營起火，一定會回援，我們在半路堵截，只要能擊殺或俘虜英格蘭王，這場慘敗還有轉機。」

「駕！」兩位公爵和扈從們都二話不說，跟上元帥的腳步，洛林公爵趕上來和宋慕說：「你知道家紋嗎？只要認出家紋裡有紅地金獅的，就是英格蘭王或他的近親。」

「好！」

對方只有十幾個人騎馬，大多數人步行，總數約有六百人。而元帥這一小群人只有約莫十來人。或許回援心切，英格蘭騎馬者把步行者遠遠拋在後頭，「這是我們唯一的機會！」元帥說。他們正面朝著英格蘭騎士們迎了上去，對方大吃一驚，宋慕看到帶頭的有個家紋正如洛林公爵所形容，對準他就放出一箭。

「颼！」弩箭正中他的腹部，貫穿鐵甲，騎士痛苦的倒撞下馬，他後頭有個戴著王冠的人立即憤怒大吼，然後騎馬擋在受傷的人前頭，他身邊的近衛也立即圍了上來。

我真蠢！宋慕心想，根本不用去認什麼家紋，他頭上就戴著王冠啊！

「狗王，受死吧！」亞蘭松公爵衝了過去，扈從們也跟上，有個家紋和方才雷同，但是上頭多了一條齒狀灰帶，灰帶上三個齒上各有三個圓點的騎士衝出，擋在亞蘭松公爵前頭，「閃開！」亞蘭松公爵手上的戟以千鈞之勢直插上對手的心窩，對方從馬背上往後彈飛了出去，落地時當場斃命，英格蘭王近衛衝向前，亞蘭松公爵猛力一扭，戟的斧刃部分砍穿了近衛的面甲，護面的孔洞中噴出鮮血，近衛往後倒了下去，亞蘭松公爵拋棄插在對方臉上的戟，拔出寶劍，他離英格蘭王只剩下一兩步的距離，但是中間有兩個近衛趕了上來，「喝啊！」公爵從馬上直飛躍了起來，寶劍往英格蘭王頭上猛砍，近衛拚死抱住他，硬是把他從空中截了下來，寶劍只打掉了亨利五世頭上的王冠，然後近衛們瘋狂的跳下地和亞蘭松公爵扭打。

扈從和家族騎士們也衝向近衛，把他們撞開，洛林公爵對宋慕說：「幹得好，你射傷了的是葛勞瑟公爵韓福瑞，他是亨利最疼愛的小弟，所以他才會拚死掩護他。」

亨利五世不顧王冠落地，拔劍應戰，一個扈從被他戴著鐵手套的重拳擊落馬，另一個被一劍敲開護頸，鮮血直噴，這時韓福瑞已經被搶救上馬，奔離戰線，亨利五世於是大吼一聲，撞開正纏著他的一個騎士，然後對著宋慕一面吼罵一面衝了過來，寶劍往宋慕猛力揮砍過來，宋慕舉弩一架，「篤」的一聲，亨利五世的寶劍直嵌進弩身，兩人正相持不下，元帥擊倒一名近衛，挺戟衝了過來，亨利五世見狀，連忙棄了寶劍，伏在馬背上，往回疾奔。

「別跑！」元帥直追了過去。

「元帥！別追了！」洛林公爵叫道。英格蘭的步行騎士們已經趕上來了，亨利五世躲進了那六百人之中。洛林公爵看看身邊只剩下四五個人，他拉住宋慕，「時機已過，我們撤退吧！」

「但是元帥……」

「來不及了。別忘了，我還必須爲我的臣民負責，『我並沒有參加這場戰役』，我不能在此被俘或是陣亡。」洛林公爵掉頭直奔，剩下的幾個騎士和扈從也立即跟上，宋慕只得也跟著他們奔離戰場，回頭只見元帥打倒一個又一個的敵人，但是最後仍然雙拳難敵四手，淹沒在一片英格蘭人之中。

第十四章　踏破鐵鞋無覓處

巴黎籠罩著一片愁雲慘霧。

太保在阿金谷陣亡，元帥和奧爾良公爵「詩人」查理都被俘。更別說無數的騎士或俘或死，而這些騎士們許多都是皇親貴族，或身任公卿，法蘭西的朝廷一空。

宋慕也覺得自己有如籠罩在這片迷霧中，茫茫不知去向。元帥被俘，宋慕失去了雇主；朝政空轉，也沒人管著要付傭兵薪水的事，傭兵們作鳥獸散，於是部下也沒了。正不知如何是好，洛林公爵捎人來找了他去。

那是大清早，一切都灰蒙蒙的。巴黎四處都飄著一股臭味，這讓宋慕很不習慣，他帶著葉華和法蒂瑪，跟著洛林公爵的部下走，原以為會到某棟華美的宅邸，沒想到卻是到了一棟平凡無奇，巴黎中上人家都住得起的樓房。門一開，房內不見洛林公爵，迎面而來的卻是四個年輕人，他們嘟囔著，四個人的話混在一起，不曉得說了些什麼，接著宋慕才聽到洛林公爵的聲音從樓上大喊：「宋慕，你來啦！到樓上來。」

宋慕往樓上去，葉華跟著，不過法蒂瑪的雙腳卻沒有移動，洛林公爵的僕從攔住了葉華，說：「兩位女士請留在下頭。」葉華臉上神色微微變化，然後就退了回去，一時氣氛有些尷尬，宋慕回頭看了看法蒂瑪，她還站在原處，接著就隨著洛林公爵的僕從進入二樓的房間。

洛林公爵身旁有位婦人正幫他打理衣裝，他看到宋慕進門，就說：「來，我介紹一下，這是我的女人，她叫愛莉森。」

「……妳好。」雖然早聽說了法蘭西人明爲一夫一妻卻往往有情婦，洛林公爵這樣直截了當的介紹情婦，讓他很是尷尬。

洛林公爵揮揮手示意愛莉森到樓下去，又繼續說：「宋慕，你在法蘭西，無親無故的，恐怕也無處可去，不如這樣，你武功了得，現在時局紛亂，巴黎很不安全，我想請你就住在愛莉森這兒，順便保護她和我小夥子們的安全，你的兩位姑娘也順便讓我女人照顧，不知你意下如何？」

「多謝公爵大人的好意。」宋慕連忙道。

「別這麼說，」洛林公爵笑了，「我的女人和小鬼們可是的確需要你保護，現在這個時局，『勃艮地人』和『阿馬涅克人』之間，可說是山雨欲來，巴黎很快就會四處濺血，我還得回洛林去，有你在他們身邊，我也放心些。」

元帥曾經提過，法蘭西分成了「勃艮地人」和「阿馬涅克人」兩派，互相爭鬥不休，但是宋慕還是不了解這是怎麼一回事，於是他問了洛林公爵。

原來，法蘭西的國王——他也名叫「查理」——患有精神疾病，國政以往都由前任奧爾良公爵路易，和勃艮地公爵「無畏者」約翰共同把持，當前任奧爾良公爵路易遭勃艮地公爵陰謀刺殺之後，「詩人」查理繼任奧爾良公爵，他的導師阿馬涅克伯爵就成了反勃艮地公爵一派的領導人。於是，支持勃艮地公爵的被稱爲「勃艮地人」，反勃艮地公爵的，則被稱爲「阿馬涅克人」。

「那麼，公爵大人，您是什麼人呢？」宋慕忍不住問。

洛林公爵只是笑了笑，沒有回答，過了好一會兒，他說：「我是法蘭西人。」但是，他又挪了挪身體，靠向另一邊的椅背，接著說：「不過，我確實有受到『無畏者』的支持。」

宋慕想起在阿金谷時，洛林公爵曾告訴他，洛林就位於勃艮地公爵的兩塊領地之間。人在屋簷下，不得不低頭。宋慕點點頭，表示理解洛林公爵的處境。

「對了，元帥告訴過我，他答應過要幫助你們尋找你們的皇帝。有這回事吧？」

「是的，」宋慕肯定道，「但是元帥他……」

「唉，元帥他啊，果然是不該亂說話，」洛林公爵搖搖頭，他指的是他們初識時，元帥曾提到被俘就不要再回來的事，「他的家人果然付不起贖金，只能勉強分期付款，因此他只能一直滯留英格蘭。」

「這樣的話，他也沒辦法履行承諾了，」宋慕有些落寞的說，「不過這也並非元帥的錯，只是命運使然。」

「別這麼說，宋慕，」洛林公爵說，「我和他老交情了，雖然不便幫他贖身，這點忙我還幫得上，你放心，我會幫他完成承諾的，我馬上就派人去打聽你們皇帝的消息。」

宋慕有些感動，又十分驚訝，一時不曉得該說些什麼。

「那麼就這樣說定了，」洛林公爵起身，「我們到樓下去，介紹我的小鬼們與你的女伴們認識吧！」

＊　＊　＊

洛林公爵的私生子女分別叫作：約翰、費利、伊莎貝蕾、凱薩琳，他們的母親愛莉森，原本是洛林公爵的女僕，後來卻成了情婦。這就好像納侍女為妾似的，宋慕心想。洛林公爵要約翰他們，平時帶宋慕出去巴黎街頭走走，但是他建議女孩子別任意出門，以免發生危險。

在阿金谷被殺或被俘的多半是阿馬涅克人，而且不乏高級貴族，阿馬涅克人的領袖因此幾乎一掃而空，朝中現在是勃艮地人的天下了。然而市街上，阿馬涅克人卻聲勢高張，他們認爲都是勃艮地公爵「無畏者」裡通外國，才會導致奇恥大辱，因此每天都有阿馬涅克人向勃艮地人尋仇生事，不是群毆就是單挑，一如洛林公爵所料，巴黎街頭每日都可以看到有人濺血倒斃街頭。

宋慕很感激洛林公爵願意代別人信守承諾，但是他實在不喜歡巴黎的生活，先不論每天都會見到流血爭鬥，光是這巴黎城的環境就讓人難以消受，街上永遠充滿了糞便，因爲法蘭西人不挖糞坑，也沒有如威尼斯一樣遍布水道，當他們要大小解的時候，就直接尿在街角牆上，或是在凹處就大解，在屋內時使用尿壺便盆，一旦滿了，就直接從窗戶往外倒，有的人會喊一聲：「屎來了！」但是有的人則是什麼都不喊，宋慕就這樣有一次差點被潑得滿頭屎尿，還好有許多農民會進城來揀拾人糞載運出城，充當肥料，不然這巴黎城恐怕馬上就要被糞便淹沒。

貫穿巴黎的塞納河自然也好不到哪去，只要一下雨，城內的穢物沖入河中，就當場成了一條極臭的糞河。但平時的塞納河也沒有乾淨幾分，上游不時飄來穢物、死亡的動物，甚至還常常飄來死屍，但是巴黎人見怪不怪，甚至他們洗澡、洗臉、漱口、飲用，都是使用塞納河的河水，還有許多人是直接在塞納河洗澡的。所以宋慕十分理解爲什麼法蘭西人甚至一年只洗上一次澡。在大明的時候，漢人女子迷信在死後閻王爺會要她們把洗頭的水喝下，所以一年只能洗一次頭，但是像法蘭西人一年只洗一次澡眞是前所未聞。當在天方的時候，宋慕總覺得穆斯林大淨小淨的規矩十分繁瑣，如今他倒懷念起天方來了，怪不得回教被稱爲清淨教，相較之下這歐羅巴人實在是太過汙穢。

城中央的市場更是穢物四溢，賣魚的、賣肉的，把魚腸剖出，就直接拋到地下，汙水也任之四處橫流，這點跟在大明的時候倒沒什麼兩樣。但是巴黎的市場更擁擠、更雜亂，有時根本寸步難行，自然也引來了不少宵小混水摸魚，宋慕光陪愛莉森上街買菜，就逮了好幾個扒手。有一次約翰說：或許他的公爵父親請宋慕和他們同住，不是爲了宋慕好，而是爲了他們好，譬如說上市場時幫忙抓扒手，而他與宋慕一同上街，萬一被當成勃艮地人遭人尋隙生事，宋慕也能保護他。

宋慕只有對他苦笑了笑。約翰和他的公爵父親一樣爽朗，也對異國事物很有興趣，宋慕挺喜歡他的。但是約翰也有著法蘭西人的毛病，宋慕一直謹記著父母「華夷之辨」、「男女授受不親」的教誨，但是約翰卻完全相反，他似乎學習著他公爵父親的風流成性，成天向不同的女子示愛，很自然的常常招惹上麻煩，譬如說：遭到情敵的追殺。通常這種「小事」都讓宋慕給解決了，但是有一次他碰到的，宋慕就無法、也不願意幫上任何忙了，那次約翰爲了要到女子的窗邊向她示愛，攀上鄰近的樓房，當他要越過兩棟樓的間隙時，一個失手，直摔了下來，撞斷下頭兩片木板——這下頭爲什麼會有兩片木板呢？原來這戶人家把兩棟樓之間的間隙就當糞坑，架了兩片木板左右踩著，出恭就從木板間往下落——很自然的，底下是一堆比人還高的陳年糞堆，約翰就這樣頭下腳上的摔入糞堆裡，結果沒受任何傷，但是也因此成了一個糞人，當他狼狽的抖著滿身穢物走出來，宋慕只得掩鼻避開，然後看著他左顧右盼之後，跳入一旁的水池洗淨身體，而稍後不知情的婦女們還提著水桶來水池提取飲用水……

有一回，約翰請宋慕見見他的「情婦」之一，出乎意料的那竟是一位已經年近三十的婦女了，當她伸出手時，宋慕驚訝她的手上怎麼有許多髒汙，即使搽了厚粉仍然依稀可見，她似乎很詫異，然後看著宋慕說：「如果你覺得這樣就叫作髒，那你看到我的腳的時候，又該怎麼說呢？」說罷之後，就又回房間，噴噴香水，掩蓋身上的臭味。

在巴黎的生活大概就是如此，唯一比較特別的，或許只有洛林公爵帶他前往羅浮宮晉見國王那次。

法蘭西國王查理，由於有精神疾病，暗地裡一向被稱為「瘋王」。那天，當國王聽完洛林公爵敘述他曾經救過元帥一命，又率領十字弓傭兵隊時，國王突然要他上前、跪下，當他照做之後，「瘋王」突然拔劍，重重的把劍打在他肩頭上，宋慕一時以為他要殺他，但是卻被這樣的舉動嚇住了，結果只跪在原地不動。

國王笑了，然後說：「瓷國人，我封你為『細眼騎士』！」接著大笑連聲。

當公卿們表示抗議，說宋慕不但沒有經過騎士應有的訓練，而且還根本不是基督徒時，「瘋王」只淡淡的回了一句：「我們現在正缺少騎士，不是嗎？」

所以，「瘋王」查理到底是眞瘋還是假瘋呢？宋慕懷疑了起來。總之，洛林公爵告訴他「君無戲言」的道理在法蘭西也是一樣的，因此他現在是個騎士了，只是他是個沒有領地的光桿騎士。

葉華和法蒂瑪的生活似乎也很枯燥，她們兩人成天關在家裡，法蒂瑪努力的和凱薩琳她們學習法蘭西話，而葉華則懶洋洋的教著她們英格蘭話，顯得悶悶不樂。建文帝仍然是音訊全無，宋慕注意到葉華越來越落寞，他想：該如何讓她開心起來呢？

一定是這個城市的問題，住在這樣的地方，誰能不悶出病來？約翰和費利各有一匹馬，宋慕心想，或許向他們借上一天，帶葉華到城外走走吧！

＊　＊　＊

洛林公爵來到勃艮地公爵「無畏者」約翰的別墅，有一群猶太人剛從裡頭走出來，洛林公爵有點詫異的看了兩眼，又繼續往裡頭走去。勃艮地公爵擁有兩塊領地，而洛林就介於他的勃艮地領地和低地國領地之間，因此洛林公爵一直小心的與「無畏者」交好，避免任何發生戰爭的風險。

「查理。」勃艮地公爵戴著黑色絨帽，迎了過來。

「約翰。」洛林公爵和他相擁示意。

「我等你很久了，來，坐。」說完，勃艮地公爵又吩咐僕人備上餐飲。

「我剛看到猶太人從你這邊離開？」洛林公爵問。

「噢，對，猶太人，」勃艮地公爵說，「是我請他們來的。查理，這猶太人可好用得很哪，那英格蘭排猶，連咱們法蘭西也排猶，甚至我父親也排猶，他們都沒有我的見識高遠，你瞧瞧，我包容這些猶太人，他們在此地安身立命，光是從阿拉伯進口寶石加工後賣出，就讓我有賺不完的錢，更別說其他的手工業了，如果法蘭西要國富民強，非得這樣做不可，但是那些窮鄉巴佬卻沒有這種見識，你瞧瞧那全國最窮的亞蘭松領，不就是因爲只能苦哈哈的種地嗎？」

「是啊，你說的沒錯，元帥也有同樣的看法。」洛林公爵附和道。

「猶太人還有另一個好處，就是他們的情報網遍布世界，」勃艮地公爵說道，「你知道嗎？威尼斯總督說：『如果不戰爭的話，全基督徒的黃金都會歸我們所有。』哎！我們爲什麼要傻傻的戰爭，把黃金都讓威尼斯給奪走呢？」

「嗯，是啊，這樣就太便宜了那些義大利人了。」

「說到元帥，他被俘，關在英格蘭，實在是可惜了，而且不只是他，查理啊，你的弟弟、我的兩個弟弟，也都在阿金谷損失了，想想，幸好我們兩個都沒有參戰，爲國保身，不然，今日法蘭西的大局該誰主持好呢？」勃艮地公爵搖搖頭說。

「當然是『無畏者』約翰馬首是瞻囉，」洛林公爵笑道，「我才疏學淺，別說主持了，就幫忙都幫不好呢。」

「查理，你太謙虛啦！如今國內第一流的人才就只剩你一個了，事實上，我打算進入巴黎以後，讓國王冊封你爲太保，主持國政。」

「這太抬舉我啦！不過……進入巴黎？」洛林公爵一面說，一面心驚，這個「無畏者」在打什麼主意？

「是的，」勃良地公爵點點頭，「現在阿馬涅克人雖然已經是風中殘燭，但是仍然處處妨礙國家大事，我打算起兵，淸君側，讓眞正有助於國家的賢達掌權，當然，我指的就是像查理你一樣的才俊啦！」

「既然你都這麼說了，」洛林公爵笑著說，「那我再推辭就失禮了。」同時他卻心想：太子道芬公爵查理，還有其他忠於太子的阿馬涅克人還在巴黎，該怎麼通知他們？……不，要是試圖通知他們，或是萬一他們自己提早離開巴黎，一定會導致勃良地公爵起疑，所以非但不能通知他們，還得想辦法撇淸關係，製造自己與之無關的證明，至於他們的命運，只好看上帝的旨意了。

洛林公爵還是繼續陪著笑，閒話家常了幾句，然後說，「約翰老弟，我難得來一趟低地國，想到安特衛普見識見識，你有沒有好的嚮導啊？」

「哦？這當然沒問題啦，有得你見識的。」勃良地公爵笑道，然後吩咐了下去，當洛林公爵離開前，他說：「我等會兒還有客人，就不送啦！」

「呵呵，不用不用，你也知道嘛！我就那點毛病……」洛林公爵笑了笑，然後就離開了。

洛林公爵走後，「無畏者」的臉色轉爲嚴肅，他對手下說：「把那些猶太人說的人帶上來。」

一位扈從帶上了六個雖然身穿法蘭西裝扮、卻有著漢人臉孔的人，其中有一人右手缺了，只裝上一個鉤子，帶頭的，正是錦衣衛張千戶。

另一位扈從帶上了兩個翻譯，一個把漢話翻成天方話，一個把天方話翻成法蘭西話，然後張千戶向「無畏者」致意。

「你知道我爲什麼大老遠從耶路撒冷找你們來嗎？我聽說你們在找一個瓷國人，也在找那個瓷國人要找的一個瓷國大人物和一個閹人，我想請問你們，你們找到他們，是要做什麼呢？」勃艮地公爵問。

翻譯轉達後，張千戶猶豫了一會兒，然後才說：「如果找到那個大人物，我們要把他帶回瓷國，如果找到那個瓷國人，我們要捉住他，追查大人物的所在。」

「你們不用捉拿他追查啦，」勃艮地公爵笑笑，「因爲他也不曉得大人物在哪，還正託人代尋呢。」

「原來如此，」張千戶想了想，「那麼我們就要殺了他！」

「很好。」勃艮地公爵說，「這是我想聽到的答案，我告訴你他人在哪裡。他現在人在巴黎，充當我的好友洛林公爵的管家跟家庭保鑣，再過一陣子，我就要進軍巴黎，你們可以跟著我的前鋒斥候，先到巴黎附近，伺機解決掉你們的目標。」

張千戶愣了愣，然後說：「感謝。」

「沒什麼好謝的，」勃艮地公爵說，「我自然不會白白幫你們，我還會再託猶太人把你們其他的人也給帶來，不過，我要求相對的報酬，等會我的財務總管會列出我的要求，你們也不用緊張，你們只需要拿絲和瓷來付款即可，這東西你們瓷國多的是吧？」

勃艮地公爵揮揮手，示意手下帶他們和財務總管會談，不過張千戶卻皺了皺眉，說：「你方才說那個什麼洛林公爵的，是你的朋友，而宋慕現在是他的管家和保鑣，你卻讓我們去殺他，這樣妥當嗎？」

通譯遲疑了一下，然後才照樣翻譯，不過勃艮地公爵卻只是大笑。

「十分妥當，」勃艮地公爵正色道，「讓你們知道也無妨，洛林公爵雖然和我很投合，不過這傢伙和我一樣太過聰明，不可以盡信。那個瓷國人現在被封爲『細眼騎士』，他還在阿金谷差點打死了英格蘭的國王，險些毀了我的計畫，但是洛林公爵卻收容他，還幫他尋人，我可不希望他手下有一個武藝如此高強的忠僕。我也想藉此警告他：穩穩的站在我方陣營，不要首鼠兩端。當然，我不能直接得罪他，所以我不親自出手，只是藉由瓷國人的仇家的刀來殺人，這樣一來，就算他有所懷疑，也無法追究。」

說完，「無畏者」約翰就起身，動身離開了別墅。

＊＊＊

當宋慕開口向約翰和費利借馬時，他們一口就答應，還說早該這麼做了，自此之後，宋慕每個禮拜，都會帶葉華出城去散心，他也問過法蒂瑪要不要一起去，但麥子的回答總是：「我的膚色像吉普賽人，瞳孔顏色可能會被說是惡魔，我可不想哪天被當女巫給燒了。」

即使兩人獨處，葉華仍然是沈默不語，而宋慕總是不曉得該和她聊些什麼，只不過，有葉華陪伴在身邊，他就覺得心情很平靜，對不可知的未來也莫名的安下心來，日子一天天過去元帥仍然滯留英格蘭，找尋皇上也沒有進展，但他覺得這樣也就滿足了。這天，倒是葉華開了口。

「宋慕，你覺得我們還找得到皇上嗎？」她說，「我們要不要問問法蒂瑪，請她出點主意？」

宋慕嘆了口氣，「問她恐怕也沒用吧！麥子也有失靈的時候。我照她的話去救了元帥，結果捲入戰爭，元帥都被俘了，我們寄人籬下，兩年了，皇上還沒著落。」

「那只是我們運氣不好，不是法蒂瑪的錯，」葉華說，「或許我們找不到皇上有個很好的理由。」

「什麼理由？」宋慕回頭道。

「洛林公爵。」

「洛林公爵？」

「嗯，」葉華點點頭，「這些歐羅巴人都很直率爽朗，但是我總覺得洛林公爵的思考方式比較像漢人，如果是這樣的話，那他行事有陰陽兩面，也不足爲奇了。」

「這怎麼說？」

「我在想，洛林公爵或許老早就找到皇上了，但是爲了要讓你替他效命，當他的家臣，所以故意不讓我們知道。」

「他會做這種事嗎？」宋慕有點難以置信，「那我們該怎麼辦？」

「如果眞的是這樣，那麼皇上應該很安全，在洛林公爵的保護下，生活不成問題，」葉華說，「現在得想的是我們的問題，我們要一直這樣在巴黎待下去嗎？」

「妳的意思是：如果皇上很安全，那我們也不用特別非找到他不可了？」宋慕說。

「嗯。」葉華點點頭。

「也是……」宋慕想了想，「不過我們如果離開了巴黎，要上哪兒去呢？這一路上都是關卡，處處得收取過路費，我們也沒有船錢，哪裡都去不了啊。」

「我是想，你爲了皇上奮鬥了這麼久，會不會有什麼自己想去的地方，還是想做的事……

你會想回日本嗎?」葉華問。

宋慕說:「葉華,要坐那麼久的船,我恐怕會死在船上,再說整個西洋現下都是錦衣衛,我想我大概是回不去日本了。」

「喔。」

宋慕笑了出來,然後看著因爲他的笑而有點不知所措的葉華,突然覺得她十分迷人,然後他很自然的就說了出來:「其實,只要有妳在的地方,我就覺得很好了。」

「貧嘴,」葉華臉紅了起來,嗔道,「你成天跟著那個約翰偷雞摸狗的,學來這些不正經的話。」說完就作勢要追打他。

宋慕連忙策馬往前騎,葉華在後頭追著他,經過一條鄉間小徑時,他忽然看到眼前有熟人,連忙勒馬,葉華「啊」的一聲,似乎微微嚇了一跳,然後也把馬停了下來。眼前的是三個曾經是他手下的熱那亞傭兵。

「提尼、薩特、皮耶羅?」宋慕又驚又喜的問道,「你們怎麼會在這裡,沒有回熱那亞去?」

「唉呦,老大,」皮耶羅說,「我們大老遠的跑來法蘭西,結果也沒撈到什麼錢,你要我們怎麼跟故鄉的親朋好友交代?所以只好在法蘭西流浪,到處尋找機會啦!」

「原來如此,」宋慕不禁覺得有點自責,雖然他也無能爲力,不過至少……「來,難得碰頭,我請你們喝一杯。」

「哈，有人要出錢，那再好不過啦！」三個人異口同聲的說，宋慕笑了起來，心想，眞是標準的熱那亞男兒啊！

五個人走到宋慕常來光顧的小旅店，酒雖不是上好，但也差強人意，三個熱那亞人和宋慕聊了起來，他們說：「我們聽到消息，說很快巴黎就要有戰爭啦！所以我們想說來這邊碰碰運氣，看有沒有什麼工作可以做的，畢竟咱們總還是十字弓手嘛！」

「巴黎就要有戰爭？」宋慕心頭一驚。

「是啊，」皮耶羅肯定的說，「勃艮地的軍隊都已經開到半路啦！難道你們都不曉得嗎？」

宋慕這下可眞的大吃一驚了，巴黎現在沒有什麼防備，勃艮地的軍隊一來，只能開城投降，那麼城裡的阿馬涅克人恐怕會遭到大整肅，這麼嚴重的消息，洛林公爵怎麼會一點通知都沒有呢？

當他正沈思間，突然角落的那桌有人站了起來，宋慕看淸他的臉：那是漢人的臉！

這下他把方才勃艮地的事全給拋到九霄雲外。漢人……錦衣衛？他們怎麼會追到這裡來了？宋慕只覺全身一陣冰冷。對方開口道：「你是宋慕嗎？」

宋慕沒有回答，他就逕自繞過中間的空桌子走了過來，當他接近到五步之內時，突然手探了探。

「快趴下！」宋慕大喊，三個熱那亞人和葉華都連忙往下一躲，同時那漢人手中激射出暗器，「篤」「篤」「篤」「篤」「篤」連聲，直打在桌面和熱那亞人的木盾上，皮耶羅的盾幫宋慕擋住了一發暗器，然後滿臉雜鬚的熱那亞人火冒三丈的一躍而起，大吼：「卑鄙小人！」

錦衣衛還來不及反應，就被莽牛般的皮耶羅和他手上的匕首給撂倒在地，但是遠方那桌的其他三人衝了過來，宋慕看到葉華臉色發白，「沒事吧？」

「沒事，」葉華說，「我躲起來。」

「嗯。」宋慕點頭，然後也一躍而起，加入三個熱那亞人，他跳上桌面，錦衣衛舉著刀直衝過來，迎面而來的卻是一片白光，倭刀齊整的在錦衣衛頸子上劃出一道隙縫，然後噴出一片血簾，宋慕動作絲毫沒有停滯，迴身由桌上往下躍，以泰山壓頂之勢往下一個錦衣衛的肩頭猛砍了下去，倭刀有如破竹一般，直劈進對方的胸廓之中，當場就讓錦衣衛化爲一具死屍，力道之強猛，讓那具已經沒有生命的肉體，還往上彈了一大下，就好像是最後的掙扎似的。

最後一個錦衣衛見狀大叫一聲，把刀一丟，沒命的衝出門外，三個熱那亞人連忙引箭上弦，但是等他們準備妥當，錦衣衛已經逃之夭夭了。

事情發生得太快，酒店的老闆和女侍都愣愣的看著，這時才尖叫出聲，奪門而出。

「噢天啊！」皮耶羅說，「眞不划算，咱們竟然爲了一壺酒就打了一仗啦！而且老大你還不用付錢。」

「那不然我把酒錢付給你好了。」宋慕笑道，不過他發現葉華臉色更難看了，這才想起自己現在半身都是血，一定煞是嚇人。他正想著該如何處理血衣和屍體，突然聽到不遠處有馬蹄聲響起。

「老大！」皮耶羅也聽到了。那很可能是錦衣衛去求來的救兵，沒想到他們竟然有同夥在附近。三名熱那亞人立刻挺起弩靠到了窗邊，宋慕也趕了上去，只見馬上的人影漸漸清楚，帶頭的的確就是方才那個錦衣衛，但是後頭跟著的，卻是重甲騎士。

「勃艮地人！」薩特大叫道。

「別慌！」宋慕說，「你們還記得阿金谷的英格蘭人怎麼對付騎士的吧？」

「記得！」「忘都忘不了啊！」

「我們依樣畫葫蘆，你們守在窗口，木牆就是你們的木樁，」宋慕說，「我守在門口，擋住他們的來路並且吸引他們的注意力，你們三個等對方接近才發箭，輪番射擊。」

話才剛說完，錦衣衛和騎士已經衝向旅店，往宋慕所在的門口集中了過來，宋慕高舉倭刀，騎士們一面大吼一面衝鋒，但當他們來到旅店門口前五步之處，領頭的錦衣衛心口就正中一箭，直沒至羽，他從馬上倒撞下來，緊跟在後的騎士閃躲不及，也從馬上摔了下來，其他四名騎士繞過他們，往旅店繼續衝鋒，「錚」的一聲，勁弩破甲而入，第二個騎士被射下馬來，兩名騎士衝到窗邊，才發現十字弓手早躲了進去，長劍砍不到他們，自己倒成了弩箭的活靶，「錚」，第三個騎士落馬。

三名熱那亞人現在都躲進店內上箭。一名騎士躍馬跳過錦衣衛的屍體，挺戟直直的往宋慕衝刺而來，宋慕在最後一刻往內一滾，戟頭撲了個空，但是馬匹的去勢不止，馬兒靈巧的低頭奔進店內，但騎士一頭撞上了門楣，倒撞下馬。

第一個射擊的皮耶羅塡上了箭，「錚」，又一個騎士死於非命。方才因閃躲錦衣衛而落馬的騎士爬了起來，大吼著往宋慕衝來，宋慕兩手抓住他揮砍著重劍的鐵手，但是對方的力道和重量把他往下壓，這時皮耶羅、薩特和提尼把十字弓一抛，繞到騎士後頭，三人合力扳倒了他，然後掀開無助騎士的面甲，一匕首往他的臉刺進去。

勃艮地人？爲什麼會在這裡？宋慕心驚，這樣一小隊人應該只是斥候，但……莫非勃艮地的軍隊已經到巴黎附近了嗎？不行，得立刻通知約翰他們，讓他們去通知所有的阿馬涅克人，宋慕扶起葉華，卻發現她氣若遊絲。

「怎麼了？」宋慕這才看到葉華身上有一絲血跡，他掀開衣服一看，一發暗器打在她的肩窩上，傷口旁邊發靑，顯然暗器上頭餵了毒，他急道：「妳怎麼不說呢？」

「大敵當前，分心……會要命的……」葉華說完，就軟倒了下去，宋慕連忙攙著她，然後對皮耶羅他們說：「這幾個騎士的戰利品都歸你們！」

「呀呼！」三個人歡呼道。

宋慕一面把葉華扛上馬背，一面喊道：「記得快點離開！」

「老大，我們知道的。」皮耶羅手腳很快，已經往中箭未死的騎士身上補了一刀，然後開始剝下他身上所有值錢的東西。

「後會有期！」宋慕策馬往巴黎疾奔，葉華只是怔怔的看著他，宋慕對她說：「葉華，妳撐著！」

他猛踢著馬腹，回到愛莉森家門前時，馬兒已經快吐出白沫，宋慕拚命敲門，凱薩琳姍姍來遲，一面抱怨一面開門，開了門，才大聲驚叫，然後奔上樓找約翰和愛莉森。

「醫生！」宋慕喊道，「葉華中毒了，哪裡有醫生？」

愛莉森和約翰趕著下樓，約翰說：「我帶你去！」但愛莉森突然阻止了他：「那些理髮師都只會放血而已，不要找他們，你父親給道芬公爵請了一個外地來的草藥師傅，非常靈驗，道芬公爵本來體弱多病，都是他調養好的，你帶他們去找道芬公爵！」

「好！」

道芬公爵？宋慕一聽到，才連忙想起：「還有一件更嚴重的事！勃艮地的大軍已經要逼近巴黎了！」

「什麼？」約翰、凱薩琳和愛莉森異口同聲的問。

「千眞萬確，我方才和他們交過手了。」宋慕一面跟著約翰出門一面喊道，「快去通知所有的阿馬涅克人：逃離巴黎，勃艮地人要來了！」

然後宋慕又跨上馬，隨著約翰直奔道芬公爵的別墅，他們一面通知所有人勃艮地軍隊逼近巴黎，一面問那位老草藥師傅在何處？問明了，就抱著葉華直奔閣樓上，然後猛力敲門。

「是什麼人啊？」出乎意料的，裡頭傳來的卻是漢話。

「我來應門。」一個陰柔的男聲說。

宋慕正吃驚，門就打開了，門邊站著的是一個有著回回面孔的無鬚男子，房間裡坐著的……

他想起來了，他在阿丹見過他們一次。所以他們就是……

「……皇上，」他愣愣的說，「你們怎麼會在這裡？」

第十五章 勃艮地公無畏者

外頭正下著滂沱大雨，珍珠般大小的雨珠打在屋簷上、泥地上，劈啪聲淹沒了一切聲響，匯聚成一股隆隆聲。宋慕進入房間，掩上門，葉華正躺著，建文帝用薰香讓她沈沈的睡著，宋慕問：「葉華還好嗎？」

「毒已經解了，不礙事的。」

宋慕鬆了一口氣，他看了看四周，然後問：「皇上，法蒂瑪呢？」

「喔！她正纏著馬喜聊天呢。」朱允炆抬起頭，雖然他的年齡不過四十出頭，但是卻看起來十分蒼老，「宋慕，你別叫我皇上了，我早已不再是皇上，馬喜叫慣了，改不過來，你嘛！就別養成這個壞習慣，頂多叫我朱伯伯就好了。」

宋慕怔怔的看著眼前的蒼老男子，他是皇上，但，他卻說他不是——君無戲言。

一股難以言喻的感覺湧上宋慕心頭，讓他出了神，他想起母親，母親曾說過岳飛的故事，要他盡忠盡孝，這是他之所以唯父命是從的理由；接著想起父親，父親要他返回大明，進入寶船艦隊，保護皇上，所以他遠渡重洋；他想起葉華，追尋建文帝，一直是他們兩人間共同的羈絆，他因此到了這個法蘭西國。

但當他終於遇見追尋已久的皇上，眼前的「朱伯伯」，恬然安於身爲一個普通漢醫的身分，他覺得有些錯亂，「……朱伯父。」宋慕挺彆扭的說道，這讓兩人都笑了起來。

「什麼事兒這麼有趣啊？」馬喜走了進來，然後對宋慕說，「你的那個庫德小女孩玩累了，睡了。」

「馬公公。」宋慕向他請安，馬喜慈祥的看著他，然後說：「皇上還沒跟你說嗎？別叫我們皇上、公公的了。」

「啊，朱伯父剛說過了。」宋慕不好意思的抓了抓頭。

「你叫我馬喜就好了，這歐羅巴人喜歡直呼名號，倒也挺親切。」太監笑道。

「嗯，馬喜。」

「這就對了。」說完，他和朱允炆都笑了起來。

「皇……朱伯父，」宋慕連忙改口，同時也不禁心想，自己光是要改個稱呼都這麼不容易，朱伯伯又是如何能如此淡然接受已經不是皇帝的事實呢？但他不敢冒昧詢問，只問道：「你們是怎麼會到法蘭西來的？」

「原本，我們和那五位解救我們的朱乎德人一起逃出阿丹，他們很快就明白我們不是朱乎德人，不過我和他們交涉，用隨身攜帶的絲綢彌補他們的損失，於是他們就帶我們回威尼斯，」馬喜說，「到了威尼斯之後，朱乎德人認爲我們語言不通，哪兒都去不了，正好託我們管帳，不用擔心我們會捲款潛逃，於是就放著我們在威尼斯，他們則出外繼續貿易。他們在馬賽聽到洛林公爵懸賞尋找我們的消息，就把我們帶去交給洛林公爵的手下。」

「之後，我聽說法蘭西的王儲道芬公爵體弱多病，就自告奮勇爲他醫治，」朱允炆道，「總算是將他的身子調養的不錯，所以，我就在他的宅子裡住下了，直到你們來找我。」

「原來如此，」宋慕嘆了口氣，「沒想到，葉華說的是眞的，是洛林公爵故意不讓我們相見。」

「喔，你們誤會他了，」朱允炆說，「這是我要求的。」

「是朱伯父你……爲什麼呢？」宋慕大惑不解。

朱允炆說，「原本，我在南京城破的時候，只有滿腔悲憤，我恨叔父的狼子野心，也怨臣僚們臨陣變節，我覺得人生到了這個地步，已經沒有任何意義，於是我縱火，一心只想殉國。但是，當我醒來之後，我發現我躺在飄蕩著的船上，我往外看，一片大海，無邊無際，後來我聽說那片海比整個大明都還要大，我突然醒悟了，其實，一切不正都是我引起的嗎？我想削藩，是怕諸王擁兵自重會造反，但卻正是我削藩的舉動才造成叔父造反，你說這是不是很可笑呢？」

宋慕答不上來。

「我只後悔我害死了我的王后，這是無法彌補的錯誤，」朱允炆又繼續說道：「但是我自己卻能從這些虛妄中脫身而出，我向趙御醫學習醫術，希望能夠救助更多人，彌補我的罪過。然而趙御醫卻在阿丹爲了助我逃脫而死，今日我以他傳授予我的醫術救了他女兒一命，也算是還他人情了吧！」

宋慕想說，其實趙御醫並非有意爲他擋下那一刀，這只是一場意外，不過人死爲大，因此他什麼都沒有說，只是點點頭。

「但是，我欠你們父子的卻太多了，還也還不清，」朱允炆說，「你父親在大火之中救了我，爲我遠走東洋，而你則是爲了我從世界另一頭的日本來到此地。當你一旦找到我，你又會稱我爲皇上，想爲我效忠，但是我只是個什麼都沒有的人，頂多有著一身醫術，我無法給你任何東西，更不該爲了這樣的我，而去犧牲了年輕人美好的前程。」

「我……」

朱允炆舉起手，示意讓他說完，「當洛林公爵找到我們，我聽說你被封爲『細眼騎士』，雖然我聽說沒有領地的騎士算不上是眞正的騎士，但至少是一個開始，你又深受洛林公爵的器重，而他是法蘭西的大人物，我不想爲了我們，犧牲你的人生，所以我請洛林公爵，不要讓你們知道我們的存在。」

「原來如此。」宋慕點點頭。

「宋慕，」馬喜問，「那麼你又是怎麼一路過來的呢？」

宋慕於是把如何混入寶船艦隊，從太倉出發下西洋的事從頭說起，當他說到馬歡如何險惡時，馬喜搖了搖頭：「宋慕，這誤會可大了。」

「誤會？」

「是啊，誤會，」朱允炆也說，「馬歡，正是馬喜的親弟弟啊！」

「怎麼會？」宋慕大吃一驚，「那他爲什麼要害你們呢？」

「不，」朱允炆說，「他是要幫我們，就像你一樣，不過，或許都得怪你父親太過小心了。」

「我父親？」

「我從頭說起吧！」馬喜說，「我弟弟馬歡，原本隨商人做走私生意，來到南洋一帶，你父親想辦法和他接上頭，讓我們兄弟倆見上一面，馬歡原本以爲我已經死在南京城，當他知道我沒死之後非常高興，馬上允諾要幫助我們。於是，你父親就請我寫了一封全文皆以天方文撰寫的信件，交給馬歡，內容是你父親寫給你，要你混入下西洋的部隊。」

「但是……我並不懂天方文啊！」宋慕說。

「沒錯，而且你當時也根本不在下西洋的部隊裡。」馬喜說。

「那麼這到底是？」

「這封信只是爲了讓馬歡能接近並取信於鄭和而已，我想，之後他就成了鄭和的心腹。」

馬喜說。

「但是他也不曉得我並不懂天方話，所以才會一直和我說天方話……」宋慕自言自語道，「然後還試著要教我天方話。原來如此。」

「你父親讓你和馬歡分頭進入鄭和的部隊裡，一個在高層，一個在底層，」朱允炆說，「可說是深謀遠慮，他也顧慮到，萬一事洩被捕，不能互相連累，因此，你不曉得有馬歡的存在，馬歡對你的了解也僅止於那封僞信，而且你們兩人和你父親本人都不曉得我們正確的位置。結果，陰錯陽差，你們兩人都到了天方，偏巧我們也到了天方，才反而讓我們陷入險境。」

「朱伯父，你們又怎麼會到天方的呢？」

「這都是我不好，」馬喜說，「原本，你父親安排我們到滿剌加，隨後又安排我們到錫蘭山，但是，當他知道鄭和開始下西洋以後，就寫信要我們自行決定去處，我想既然要跑，不如走遠一點，我又通天方話，於是就決定帶皇上到阿丹，住在華裔聚居處。馬歡和你父親都不曉得這件事。」

「那麼馬歡其實是想利用我，故意誤導錦衣衛囉？」宋慕問。

「我想應該是，」馬喜說，「但是他沒料到我們竟然眞的就在阿丹，唉，沒想到他當時竟然在這麼接近的地方，我們兄弟倆卻還是沒辦法再見上一面，或許也是命吧！之後，錦衣衛沒有直接往麥加追過來，應該也是馬歡欺騙了他們。」

「但是現在錦衣衛已經到了法蘭西了。」宋慕說。

「嗯，」馬喜憂心的說，「希望馬歡別出了什麼事才好。」

「馬喜，你放心，」宋慕說，「他巧計百出，一定能化險爲夷的。」

「嗯，希望如此，」朱允炆說。

沒想到，對馬歡的憤恨，原來都是誤會一場，而一切的根源，竟然是自己的父親，宋慕眞覺得有些哭笑不得了。回想他在阿丹，誤以爲馬歡對建文一行人設下圈套，又對離開阿丹的自己窮追不捨，當時覺得凶險萬分，現在卻是如夢一場。

葉華曾說過，皇上如果安全無虞，那是否還需要去尋找他呢？他當時覺得怎能有此「無父無君」的想法，現在看來葉華才是有眞知灼見。如果早知建文不願意以皇上自居，甚至並不想和他相見以免耽誤他的前程，那會如何呢？

宋慕想起了沿途所遇見的人們，想起葛卜樂與謝里夫，或許，他會和這群黑人一起成爲每年巡迴販賣「咖乎瓦」的商人；又想起了艾・哈桑冷酷的眼神與薩達姆的爽朗，或許他會成爲總教頭，隨艾・哈桑巡視漢志，對抗強鄰，每年協助管理前往麥加朝聖的人們，或許和葛卜樂一年見一次面；他想起了瑪格麗，或許他會隨她回到英格蘭，與葉華一起當個普通的僕人；他想到了法蒂瑪，也許他會護送她到土耳其，與土耳其的貴族聯姻，之後在她的保護下居住在遙遠異國。沿途其實有無數的可能。

但是，這一切都已經成了過去。眼前的危難還未度過，他現在除了要保護建文帝、馬喜，還要守著葉華、法蒂瑪，而他與道芬公爵和阿馬涅克人，現在也是在同一條船上。

他正想到這裡，馬喜說：「外頭似乎有聲音？」

側耳傾聽，依稀聽到有人在敲門，「我去看看。」宋慕前去應門，從縫隙中看出去，對方溼透了的深色斗篷和夜晚的黑暗融成一片，淌著水的頭罩低垂，只露出一點點臉，他伸手拉高了頭罩：「是我。」

「約翰，」宋慕小聲道，連忙迎他進門，「你怎麼來了？」

約翰脫下斗篷，往地上甩了甩，雨水馬上積成了一灘小水池，他渾身滴著水的走上玄關，然後說：「不礙事的，沒人跟蹤我，我帶我父親的口信來。」

「愛莉森他們都沒事吧？」

「沒事，你放心，『無畏者』支持我父親上台擔任太保的職位，我們現在在巴黎很安全，」約翰說，「但是我父親就不便再繼續援助你們，只能暗中進行。」

「嗯，我了解。」宋慕點點頭。

說著約翰突然靠近他的耳朵小聲說：「費利傷心得很哪，我偷偷告訴你，他其實很喜歡你帶來的那個小吉普賽人，你別生他的氣喔。」說完笑了兩聲。

「她不是吉普賽人啦！」宋慕說。

約翰正色道，「我父親想請你協助道芬公爵，擔任他的護衛，因爲他有可能隨時會被暗殺。你們的酬勞，道芬公爵會付給你們的。」

「謝謝令尊的安排。」

「眞希望有一天我們倆能再一起在巴黎街頭上遊蕩啊！」約翰嘆氣道，然後他披上斗篷，「我該走了。」

「保重。」

＊　＊　＊

之後，有很長一段時間，都沒有再接到來自洛林公爵的消息，當洛林公爵的私生子再度敲門，來的卻是費利，而不是約翰。

「約翰怎麼了嗎？」宋慕擔心的問。

「喔，」費利說，「他很好，只是父親覺得他和你交情太好，所以派我來。」接著壓低聲音說，「其實我剛從道芬公爵那裡過來。」

「道芬公爵？」

「嗯，我來主要是通知他：父親打算為他安排談和。」

「談和？」

「沒錯，」費利看著吃驚的宋慕，「雙方談和。」

「能談和當然是最好，」宋慕說，「沒想到你父親這樣為我們著想，進行這麼吃力不討好的交涉。」

費利搖搖頭，「不，其實並不完全是如此，」他拉了宋慕，走到裡頭，「這件事我只跟你們提，別和阿馬涅克人說起。」

「嗯？」

「我父親並不完全就站在道芬公爵這邊，」費利說，「畢竟現在掌權的是勃艮地人，而且，洛林夾在勃艮地公爵的領地之間，父親和勃艮地公爵『無畏者』又是老交情。我問過父親，他現在已經是太保了，何苦蹚這個渾水呢？你知道他回答什麼嗎？」

「他回答什麼？」宋慕愣愣的問。

「他說：『你以為我長袖善舞八面玲瓏，就能一直兩面討好嗎？』」費利搖搖頭，「勃艮地公爵對我們私底下的所作所為不可能一無所知，他現在對我們睜隻眼閉隻眼，只不過是因為阿馬涅克人還沒有完全消滅，父親和『無畏者』有同生共死的交情，可是跟他兒子卻沒什麼交情，難保日後不會被算老帳；而我們檯面上一直站在勃艮地那邊，也已經讓許多不知情的阿馬涅克人不滿，遲早成爲夾心餅乾。因此，最好的狀況就是促成雙方談和，如此才能長保我們家族的安泰。」

「原來如此，」宋慕嘆了口氣，在阿金谷的時候，洛林公爵也爲了同樣的理由從戰場上退卻，「這也不能怪你父親，你們自己的安全總是要先考量的。」

「你不怪他就好。」費利說。

「但是，阿馬涅克人和勃艮地人彼此水火不容，如何會答應談和呢？」宋慕問，「光是上個月，把約翰當成勃艮地人前來挑釁，被我解決掉的就有一打人，把約翰當成阿馬涅克人而死在我手下的也有兩個。要他們彼此談和，我看比登天還難啊！」

「所以啦，要是不讓他們談和，約翰的那條小命可就活不過一個月了，」費利笑道，「其實沒那麼難，雙方都有談和的需求。現在整個法蘭西北部，不是被英格蘭占領，就是落入勃艮地的控制之下，現在『無畏者』又把持了宮廷，阿馬涅克人總也該識時務，再說，道芬公爵需要勃艮地公爵的支持與承認；對『無畏者』來說，若是整個法國都被英格蘭拿下，那對他也十分不利，能夠保持三分天下的平衡才是最好的，所以他也不會不願談和。」

「可是，萬一雙方發生了什麼意外，怎麼辦？」宋慕問。

「這就是我最擔心的，」費利面露憂色，壓低聲音說，「父親說：若是道芬公爵被殺了，我們就倒向『無畏者』那一方，要是『無畏者』發生不幸，那我們就全力支持道芬公爵，以對抗他那不友善的兒子。不論如何……」他停頓了半晌，然後強調道，「只要犧牲的不是我們，我們就是贏家。」接著，他直視著宋慕，「但是對你們來說就不是如此，宋慕，若是雙方談判演變成流血事件，接下來的事態一定會一發不可收拾，而且你是外地人，最可能被拿來當替罪羔羊，尤其是你身邊還帶著英格蘭女子，還有法蒂瑪小姐。」

宋慕心頭一凜。

「所以，」費利說，「請保護好道芬公爵，可能的話，也請保護好『無畏者』。」

宋慕點點頭，費利起身準備離去，在他到玄關前時，轉過頭來，說：「父親說：和平比爭鬥需要更多的智慧，」不過他又嘆口氣，「不過和平也比戰爭來得更加困難。」

* * *

第一次談判沒有什麼結果。道芬公爵本身的要求很簡單：請勃艮地公爵承認並支持他即可。但是其他阿馬涅克人卻要求更多，並且端出各種大義名分指責對方，勃艮地公爵拂袖而去。

第二次和談由道芬公爵主動提出，雙方約在蒙特留橋頭談判。勃艮地公爵很爽快的答應了。

月夜清朗，帶著水珠的草地透著亮，幾名重甲騎士簇擁著道芬公爵，而宋慕則與一名扈從在前頭開路。遠方的草地似乎不自然的晃動，宋慕揉了揉眼睛，確定不是自己眼花了，然後他悄聲對身旁的年輕扈從說：「你先到後頭，通知他們暫停前進，我去查看一下。」

扈從點點頭，一溜煙的走了。

宋慕看著那擾動處前進的方向，先低身小跑抄到前頭，然後無聲無息的緩緩往沙沙聲靠近，那一群人走到了長草稀疏處，宋慕定睛一瞧。

「皮耶羅！」他喊道。

「嘩！」熱那亞男兒被嚇了一大跳，「老大，你怎麼會在這裡？」

「你們又怎麼會在這裡？」他看了看，皮耶羅和提尼、薩特以外，還有七八個十字弓兵。

「唉呀，當然是工作啦！工作，」皮耶羅說，「啊！對了，老大，是一群長得跟你很像的人找上我們，說要到河邊集合，任務是什麼到時再說。」

「唔。」和自己很像？那麼非錦衣衛莫屬了，宋慕一陣心驚，沒想到錦衣衛竟然如此窮追不捨，還聘用傭兵，看來真的是想置他於死地。

好在這些人是傭兵。宋慕問：「他們要給你們多少酬勞？」

皮耶羅比了比，「訂金是這個數，事成另外談。」

「我出一樣的錢請你們，如何？」宋慕說，「不瞞你們說，他們正是我的仇家，八成就是要你們殺了我。」

「啥？」皮耶羅一愣，「老大，你說的是眞的嗎？如果是這樣的話，那我們可不能接這工作啦！我們雖然是傭兵，也是講道義的。」

提尼和薩特也點點頭，「上回那幾個蠢騎士的家當著實讓我們發了筆小財，只是拿去吃喝嫖賭，結果又花光了。」

「他們做事心狠手辣，」宋慕說，「事成之後，大概會殺你們滅口吧。」

「說的也是，」皮耶羅沒有被這話嚇到，但是也考慮了半晌，「和老大合作習慣了，是比較信得過。」十一個熱那亞傭兵彼此討論了一下，然後皮耶羅說：「好，就照老大說的，我們站你這邊，我想老大你身上應該也沒帶錢吧？酬勞事後付就好。老大有何吩咐？」

「謝了，你們可以帶我去找他們嗎？」

「沒問題。」

皮耶羅沿著河畔走了沒多久，就遠遠指著河濱，有十幾個人影正站在水際，宋慕瞇著眼瞧了瞧，帶頭的正是張千戶。宋慕招了招手，十字弓手聚攏了過來。

「我要你們躲在草叢裡，分散到兩旁，不要現身，我去吸引他們的注意力，然後當他們往我衝過來時，你們就從旁邊交叉射擊，一射完就撤退，以免上箭的空檔被他們逮到，好嗎？」

「老大，你太小看我們了，」皮耶羅努了努嘴，「不過當傭兵，能少冒點風險就少冒點，就依你的。」

當熱那亞傭兵們散開，宋慕就直直從長草叢裡走了出去。細長的草葉刷過宋慕的身體，在月光下，宋慕的身影融入草葉交織而成的網狀剪影中，窸窣的聲音則掩蓋在一片風吹草動聲裡頭，讓錦衣衛一時沒有察覺他走近，直到他整個人站出空曠的河岸上，張千戶才轉過頭來。

「你……」張千戶瞇起眼看了看，然後高叫道：「宋慕！好啊，沒想到你竟然自己找上門來，別跑！」一時間錦衣衛都向前衝來。

宋慕卻文風不動，當錦衣衛奔近宋慕十步的距離，突然「颼」「颼」連聲，草叢中各處亂箭射向錦衣衛，轉眼間哀嚎聲四起，他們還搞不清楚箭打哪來，就倒了一地，只剩下一個人衛在前頭的張千戶，和三個留在河那面的錦衣衛還站立著，張千戶回頭看到部下們死傷殆盡，一時不知所措，張大了嘴，卻不曉得要喊些什麼，等他回過神來，「宋慕，宋慕呢？」

「嗚啊！」河邊傳來踏水聲，然後是淒厲的叫聲，月光照著河面，反射出一條條的亮光，在薄暈之中，看見兩個人影，其中之一頸子處噴出一片血霧。

另外兩個錦衣衛舞刀迎了過去，其中之一把刀高舉過頭大喊，但迎面而來的卻是同僚的屍體，他撞個滿懷，刀也掉了，往後踉蹌了三步，只看到人影低低竄出，另一個同僚腹部噴出鮮血，然後月色映著一道刀光直劃了過來，他連忙把身上的屍體一推，往後一躍，只覺臉上一涼，然後血濺到了眼睛裡，模模糊糊看到刀一沈，然後就刺穿他的肋間，直釘入他的心臟，錦衣衛痛得大叫，然後就再也不動彈了。

「可惡！」張千戶罵道，他抖擻身子，壯起膽，挺刀往宋慕殺了過去，「我一個人就夠解決你！」

宋慕將倭刀一振，彈落血滴，然後收刀入鞘。張千戶曉得那是他要發出絕技的前兆，但是他假作不知，一口氣衝進刀身可及的距離，那瞬間猛然往後一跳，「錚」，清脆的聲響伴隨冷冽的刀光而來，劃斷了張千戶的鬍鬚，他不禁沁出冷汗，然而，手上卻毫不遲疑的猛力揮舞大刀。

宋慕一擊失手，連忙往後一躍，張千戶又高舉著刀往下砍來，宋慕舉起倭刀刀鞘一格，「鏘」，大刀在張千戶全力揮砍下在刀鞘上打出火星，宋慕只覺虎口猛震，但他隨即左手一伸，反手抓住大刀刀背，然後就要往前揮斬。

他又揮了個空，張千戶棄了刀，就轉頭往後直奔，宋慕把大刀一拋，從空中抓住刀柄，猛力往張千戶擲去，只聽到張千戶悶哼一聲，然後就往前撲倒，再也起不來了。

宋慕吹個口哨喚傭兵們出來，薩特說：「老大，好身手。」提尼卻是說：「好刀。」

「戰利品都歸你們。」宋慕說。他跟皮耶羅說了住處所在，就急奔回到法蘭西隊伍。

「有什麼狀況嗎？」道芬公爵緊張的說。

「喔，沒什麼，只是一小群土匪而已，我把他們擺平了。」隊伍繼續前進，橋頭處，勃艮地公爵「無畏者」早已在另一頭等待，他身邊帶的護衛出乎意料的少。

兩人的部下都在橋頭等候，道芬公爵和「無畏者」上前，到橋中央，先是一陣客套話，但沒多久就開始爭執起來，這回「無畏者」提出的條件更苛刻了，於是道芬公爵叫道：「你欺人太甚，我要求決鬥審決！」

宋慕聽說過：這是騎士間的習俗，可以用決鬥的方式決定任何事務，甚至決鬥還能代替審判，只要決鬥獲勝，就表示上帝證明他無罪。在現在這個狀況下，也就是說，哪一方決鬥勝利，就要照那一方的條件談和。

「好啊。」「無畏者」淡淡的說，「我才想說要是你再不提出來的話，我就要自己提了呢。」這下子，方才激動之下喊出決鬥的道芬公爵反而流了一身冷汗。不過，他已經沒有轉圜的餘地，於是他說：「我方派出……『細眼騎士』！」

宋慕吃了一驚，但也只好走上橋頭，而「無畏者」拍了拍手，說：「那麼，我方也派出瓷國人，『鉤子騎士』，嗯，爲了怕瓷國人搞不清楚，我說明一下，這騎士是我封的，公爵也可以封騎士。」他大笑道。

上橋的是一個有著漢人臉孔的人，他全身都穿著鎖子甲，右手缺了，上頭是一根鉤子，當他走上橋頭，就把鉤子卸了下來，然後換上一根長鐵叉。他從背後取下一把龍頭大刀，然後對宋慕冷笑，用漢話說，「宋慕，又見面了。」

宋慕心頭一凜，他想起來了，這人是在寶船上被他以「居合」斬掉右腕的那名錦衣衛。

兩名公爵都走下橋，之後決鬥開始。宋慕端詳對方的裝備與兵器，不禁皺了皺眉，他拔出倭刀，平舉刀身。

「哦？不打算用那招啦？」錦衣衛說，「眞是太讓我失望了。」說完緩緩往前逼進。

宋慕往前一躍輕刺，那龍頭大刀蕩了過來，一瞬間宋慕突然明白了，這古怪的武器組合正是專門用來克制倭刀，鐵叉可以夾住倭刀長直的刀身，而沈重的龍頭大刀則能砸斷倭刀細長的刀身，對方全身帶甲，這讓倭刀非得猛揮才能砍穿而容易折斷，就算用突刺貫穿鎖甲，如果沒有傷到要害，對方的大刀和鐵叉馬上能破壞倭刀或是取他性命。這個錦衣衛一定是在手腕被削去後，報仇心切，所以才在這幾年間苦練成這一套奇詭的武術，就是要針對宋慕的倭刀刀法。宋慕往後退了一步，苦思要怎麼進攻。

錦衣衛不給他任何時間，他使起龍頭大刀，刀身緊貼著身體揮舞，好像一層刀甲似的，朝宋慕攻了過來，大刀往前一遞，「鏰」的一聲，猛打在倭刀上頭，宋慕連忙回刀閃過第二記砍擊，但鐵叉又跟上，差點挾住了倭刀，宋慕被刀叉交相逼近，爲著顧慮倭刀，躲得十分狼狽，險象環生，不斷往後退，而錦衣衛一叉截住他的退路，把他逼向橋邊，龍頭大刀又舞了過來，宋慕舉刀一擋，「鏗」，倭刀似乎被砸缺了個口，然後又是一叉直逼喉頭，他無計可施，只能撲地一滾，後頭大刀又追了過來，突然間，宋慕覺得自己就好像回到了西洋之上似的，被逼得東躲西藏，不知該往何處去。

就這樣一個分神，「鏘」，鐵叉夾住了倭刀。

錦衣衛露出微笑，宋慕腦中一片空白，但是身體卻自己行動了，他右手很自然而然的放開了倭刀，當手放開的那一剎那，他豁然開朗，突然間一切都有了答案，宋慕左手抄起刀鞘往龍頭大刀上一格，一個箭步欺到錦衣衛身邊，而右手上已經多了一把大馬士革鋼匕首，流水般的反光，流水般的動作，「擦」一聲，水鋼刺穿鎖甲護喉，割斷了錦衣衛的咽喉。

「厄……」錦衣衛露出痛苦和難以置信的表情，但接下來他的呼喊只從喉上的切口噴出血霧，成了一片嘶嘶聲，他兩手甩了甩，鐵叉上的倭刀被拋了出去。

宋慕一時間想去撈住它，倭刀十幾年來，由他自己天天上油保養的平滑刀面，反射了一點柔和的月光，在空中打著轉，宋慕的手指離轉過來的刀柄差了一寸，倭刀飄出了欄杆，落向河面，激起了一朵水花，然後就消失在幽暗的河水之中。

錦衣衛跪了下來，停止了掙扎，然後往旁倒落橋面。

這一切快到讓阿馬涅克人忘了歡呼，但是「無畏者」卻皺起眉，然後從懷中取出一個響哨猛吹。

「狗雜種！」「竟然設了埋伏！」阿馬涅克人大吼，然後就衝上橋。但是埋伏卻沒有出現。宋慕突然間明白了，原來勃艮地公爵設下的埋伏就是那群錦衣衛，和他們所代為雇用的熱那亞傭兵們，現在這些埋伏根本就不存在了。他連忙大叫：「住手！住手！」

但是阿馬涅克人根本沒聽到，他們死命圍攻勃艮地公爵稀薄的護衛，有個阿馬涅克人被推倒跌在橋上，他撿起錦衣衛的龍頭大刀就往勃艮地護衛群中猛力一擲，頓時腦漿四濺。

「天啊！你們在幹什麼！」道芬公爵大叫道，那個被擊中的正是「無畏者」。阿馬涅克人這才發現自己闖了大禍，於是撇下戰鬥，掉頭就跑，而勃艮地人則扛著「無畏者」也往後跑。雙方很快的都不見了蹤影。

＊　＊　＊

「約翰。」

「我又來了，」年輕人嘆口氣道，「帶我父親的口信來。」

「你們都還好嗎？」

「糟糕透了，『無畏者』被謀殺，他兒子簡直氣壞了，現在他全面和英格蘭人合作，要消滅阿馬涅克人，我父親雖然還是太保，但是他現在的立場也很尷尬，有不少人知道我們家與你有交情，」約翰點點頭，「是的，我父親認為你們最好逃亡。道芬公爵也已經準備要逃亡了，不過分頭逃亡比較妥當。」

約翰掏出一個大包袱，打了開，「這是父親幫你們準備的路費，還有路條，他建議你們到南方去避一避，或許到阿奎丹找個農村躲起來。」

他最後看著宋慕，嘆了口氣，然後說：「我得走了，不能在這裡待太久。」

兩人相視無言，然後相擁致意，約翰最後向宋慕點了點頭，然後就消失在門外。

約翰離開之後，突然又響起敲門聲。宋慕從門縫看出去，那是一張熟悉的滿臉雜鬚大臉，他連忙開門。

「皮耶羅？」

「呦，老大，」熱那亞傭兵說，「我來跟你討酬金啦！剛看到有人來找你，所以我等他走了才來敲門。」

宋慕從方才約翰帶來的包袱裡，直接拿了一部分值錢物交給皮耶羅，「你接下來有什麼打算嗎？」

「唉，」皮耶羅嘆了口氣，「法蘭西眞是個不好待的地方，我看還是到別處去為妙，我們接下來打算到瑞士去。」

「瑞士？」

「是啊，那裡山高水清，風景秀美，又不像巴黎這麼臭，而且那邊是個自由的共和國度，更好的是：法蘭西話跟義大利話都可以通，離我的家鄉也近，」皮耶羅笑道，「而且，只要跟著天下無敵的瑞士傭兵，那麼就永遠不怕會死在戰場上啦！」

送走了皮耶羅以後，宋慕回到房內，朱允炆和馬喜坐在床上，葉華和法蒂瑪都正收拾著東西。

「洛林公爵要安排我們到南部避避，或許去阿奎丹，」宋慕用天方話說，然後看向葉華，「葉華，妳覺得呢？」

葉華沒作聲，看向法蒂瑪，宋慕於是轉頭問：「麥子，妳說我們上哪好？」

「嗯，」女孩想了想，「英格蘭吧！」

「英格蘭？」

「沒錯，英格蘭，勃艮地人絕對不會想到你會在英格蘭，那些錦衣衛也不可能追到英格蘭去，再說，去英格蘭雖然要渡海，不過航程很短，再說，葉華會想找自己的親生父親吧？」女孩正經八百的說。

「啊……我，」葉華張開口良久，然後才說，「不用爲了我特別去英格蘭。」

法蒂瑪接下來才漸漸的浮出笑意，「去有什麼不好，我們還可以去探望元帥，最重要的是，我們可以去找瑪格麗，然後讓宋慕背她賺錢啊。」

說到這裡，女孩噗嗤一聲笑了出來，然後葉華也笑了，女孩接著說，「英格蘭大概是去不了的，要到英格蘭，得先到北方的港口，這樣一來，要穿越勃艮地人控制的地區，或是英格蘭人和勃艮地人合作的地區。」

「那還是照洛林公爵的話，到阿奎丹去吧？」葉華說。

「不，」宋慕說，「我不想再照著別人的意思了，再說，我也不信任法蘭西人，古人說過：『非我族類，其心必異。』」

「宋慕，這句話不對，不對，」朱允炆開了口，「你瞧，你身邊，我、你，是漢人；馬喜，是回人；小姑娘，是庫德人；葉華，是英格蘭人，我們都是不同族類，但是我們的心，卻都是同的，可是，我和我的叔父，豈止同一族類，更是血親，卻仍自相殘殺，所以同我族類，又如何呢？」

宋慕慚愧的說：「朱伯父說的是。」

「喂，破布。」法蒂瑪說。

「嗯？」

「我們去瑞士吧！」

「瑞士？」

「嗯，」法蒂瑪點點頭，「我也覺得別再蹚法蘭西人的渾水了，不如離開吧！剛才聽那個傭兵所說，瑞士是個自由的好地方，而且，要是錢花完了，你也可以拿把十字弓，當個傭兵。」

宋慕笑了：「有妳這個小鬼靈精在，錢是不會花完的。」

「爲什麼不會，」法蒂瑪瞪著眼睛說，「難道你要我當吉普賽女孩，到街頭表演嗎？」

馬喜和朱允炆也都被逗笑了。然後法蒂瑪說：「你們都該取個歐羅巴名字。」

「噢，我跟皇上已經有歐羅巴名字了，」馬喜說：「那些朱乎德人聽我說皇上以前是皇帝，就管我叫『大衛』，叫皇上『所羅門』。」

「葉華就是葉華，那就剩下破布沒有了。」女孩說。

「妳也沒有啊，」葉華道，「法蒂瑪是先知女兒的名字，所以我看妳就叫『瑪麗』吧，這名字是從聖母馬利亞而來的。」

「我才不要！」

「我看這些歐羅巴人，好像都管叫同一些名字，」朱允炆說，「什麼查理啊，約翰啊，好多人都同一個名字。」

「是沒錯，」馬喜說，「我看宋慕就取其中一個常用的名字好了，譬如說：威廉？」

「哈，這個好，」法蒂瑪拍手笑道，「威廉！哈，太有趣了。」

宋慕看著眾人笑鬧成一團，心想，若是能一直這樣守在一起，那到哪兒也都無妨。世界如此廣大，如此多的國家，哪兒不能去呢？

尾聲

距上次來到庥林地，已經四年了，這兒仍然是連個港口都沒有，寶船下錨，泊在海上。

這次下西洋，明著的理由是因滿剌加等十九國使朝貢，永樂帝命鄭和送朝貢團回國，但其實永樂帝在意的是逃亡天涯海角的建文帝，爲追捕他，派出下西洋艦隊載運錦衣衛，要進一步擴大在阿丹、木骨都束、庥林地的搜查網絡。當然，表面上的宣揚國威也是免不了的，沿途上，諸國貢獻奇珍異寶，獅子、金錢豹、麒麟、駱駝，各地方物，塞滿了船艙。

馬歡在上次是以通事的職位參加下西洋艦隊，然而，這次他在鄭和的保薦下，受永樂帝指派，負責規畫錦衣衛在諸國布置與行動的機密任務，因此，他並未列名在此次下西洋人員名冊上，只有鄭和與錦衣衛知道他的存在。

但是，他眞正的任務——鄭和指派給他的任務——其實只是把錦衣衛耍得團團轉，一如他正看著小船在寶船邊打轉，突然鄭和走到身後，拍了拍他的肩膀。

「汝欽，」鄭和爽朗的笑著說，似乎心情十分愉快，「你來自會稽，江南是富庶之地，依你所見，老百姓們的生活如何啊？」

馬歡遲疑了一下，然後回答：「還過得去啊！大哥爲什麼這麼問呢？」

鄭和笑而不答：「汝欽，你還記得四年前，你問過我，是怎麼向蠻子們報仇的嗎？」

四年了，馬歡想起四年前，鄭和曾透露他下西洋的眞正目的是爲了報仇，但是這仇如何報法，他卻始終沒有透露，而馬歡也沒有再詢問。他點點頭道：「我都忘了，沒想到大哥您還記得。」

「其實我也忘了，」鄭和笑道：「我不是要故意賣你關子，實在是公事繁忙，兼以身邊總是耳目眾多，現在又回到了麻林地，才想起這回事。」

或許是經過了四年，鄭和終於完全信任自己了吧，馬歡心想，然後點點頭：「那麼大哥是怎麼向蠻子們報仇的呢？」

鄭和頭一低，陰沈沈的說：「當年我受到蠻子不人道的對待，眼看眾多同胞遭到屠殺凌虐，心中憤怒滿腔，這些蠻子們和蒙古人之間的恩怨，關我們什麼事呢？爲何要牽累到我們身上？但是，我們人少力孤，不像蠻子人數眾多，也不如蒙古人有個大漠可以回去，我寄人籬下，只能苟且偷生，更提不上什麼報仇、討回公道了。不過，眞主的智慧總是你我所不能及的，祂安排了蠻子們自相殘殺，而且，讓永樂那傢伙起了派人下西洋的念頭。當我一聽說他有這個計畫，馬上就意識到：機會來了。」

「機會？」馬歡問。

鄭和笑了笑，「蠻子一向『重農抑商』，見識淺薄，太祖時，禁絕貿易，這使得所有遠洋出航的知識都失傳了，如今要重開遠洋航行，所有的知識、設備都得從咱們阿拉伯的回回弟兄們那裡去學，很自然的，這件大事就落到了我們回回的手上。外人不清楚，我卻計算得很精，在這樣不計血本的連番大規模航行之下，我手上撒掉的資源，每年總計支出，大概是大明歲入的兩倍，如此虧空下去，這蠻子們不出幾年就要國窮財盡，每年徵用這麼大量的米糧、人力、木材，連續下來，蠻子百姓疲於奔命，兼之糧價物價樣樣漲，該繳的稅卻一毛不少，這些蠻子就要爲了逃避稅籍而流離失所。再過幾年，即使是江南這樣的地方，也躲不過百姓大量流亡、稅籍虧空的局面。讓這些蠻子們被自己人鞭打、欺凌，淪落天涯，無家可歸，這可比一刀殺了他們來得有趣多啦。」

馬歡不禁心頭一凜：「那永樂爲什麼還這樣持續下去呢？」

「問得好，」鄭和說，「如果永樂不持續下西洋，那我的計謀自然就不成了。於是，我下西洋的同時，招來了各國使節，前來『朝貢』——這是蠢蠻子們的說法。蠻子對於異國使節，總是自認爲是天國上朝，不吝賜予極其昂貴的回禮，他們自以爲是展示天朝威嚴，其實，不過就是個特大號的凱子，這些個異國人聰明得很，有個凱子在送錢，不拿白不拿，我稍加宣傳一番，自然絡繹不絕，蠻子們都是沒見過世面的井底之蛙，看到『萬國來朝』簡直傻掉了，陶陶然自得起來了，還這樣歌頌，你聽聽：『四夷率土歸王命，都來朝大明，萬國千國皆歸正，現帝廷，朝仁聖，天陛班列眾公親卿，齊聲歌太平。』」

鄭和唱完，不禁捧腹大笑，笑得眼淚都流出來了，接著說：「這永樂原本是個聰明人，但終究是個蠻子，兼之得位不正，正需要這樣被吹捧，這下子，他可停不了這樣當凱子的癮頭了，賞賜使節的財寶是毫不節制啊，利之所趨，就說說永樂九年，光是滿刺加，就來了五百四十幾人。想到這些蠻子們艱辛耕耘來的成果，就這樣讓凱子皇帝大方的全送給番人，眞是大快我心啊！」

鄭和撫掌大笑，又突然停了下來，「不過，我也著實擔心這樣的往來，會壞了我的復仇大計。」

「這又怎麼說呢？」

「汝欽，你是跟過商人的，應該曉得，這貿易才是富國之道。」

鄭和看馬歡一臉疑惑，就走了過來，指向海面：「或許你跟的是專行走私勾當的蠻子私商，所以看不出來。你知道嗎？歐羅巴的霸權，掌握在威尼斯國的手上，這威尼斯國，才不過二十萬人而已。」

馬歡不禁睜大了眼睛：「這是眞的嗎？他們到底是怎麼辦到的？」

「就是靠著貿易的力量，威尼斯國掌握了整個地中之海的貿易航行。就我所知，它甚至還曾經蹂躪過歐羅巴最大帝國的首都，」鄭和說，「還有，我們去過的阿丹國，它也是整個南洋貿易的中心，雖然兵馬不過五六千，人口也不過十數萬，它卻是眞眞正正南洋的霸國，鄰近諸邦都威服於其下，你親眼見過它繁華富庶的樣子。它可不像大明是花錢請人來打腫臉充胖子。」

馬歡想起阿丹的商旅絡繹不絕，奇珍異寶充塞港口，點了點頭。

「所以，我絕對不能讓貿易的力量進到大明，我原本擔心讓番人來朝，會引起大明開始貿易，眞主保佑，這大明也棄絕貿易，永樂制定了『勘合貿易』制度，只允朝貢，不允貿易，並嚴緝私商，我的擔憂就只是杞人憂天了。」

馬歡覺得鄭和的想法，似乎太過超越，一時無法了解，更不曉得該怎麼回應，只能點點頭。

「我之所以把陳祖義給消滅，也是因爲這個原因，審度海圖，滿刺加一地，至關緊要，若是讓陳祖義的五千兵馬在滿剌加立足生根，發展貿易，那可能會成爲一個蠻子的阿丹，或是威尼斯國。我不能讓這件事發生，所以來個斬草除根，永絕後患。永樂不曉得我的用心，還眞以爲我是要剪除建文的羽翼呢。」鄭和陰沈沈的說。

馬歡只覺一陣惡寒，他打斷鄭和，反駁道：「大哥，若是永樂之後的大明皇帝，停止了下西洋，經過休養生息，那麼終究是會恢復的。」但是他一說完，便馬上後悔，擔心鄭和會有什麼反應。

鄭和不但沒有生氣，反而撫掌大笑：「汝欽，我果然沒看錯你，你看到最緊要的一著了。為了怕發生這樣的事，所以我將下西洋的種種，記錄甚詳，存之於兵部，就算我百年之後，下西洋停息，只要蠻子皇帝一想起當年『萬國來朝』，如今卻十分冷落，自然會到兵部尋出檔案，重啓下西洋。就算蠻子之中有智士識破了我的謀略，將檔案銷毀，或是改朝換代，記錄遭焚，那也無妨，我熟知蠻子的習性，史書上已經記下了一筆，說我鄭和雄才大略，播威於四方，是『華夏之光』，千百年之後，蠻子的後代們看到史書，還是會對我的『壯舉』欽佩不已，然後去仿效之，做出種種愚昧的行為——想到千年之後仍然能害慘那些蠻子，我就算被當成了蠻子，也値得啦！」

馬歡一語不發，他只慶幸鄭和正看著月色，沒瞧見他瞠目結舌的表情，良久，他才問道：「大哥，那麼關於建文帝一黨，和宋慕他們，你有什麼打算呢？」

鄭和回過頭：「錦衣衛派了數千人要去捉拿他們，但是錦衣衛不曉得這個世界有多大，即便他們學會了天方話，也只能走到耶路撒冷，到了歐羅巴，又是全盤不通。說起來，他們眞要學，應該學朱乎德話，因為四海皆有朱乎德人，不過我當然不會告訴他們這點。至於建文他們，說不定給人抓去當了奴隸，或是觸了異邦的風俗法律而給吊死，誰知道呢？一切，都要看他們自己的造化，」鄭和拍了拍馬歡的肩膀，「不過，這已經不是我們所要關心的事了。」

* * *

阿丹可以說是世上數一數二的繁榮之處，甲第豪宅櫛比鱗次，駱駝商旅絡繹不絕，有的帶著來自海上的財富，有的帶來奇珍異寶，在富賈眼中，這裡或許就像是天堂，他們在閒暇之餘，還舉辦賽駱駝與賽馬大會，但是在豪宅陰影下，連接港口的道路裡，那陽光強烈到陰影與光亮處有如黑白分明，將凹凸不平的泥土路炙得滾燙，在地面蒸騰著一股熱流，讓地面的景物都如水流般的扭曲著，遠處則起了海市蜃樓，那熱氣成了水面般，反射著遠方高樓的倒影。

一頭長頸鹿在熾烈的天氣下氣喘噓噓，而十幾個苦力正拖著牠，他們汗流浹背，赤著腳踩在滾燙的地面上，每個都瘦削得彷彿不堪他們的苦力工作，長頸鹿發了脾氣不肯走，苦力們一時也沒了力氣似的和牠僵持著，然後一鞭揮來。

「不長眼,再不快把這麒麟拖回去,連我們都要跟你們一同受罪啦！」一個和回回一樣,全身罩著長衫、戴著頭巾，不過卻是漢人臉孔的人用漢話吼道。

「他們又聽不懂漢話。」另一個也是漢人臉孔的人說,說完用天方話催促苦力們使勁拉。

「就是聽不懂才吼的嘛！」那人說。

苦力們這才勉強動了起來，那長頸鹿不情願的被拖拉著，終於移動了腳步，然後一路被拖進專爲牠改造、頂上開了個洞的棚子裡。

「收工收工！」兩個漢人喊道。那些苦力們領了一天的工錢，魚貫離去，兩個漢人冷眼看著他們走到駱駝棚邊，許多輛沒有四壁，只有個篷頂的拖車，那就是這些苦力們的家了。他們來自整個西洋的窮困地區，到阿丹來想掙點錢討生活，然而雇主看準了他們語言不通，也無處可去，只肯給他們最低等的待遇，每到夜晚，那拖車中就會有人唱起淒涼的悲歌。

其中一個漢人嘆了口氣，說：「想當初當個總旗，雖然官兒小，總還有幾分威風，現在當這群不倫不類番人們的工頭，眞是何苦呢！」

「還不是你的餿主意，」另一個人罵道，「說什麼天高皇帝遠的，說什麼憑我們幾個總會有辦法，結果辦法是有，要不是還有點武功底子，混了個工頭當當，現在你我可就住在那拖車裡啦！」

「黃總旗，過了那麼多年，你這會子還在跟我記恨啊？」那人賠笑道，接著連忙轉移話題，「這麒麟倒是哪來的啊？」

「叫我阿里！雖然寶船艦隊已經走了，但是錦衣衛還留下不少，阿敏！」黃總旗強調道，「那隻麒麟聽說原本是要賣給寶船艦隊的，但寶船裝滿了，只得退了回來。」

「唉，你就是這樣小心翼翼，」汪總旗輕哼了聲道，「那些勞什子的錦衣衛早就不管咱倆的死活啦，這四年來，別說找咱倆麻煩，連跟蹤都懶得跟。」

「小心駛得萬年船，別忘了咱們其他弟兄們什麼下場，」黃總旗警告道，接著表情一緩，「咱們也別在這瞎混，去找點樂子吧！」他拍拍汪總旗的肩膀，「瞧，這幾天溼熱得緊，我被你一屁股坐壞了的肩頭又發疼起來了，得找地方舒緩舒緩。」

「都跟你說幾遍了，當年是那該死的混小子宋慕把我壓落了下來，我才會撞到你的膀子，」汪總旗怒道，口水從他缺了的門牙中噴了些出來，接著他擺了擺手：「這回子的教義又禁酒又禁娼，還不能吃豬肉，哪來樂子可言。」

黃總旗大笑兩聲，然後說：「誰叫你不長眼兼不長耳。」

汪總旗一聽馬上氣得跳了起來：「你敢說本軍爺不長眼！」

「別氣，」黃總旗說，「我也是最近才搞清楚，那回回雖說禁酒，不過沒禁止賣給異教徒，你看咱倆像是回回教徒嗎？」

「不像，」汪總旗一聽轉嗔為喜，「這下可有酒喝了，」不過接著又懊惱道，「那我們之前幾年是在清心寡欲個什麼鬼，都快淡出鳥來啦！」

「還不只呢，」黃總旗又道，「這回回雖然禁止賣春，但是不禁止露水姻緣……你懂了嗎？……所以啊，那天街上，不是有人在招攬露水姻緣嗎？我們還不識趣的走開了。」

「搞什麼，」汪總旗啐道，「原來是這麼回事兒，我們白白當了好幾年和尚。」

「反正知道就好了。」

「那黃兄，就有勞黃兄帶不長眼的小弟去找點樂子啦！」汪總旗淫笑道。

「啐啐，方才是誰說不許說誰不長眼的……」

「孟子有云：『此一時，彼二時』嘛！」

「你啥時學會掉書袋了？」黃總旗罵道，「還有，是『此一時，彼一時』……」

雖然已經是戌時，天空還是亮著，街道上的建築物拖著長長的影子，而阿丹向晚的海風不但不清涼，吹在身上反而更加溼黏悶熱。正當兩人有一搭沒一搭的抬槓著，街上一個人從一只大簍子的陰影中爬出，呻吟著，用模糊不清的天方話向兩個人說道：

「啊！是工頭大人，好心的您們行行好，我已經三天沒飯吃了，請賞點救命錢吧！」

汪總旗停下腳步，凝視著那個人，然後想起來了：「你不就是去年逃亡的那個混蛋嗎？害大爺我損失了不少工錢，還有臉來見我！」

外地人來阿丹謀生，往往受不了嚴酷的待遇而逃亡，然而，逃亡後，就只能流落街頭，打零工、行乞維生，最後往往落得「路有熱死骨」的下場。黃總旗上前一步，對汪總旗說：「別理他了，他自會餓死街頭。別壞了咱們尋樂子的興致。」

「他已經壞了我尋樂子的興致，」汪總旗說，「這不長眼的該死番人，不把他打個半死，難消我心頭之恨！」說著就對那個乞丐拳打腳踢。

乞丐哀號了起來，他打得興起，一把抽出黃總旗腰上別著的鞭子，就對著乞丐猛抽，乞丐更是殺豬似的叫將起來，街上原本三三兩兩的路人，見狀紛紛走避。汪總旗繼續用那條舊鞭子猛抽，打得乞丐皮開肉綻，直到鞭子「啪」的一聲斷了，黃總旗皺起眉頭埋怨道：「你可要賠我一條。」汪總旗置若罔聞，掄起拳頭又要向乞丐招呼過去。

「且慢！」突然一聲漢話喝住了他。

汪總旗先是爲了對方說漢話而愣了一下，接著轉過頭，凶狠的問：「你是誰，敢管本大爺閒事。」

「在下宋某，」對方是一個上了年紀的漢人男子，但一身回回打扮，雖然身形不甚壯碩，卻聲若洪鐘：「兩位兄台，即便不憐憫乞兒，亦須知上天有好生之德，何必趕盡殺絕？」

「老子就是要趕盡殺絕，你又奈何得了我？」汪總旗怒道。

原本不置一詞的黃總旗，卻往前兩步，端視著那老人：「姓宋的？」他兩道眉毛猛的豎了起來，「糟老頭，原本我是不想蹚這混水，但是你和咱的仇家同姓，長得還跟那宋慕死小子挺像，今日你來多管閒事，是你活該倒楣！」

汪總旗一聽，轉頭看了看黃總旗，又看看老人，道：「被你這麼一說，才發現這死老頭和那死小子還眞有點像，好啊！這是上天要把你送給我們兩人消氣，」說著，他撇下了那個乞丐，兩手交握，指節發出了劈啪聲響，然後叫道：「老頭，我們和你無冤無仇，要怪，就怪那個姓宋的小子吧！」

兩個總旗話聲剛落，就往那老人猛撲，卻不料汪總旗猛力的一拳揮了個空，而那老人身形已經逼到黃總旗眼前。

「好啊！原來也是個練家子，」黃總旗看兩人之間沒有迴旋的空間，心知老人不可能揮出大招，微微一笑，兩手握拳，就要往老人看似弱不禁風的肩頭上砸下去……但雙拳才揮到一半，老人卻不知從何擊出雷鳴電閃般的一掌，猛擊在黃總旗胸口上，他只覺得一股有如山崩地裂般的勁力直貫胸膛，如海浪般傳遍胸骨、臟腑，從後背透了出來，黃總旗「哇！」的一聲吐出一大口白沫，然後整個人騰空而起，後腦和後背撞上了牆角，那夯土牆當場裂了一塊，黃總旗的身體有如斷線人偶般，斜裡往地上彈落，然後就不省人事。

汪總旗那一拳還沒收回，那老人一迴步，欺到他橫揮出去的肘子下方，只覺一股瞬間的巨力把他的膀子向外猛掀，「夸拉」一聲，他肩膀登時脫臼，汪總旗痛得面色發青，倒臥地上，冷汗直流，一句話也說不出來。

老人揭下頭巾，先瞥了一眼昏迷不醒的黃總旗，然後以嚴厲的眼神盯著汪總旗，讓他連大氣都不敢出一聲。

方才的乞丐原本正抱著頭任人踢打，拳腳已經停了，他還兀自抱著頭不放，直到這時，才察覺四周似乎靜了下來，放開手臂，露出青紫髒汙的臉，他抬起頭，只見一個人正踏住工頭，在夕陽餘暉下只看得見背影，另一個工頭則癱倒在路旁，一時間，他覺得困惑，而那個踩住工頭的人，還用他聽不懂的話向工頭說了些什麼。

乞丐對眼前的情形正感一頭霧水，突然間，空中傳來響徹全城的喊聲：

「眞主至大！眞主至大！眞主至大！眞主至大！」

那是阿訇呼喊全城的穆斯林進行昏禮的叫拜聲！

乞丐突然覺得心頭豁然開朗，原來是這樣啊！

這一切，都是眞主的安排，我離棄了眞主的教誨，所以祂才派遣兩個工頭來羞辱我，但是眞主又並不是眞的棄我於不顧，因此派了那位外地人來拯救我。

乞丐涕泗縱橫，回想當初他下了決心來到阿丹奮鬥，卻因爲克服不了環境的困苦而自暴自棄，如今，他感受到了眞主的恩惠，他知錯了，以後，無論遇到怎樣的考驗，他都要相信眞主，要禮讚眞主，他暗自下定決心，一定要在這一個繁華又艱困的異地獲得成功，衣錦返鄉。

阿丹城的居民隨著阿訇的叫拜，從屋中魚貫走出，乞丐擦了擦眼淚，挺起身來，走出陰暗的竹簍底下，加入了那男男女女們，他向一個好心的老人借用了水盆和地毯，之後，與所有人一同對準了聖地麥加的方向。

一波波的人浪隨著阿訇的叫拜起起伏伏，乞丐和所有人一起，站立、短坐、俯臥，當他禮拜完成，心中不但舒坦，也對自己更增添了信心。

他回頭看向兩個工頭與那名外地人的所在，他們早已消失無蹤了。

附錄

出場歷史人物英中名詞對照：

英	中（小說中稱謂）
al Hassan II	艾・哈桑二世（艾・哈桑）
Saladin	撒拉丁
Margery Kempe	瑪格麗・坎普（瑪格麗）
Bernardino Albizeschi	本衲定諾・奧必知悉（本衲定諾修士）
Jean II le Meingre Boucicaut	金二世・黎・曼葛・卜錫考（金・黎・曼葛・卜錫考，法蘭西元帥）
Charles II the Bold	「勇猛的」查理二世（「勇猛的」查理，洛林公爵）
John the Fearless	「無畏者」約翰（勃良地公爵）
Bertrand du Guesclin	貝爾多蘭・度・蓋可蘭（蓋可蘭，前法蘭西太保）
Charles I d'Albret	查理一世・德伯（查理・德伯，法蘭西太保）
John I (Duke of Alençon)	約翰一世（約翰，亞蘭松公爵）
Charles I de Valois (Duke of Orléans)	查理一世（「詩人」查理，奧爾良公爵）
Louis of Valois	路易（前奧爾良公爵）
Bernard VII, Count of Armagnac	（阿馬涅克伯爵）
Henry V	亨利五世（英格蘭王）
Humphrey (Duke of Gloucester)	韓福瑞（葛勞瑟公爵，亨利五世之弟）
Ysambart D'Agincourt	（阿金谷爵士）

Antoine (Duke of Brabant and Limburg)	（布拉本公爵，「無畏者」之弟）
Frederick (Count of Vaudemont)	（洛林公爵之弟）
John	約翰（洛林公爵之私生子）
Ferry	費利（洛林公爵之私生子）
Isabelle	伊莎貝蕾（洛林公爵之私生女）
Catherine	凱薩琳（洛林公爵之私生女）
Alison	愛莉森（洛林公爵之情婦，原爲女僕）
Chaerles VI	查理六世（「瘋王」查理）
Chaerles VII	查理七世（查理，太子道芬公爵）

口碑推薦

熱愛歷史小說的我，藉由《明騎西行記》，又踏上了一段未曾走過的歷史冒險旅程。《明騎西行記》是本野心非常大的歷史小說，把人們較少關注到的歷史做了更多冒險歷程的補完，讓明朝建文帝於靖難之變後的失蹤公案，與篡位之永樂帝派鄭和下西洋事間做了合理的串連。歷史書簡中曾提及鄭和率領寶船艦隊多次航行的多重目的，如《明史鄭和傳》云：「成祖疑惠帝亡海外，欲覓蹤跡」，這令後人產生相當多的幻想空間與期待。究竟建文帝跑到哪裡去了？鄭和多次航行，當中有什麼內容是沒有被史料記載的？寶船艦隊成員的實際組成與下落又如何呢？這些世人還在研究中的許多疑問，給了文學創作很好的引子。

藍弋丰透過忠於建文帝的宋慕，藉由這個創作角色的眼睛與行動，告訴我們在威尼斯仍主導地中海商業發展，還沒有地理大發現的那個年代，也就是六百年前南洋、印度洋、阿拉伯半島、東非，甚至於歐洲的種種風情。《明騎西行記》不但有寶船艦隊通事官馬歡《瀛涯勝覽》記載西事的味道，更因爲導入了陰謀（如錦衣衛）、武術、歷史事件與人物等因素，整本書讀來頗有繽紛之感，讓人在東西時空的交會下有不同以往的感受。

我所認識的藍弋丰很不簡單，棄醫從文的他把心思放在圖文創作領域，走出有別於社會習以爲常的道路，給了我們新的思考和啓發。他不久前改寫出版的《海角七號電影小說》，更是分文不取，版稅均全數捐贈給魏德聖導演拍攝下一部電影《賽德克・巴萊》之用，幫助魏導圓夢的舉動讓人想到了俠氣。很巧的是，《賽德克・巴萊》也是歷史題材的作品。期待這樣的藍弋丰，在未來能帶給讀者更多的夢想與再發現。

——集邦科技執行長**林啓東**

林啓東先生畢業於台灣大學資訊工程系，並取得台灣大學企管碩士學位，在台灣電子商務領域耕耘多年，是力傳資訊（NeoCom Technology）的創辦人與執行長，打造出成功的拍賣網站平台「拍賣王」，並於二〇〇二年被美國最大電子拍賣平台 eBay 收購；目前除了擔任產業研究機構集邦科技（DRAMeXchange）的執行長職務，本身也是集邦科技的創辦人。

讀史如以望遠鏡窺天，誠然難測全貌，但鏡中世界，足以使人樂而忘返。如果對於十三世紀後期的世界，我們可以從撲朔迷離的《馬可波羅遊記》中略窺端倪；那麼，對於十五世紀初期的世界，我們是否也能透過一本故事書，讓書中主角帶我們去巡遊一遍？

書中主角不必眞有，他的事蹟也儘可架空，但他活動的背景空間與遇到的配角人物，卻符合史實，一絲不亂的鋪陳展現。甚至當時人物內心幽微的思慮、隱蔽的企圖，也在書裡讓他們暢所欲言，一吐爲快。於是，歷史在此得到一種另類的述說，不同的解釋。

藍弋丰的《明騎西行記》就是那本書，也是那架望遠鏡。

——歷史研究者、科幻作家**葉言都**

金庸之後，武俠小說可說是後繼無人；倪匡之後，華人世界的幻想小說也可說是後繼無人；高陽之後，華人世界的歷史小說更可說是後繼無人。

當然這並不是說在他們之後，就沒人再創作武俠小說、幻想小說，或歷史小說，只是他們都沒辦法超過這三位前輩的成就而已。

無法突破的原因並不在於文筆功力，而是在於兩點：一、想像能力的貧乏；二、相關學識的不足。

所幸就像是《海角七號》證明了台灣的電影仍然能夠拍得好看一樣，《明騎西行記》證明了金庸、倪匡跟高陽不一定會成為華文寫作界的絕響。

藍弋丰，這個名字，說不定會改寫華文世界中這三類小說發展史。

——**LQY/MRZ/KPX** PTT歷史群組小組長及歷史板（historia）板主、《大宇宙戰爭年代誌》、架空歷史板（DummyHistory）連載《騎士武鬥傳》、戰史板（Warfare）連載《軍事史上的今天》作者

公元一三九九年十月十四日，遠在東亞中國的北京皇城內，大明建文皇帝一如往昔地上早朝，也一如往昔地無事退朝，四海昇平，全年並無大事可敘；總之，在歷史上，建文元年實為平平淡淡的一年。

當然，如果真照瑞典矛盾（Paradox）公司所出的歷史電腦遊戲——征服四海（Europa Universalis）三代「以神之名」（In Nomine）最初版本裡，對明代的這種開局設定，《明騎西行記》這本小說也不會出現了。

不過，也不要怪瑞典人怎麼會不知一三九九年那時，建文皇帝正在南京焦頭爛額地與群臣研究，怎麼

敉平後來的永樂皇帝在北京發動的叛亂？我們又何嘗知道同一時間裡，稱霸中亞的帖木兒正西進痛擊如日中天的鄂圖曼，無意間讓風雨飄搖的東羅馬又多了五十餘年的壽命？我們恐怕也沒注意到，即將結束中世紀，開啓民族國家時代的英法百年戰爭，此時才剛到中場休息時間。對我們而言，年份只是個背誦的數字而已。

明騎的西行，將帶領我們在相同年份裡穿梭不同世界，更爲瞭解不同的文化，也因此更爲知道我們自身立足所在的時空。

——**Tbilisi/Vladimir**　瑞典 paradox 遊戲公司戰略遊戲《Hearts of Iron》東亞歷史部分特約諮詢

永樂皇帝爲什麼派遣寶船？鄭和爲什麼七次下西洋？作者藉著明初這場傾國之力的冒險爲背景，描繪了另一場看似徒勞無功、卻瀟灑開闊的人生壯遊。

十五世紀的人如何旅行？十五世紀的世界是什麼樣子？透過虛構人物宋慕的腳步，讓想像從日出之國一路旅行到歐亞大陸的盡頭。

——**Lorenzia**　PTT 古人八卦板（gallantry）連載《盛唐今語》作者，網路文學創作者，清大歷史所碩士生

欣賞《明騎西行記》，就如同是在欣賞一部部主題各異，卻又互相緊密結合的冒險電影。閉上眼睛，這些場景油然而生：

艦隊司令鄭和，站在艟艨巨艦的寶船旗艦艦艏，手持阿拉伯製的羅盤，率領著巨大的寶船艦隊，從中

國的太倉，一路航向東南亞、印度、中東，以至東非的摩加迪修（Mogadishu）；

明朝永樂帝訓練嚴謹精實的錦衣衛們，出現在如同《聖戰奇兵》裡的中東市集，在駱駝買賣的商販旁，和穿著中東長袍的保護者對峙，他們保護著明朝的前任皇帝：建文帝；

東方古典俠義小說中玉樹臨風的俠士，卻親身參與了英法百年戰爭中著名的阿金谷戰役（Battle of Agincourt），目睹法國貴族鐵甲騎士們的驕傲不可一世，也目睹落魄的英國長弓兵，如何得以在鐵蹄下生還下來，甚至反敗爲勝。

《明騎西行記》看似奇幻小說風格，因爲作者對於歷史研究的興趣，背後的故事卻都有紮實的歷史背景。希望對於歷史有興趣的讀者，能有機會欣賞這部「基於眞實的虛構，基於歷史的架空」小說。

——Josephchen PTT戰史板（Warfare）板主

當我們談起History這個字時，別忘了His story才是歷史最初讓人著迷的閱讀動機，呃～當然絕對也包括Her story，這是絕對沒問題的。

受過點正規史學教育薰陶的人，常在面對非歷史本科出身的朋友提出一些假設性歷史問題時，會反射性的提出一句經典名言——「歷史沒有如果」。確實，人類的行爲模式、環境因素與時間的軸線像是有無窮結果的樹狀結構，如果任意從一個沒有證據甚至並未發生的支點開始想像，則歷史的討論將無法進行，也違背了歷史的第一層意義——「過去眞實發生的事」。

但這是否代表我們在閱讀歷史時，不能有「What If」的想像？最少就我個人的觀點而言，這倒未必。

「What If」的想像能幫助我們思考並理解整個時空背景的連動關係，畢竟沒有合理的時空背景推演，「如果當時怎樣怎樣結果會怎樣？」的思考模式一定無法延續出像樣的時段長度。

更重要的是這種「What If」的想像，能夠帶給讀者更多的樂趣。這種樂趣最少能讓你有一點喜歡歷史，而不是把它當作唸書時必修畢業後就完全可以忘光的無用科目。

藍弋丰借用眞實發生的鄭和七下西洋史實，引出一段「What If」的思考樂趣，在大時代的 History 背景下架空發展出小說主角的 His Story，讀來饒富趣味，值得推薦。

畢竟我們不是眞正的歷史研究者，作爲一個業餘者，讀起來爽應該滿重要你說是吧！

——**ohmylife**　PTT 歷史板（historia）板主，台大歷史系畢，現爲科技品牌行銷經理

這部波瀾壯闊的小說中驚鴻一瞥的帶到一段天主教會不想多提的尷尬歷史（大分裂），但仍有人看似迂腐的遵循著耶穌基督的教誨，堅定不移的服務人群，彰顯基督的聖名及教會的衣缽，這證明了不論何種神聖的事業，只要是由人來組成，就一定會犯錯，但仍有些正直之士秉持著良心及耶穌的教誨端正行事，使教會最終仍得以復興而源遠流長。

《明騎西行記》就是這樣的時空之窗，讓我們一瞥十五世紀的過往一切，每個細節，都發人深省。

——**Trunicht**　PTT 天主教板（Catholic）板主，前架空歷史板板主，前戰史板板主

《明騎西行記》是一部讓我看到後來滿頭沁汗的小說：老天，我知道鄭和下西洋，我也曉得阿金谷會

戰，但是在此之前，我從來沒注意到這兩件大事其實發生在相去不遠的年代；而《明騎西行記》不僅注意到這樁湊巧機緣，甚且能以之爲背景巧妙貫串，端的是令人一邊急忙拜 Google 補修相關知識，一邊感歎作者洞見聯想的心思。常言道「歷史比小說更離奇」，本書以小說筆法寫離奇史事，歡迎看倌隨著故事主人翁的腳步，一同來一場橫跨歐亞的馳騁壯遊。

——sPz101　戰史板連載《國軍海盜傳奇》作者

閉上眼睛，讓我們隨著作者的生花妙筆，展開一段時空的旅程。

在中國的太倉，近三百艘大船正準備前往遙遠的西方。進行一場如同史詩般的傳奇冒險。

飛過千山萬水，來到伊斯蘭教的聖地麥加，在莊嚴肅穆的宗教活動中。我們遇見了在太倉的大船上的那些中國人，處心積慮所要尋找的「那個人」。

隨著「那個人」的腳步，我們一路前往法蘭西的阿金谷；英勇的亨利五世已經被逼到絕路，面對著比他強大十倍的法軍，他向部隊喊話：從現在起直到世界末日，參與其中的我們將會被人們憶起，只要今日與我一同流血的，就是我的弟兄。而這場戰爭，就是英格蘭與法蘭西稱霸競爭過程中的轉捩點。

重新張開眼睛，作者帶領我們看見，在我們所忽略的地方，許多因素是如何交互作用，把我們所居住的世界，塑造成今天這個樣子的。

《明騎西行記》就是這樣一本小說。

——tingan　PTT 架空歷史板連載《日中則仄》作者，前架空歷史板板主

作爲一個歷史系學生，我一直認爲，相較於專業卻艱澀的歷史論文，好的歷史小說更能將一般讀者帶入歷史的脈絡與過去的時空背景中，從而引人品嘗歷史的趣味。

在許多人的認知中，是西方的地理大發現敲開了東西交流的大門。但在此之前，舊大陸的東西兩端早已不是完全隔絕。如果馬可波羅告訴了我們一個歐洲人到東方發生的事情，一個來自東亞的中國或日本人到了回教和基督教世界，又會有什麼遭遇呢？

藍弋丰的故事始於明初的靖難：建文帝的失蹤促成了鄭和率艦隊出洋，也因此使一名建文帝舊部的子嗣宋慕混入出洋的艦隊，希望能伺機保護建文帝。當危險降臨，宋慕得高人相助逃脫，從此展開一場從東方至西方的史詩冒險之旅。

宋慕的傳奇在十五世紀早期的時空背景中是個不可能發生的故事。但正如同《玫瑰的名字》不可能發生於十四世紀的歐洲修道院一般，歷史現實和文學想像之間的擺盪是歷史小說最爲迷人之處。跟著宋慕西行的腳蹤，我們得以展開一場十五世紀的「當東方遇見西方」之旅。

——clementia　PTT歷史群組資深板友，主修歐洲史、愛看歷史小說的研究生

LOCUS

LOCUS

LOCUS

LOCUS